Retime 026

蒼蠅王

LORD OF THE FLIES

WILLIAM GOLDING

威廉・高汀——著 龔志成——譯

高寶書版集團

目錄
CONTENTS

〈推薦序〉

蜂群產蜜依舊，救贖渺不可得

文／吳曉樂

《蒼蠅王》問世於一九五四年，影響後續許多作品，如《大逃殺》、《漂流教室》至晚近的《飢餓遊戲》等等。即使沒有直接讀過《蒼蠅王》，也可能間接觸及威廉．高汀對於「人性本惡」的深刻布局。故事中，一群年紀六歲至十二歲的孩子因戰爭而前往避難，卻碰上飛機失事，流落孤島。在島上，他們按分工與核心原則形成派系，一為拉爾夫率領的領袖派，成員有掛著金色眼鏡的小豬、神祕且洞視真理的西蒙、一對雙胞胎等；另一則為由傑克為首的獵手派，大致由傑克率領的唱詩班組成。

在小豬的建議下，孩子們肯認以海螺為集會、發表言論之依據，掌握海螺的拉爾夫也被擁戴為領袖。眾人認真搭建茅屋、維持乾淨水源、衣物蔽體，試著在異境建立舊有的文明秩序。其中，生火至為關鍵，因為火堆乘載著重返正常世界的希望；然其易於消逝，不利長存，得不斷施加柴薪、派人看照，不僅考驗著孩童們的合作默契，也為日後衝突種下隱憂。另一方面，孩子們也不甘終日大啖野果，決定另尋蛋白質來源，傑克領導數人動身狩捕島上野豬，原來詠唱聖詩的孩童，改口哼起「殺野獸喲！割喉嚨喲！放牠血喲！」的戰歌，殺戮的亢奮一日日感染童心，傑克也因屢次告捷，鞏固自身地位，天空出現兩個太陽，兩大派系從此竭力建立彼此權力的正當性，分合不斷。除了內憂，深受恐懼制約的孩童，指證了外患：島上有獸。幾章標題即為「獸」的由來，獸來自水中還是空中，西蒙隻身尋找，並與「蒼蠅王」對話，得知了獸之「不假外力」，也呼應了威廉．高汀的名言，「惡出於人，猶如蜜產於蜂」。西蒙嗣後死於傳遞真理的路途，拉爾夫跟小豬竟也受豬肉所誘，加入狂歡，意外參與踐踏西蒙的行列。聖人殉道，理性崩毀，宗教的救贖也無力回天，情勢日益惡化，海螺的破裂則隱喻秩序與溝通的潰敗。

書中角色還原了人類個體的殊異心性，也不妨詮釋為內心的善惡辯證，我們必然能夠在這些孩童身上找到自己相對應的損缺。我的主觀建議是，閱讀時，儘量讓角色以一個等待被感受的姿態，而不是以等待被詮釋的樣貌出現在你眼前。高汀安排縝密，書中任一微小對白、動作及人物側寫都具體而微地呈現了這些孩童是怎樣的人，他們的舉止又將把彼此帶往怎樣的生死，讀者應能跟隨情節流動，自然而然地聯想到拉爾夫、小豬、西蒙及傑克這些角色的象徵與隱喻，我也期許讀者從這些理解中，抽繹出一種普世的、橫跨年代、甚至抹消作者與讀者界線的情感共鳴，你從角色的命運出發，最終竟降落在自己對故事的迴響。這也是頂尖小說家的能耐：你不會因為闔上書頁就停止與作者的交流，因這故事早已融入你的經歷。

最終，不免想問，我們與《蒼蠅王》，距離幾何？《蒼蠅王》是高汀親身投入二戰，見證殘酷戰爭後所交出的人性思辨之作，固然有其歷史脈絡，但我深信，此書亦有專屬當代的任務。今日孤島早已不限於地理區隔，而是資訊的橫堵與落差，人們的惡行也不再止於身體髮膚的毀傷。如今常聞青年在網路祕密群組進行著駭人的互動，並因此傷人或自傷。如韓國N號房事件，有論者曰其為「屠殺靈魂的現場直播」，四名主嫌平均年齡不過二十一歲，也像書中人物，接受良好教育、明白基本義理，他們卻犯下令人髮指的惡行。網路互聯人群，卻也形成孤島，島上有拉爾夫跟小豬之流，試著輸入現實禮儀作為互動基準，更常見的是傑克一輩，在「無法可管之境」，恣意逞慾。網路蔽蹤的特質就如同書中獵手往臉上抹的迷彩黏土，面貌不清的前提，人性本惡自在地裸露。我們也應提防「人性墮落，即成獸性」的論述，因其仍隱含對人性的盲信，二來是，若深入理解動物，應知牠們取用十分節制，絕不妄行濫殺，但人類史上，輕重失衡的屠殺所在多有。易言之，人性往往鑿出野獸亦望塵莫及的深淵。此際，我們依然可在新聞中辨讀到類似的處境，小豬已死，雙胞胎被迫倒戈，獵手們如追趕野豬般試圖撲殺拉爾夫，林中大火燒燎，煙塵滿天，此際我們在等待什麼？一艘「機械降神式」的巡洋艦？若高汀在世，目睹一切，他也許會想：我早已預示救贖渺不可得，一如你如何指望，蜂群不再產蜜？

〈推薦序〉

孩童們的生存遊戲

文／既晴

威廉．高汀（William Gerald Golding），英國小說家。處女作《蒼蠅王》（Lord of the Flies, 1954）一推出即造成轟動，陸續又發表《後繼者》（The Inheritors, 1955）、《貪婪馬丁》（Pincher Martin, 1956）、《黑暗之眼》（Darkness Visible, 1979）等名作。一九八〇年以「前往地球盡頭」（To the Ends of the Earth）三部曲的第一部《啟蒙之旅》（Rites of Passage）獲英國布克獎（Man Booker Prize），一九八三年獲諾貝爾文學獎，一九八八年受封騎士。

《蒼蠅王》是高汀的最高傑作，全面性地表達了他的創作價值觀。五十多年來，分析這部作品的論文多不勝數，無論是從高汀的宗教觀、人文觀，或其隱喻手法、象徵手法，甚至談他貴族學校的教師經歷、參與二戰的戰爭體驗，都一再挖掘出此作既豐富又複雜的爭議性內涵；而在傳記作家約翰．凱瑞（John Carey）的《威廉．高汀：寫出《蒼蠅王》的人》（William Golding: The Man Who Wrote Lord of the Flies, 2009）裡，甚至揭露了他強暴少女未遂、酗酒、有虐待狂傾向等幽微面……這些新發現的事實，在在顯示此作未來仍有繼續探究的深沉空間。

相對於法國科幻小說家儒勒．凡爾納（Jules Verne）的《十五少年漂流記》（Deux Ans de

vacances, 1888），《蒼蠅王》的故事設定，也是倖存於無人島上的一群孩童。然而，不同於《十五少年漂流記》的理性世界觀，孩童們藉著智慧與合作度過難關，《蒼蠅王》所描寫的主題，卻是人類的野蠻與鬥爭天性，絕不因年幼而有任何差異。「所謂的人類，就像蜜蜂生產蜂蜜一樣，會生產邪惡」——對於人性，高汀極度悲觀地認定，一旦外在約束消失，邪惡就會甦醒，不但將大肆破壞，甚至吞噬自我。

《蒼蠅王》擁有多層次、多面向的寓示魅力，充滿各種重新解讀、重新詮釋的可能性，引來無數創作者追隨，在當代大眾文化，特別是恐怖小說、冒險小說、青少年小說、漫畫、影視的領域裡，是「生存小說」（survival novel）的濫觴。

在小說方面，如高見廣春的《大逃殺》（1999）、貴志祐介的《深紅色的迷宮》（1999）、丹．西蒙斯（Dan Simmons）的《極地惡靈》（The Terror, 2007）、蘇珊．柯林斯（Suzanne Collins）的《飢餓遊戲》（The Hunger Games, 2008）；漫畫則有楳圖一雄的《漂流教室》（1974）、山田惠庸的《逃離伊甸園》（2008）——在這些新進作品中，有些題材是孩童的戰爭、有些是劣境的克服、有些則是弱肉強食的生存遊戲，由於當代強調的娛樂性，人物越加異常、衝突越加野蠻，但關於罪惡、暴力的人性論述，同樣脫離不了《蒼蠅王》指陳的範圍，顯見其無與倫比、超越時代的影響力。

再讀一次《蒼蠅王》，依舊讓人冷汗涔涔。當人類已然征服世界、對一手創建的文明引以為傲之際，《蒼蠅王》提醒著我們——人類仍然是動物。

〈推薦序〉

人性惡的核心是什麼？

文／馬欣

童年時，我曾看到一群孩子在霸凌一個過敏流鼻涕的女生，當時心想：「為何要將我放在這樣的學習環境，我從這其中學到什麼？」

就在那階段，我接觸了《蒼蠅王》。有別於孩童時讀的其他書，這本書不直接給出人生大道理，也沒有絕對的善惡，卻巧妙地透過一場「孤島人性實驗」，讓我們得以一窺人性的不同面貌，並開始思考：人性到底會因為環境與同儕效應產生什麼改變？

我們會依自己的生存位置改變臉孔，只要自己不是那隻被獻祭的豬就好。這是人類的歷史，只是披了件文明的金縷衣。

這本書引發了我的學習心，就是去發掘善與惡那一線間隱藏了多少挑戰。好人在關鍵時刻會做出錯的選擇，壞人則在必要時刻成為善的代言。書中不只揭露「政治決定人的選擇」，也點出了我們時時刻刻處在「無處不政治」的社會。

《蒼蠅王》即便放在二十一世紀，也有著預言的作用。今日民主的貶值與恐怖主義興起，使人們渴望強人重現，習於從盲從中找到安全感；假新聞的有計畫催化；製造假想敵來鞏固權力；先知者的殞落；狂歡式的民粹主義等，人性飲鴆止渴的傾向，讓我們在政治的幻術中載浮載沉。

政治，說穿了是個恐怖箱，你想像的黑影永遠沒有止盡，讓你日漸內建在其中，看似自主又充滿奴性。

我們隨著那群因意外漂流到孤島上的男孩們，他們從效法大人的民主，到後來民粹的混亂，從而歡迎專制的興起，進一步刺激了集體的道德亢奮。極權者傑克因自己的恐懼而成為恐懼本身，進而推翻了民主象徵的拉爾夫。拉爾夫所仰仗的海螺（發聲筒），也讓他成為一個作秀的空心人物，藉由不錯的儀表，讓追隨者如信眾般追隨，卻忽略他的有效策略都來自於身旁的小豬。

政治，是秀的本質，必須時刻餵養追隨者更多的刺激與假議題，讓民主這看似略好的選擇，在此書中出現了它根本的盲點。政治明星拉爾夫身旁被視為其貌不揚的小豬，即便能力更強，也無法滿足民眾沉迷於秀的本質。

政治，從不脫離狂歡的形式，讓人們如同獻身一般忽略跟隨目標的真偽。

最初，孩子們同心協力，但隨著山中有怪獸的傳聞出現，恐懼開始在孩童們中蔓延，他們逐漸失序或產生自利主義。這造就了專制者傑克的崛起，他的存在感焦慮大過旁人，唯有成為恐懼的源頭，才能消除內心的不安，那正是每個霸權者的原動力；其追隨者則必須證明自己位於食物鏈上層，自保的混亂由此出現。

低年級孩童在高年級的帶領下，不惜將獵物獻祭，完成動物性的儀式慾望，野蠻就此跨過脆弱的文明，成為野火。

人們要的始終不是真相，而是幻影，無論民主還是集權的更迭，我們需要的是一種儀式，一個群眾效應，一種激越的口號來抵銷身為個體的不安。因此，當西蒙這位先知者告訴大家山上根本沒野獸，都是人們的心魔時，反而被犧牲。

最後，拉爾夫在看到大人的船艦來援救時，他又換了一個生存位置，從一個自認民主的受難者，成為一個奴性的追隨者。

善惡永遠有視角上的盲點，只等你因此書而有眼力識破誰才是真正的「蒼蠅王」。

〈推薦序〉

重返青春殘酷舞台

文／銀色快手

威廉．高汀的《蒼蠅王》絕對是當代小說中最值得一讀的經典作品。它囊括了許多冒險小說的關鍵元素，劫後餘生、孤島探險、未知恐懼、同儕之間的衝突與矛盾、懸疑、動作、驚悚，這些元素像海綿似的被吸進故事裡，其中最駭人的部分，莫過於考驗人性的貪婪與恐懼。

這個世界究竟是如何形成的呢？天文學家也許知道，上帝可能更清楚。然而，標榜著文明與進步思想的人類，其實並不是地球最早的原住民，而是比較晚來的房客，透過升火與農耕，歷經了數千年所創造出來的今日世界。但我們並不知道，我們始終沒有逃離大自然環伺的潛在威脅，文明隨時有可能在一夕之間崩毀。

當我們透過電視新聞看見大海嘯吞沒日本東北沿岸的城鎮，核能電廠發生爆炸幅射塵大量外洩，龍捲風瞬間摧毀一個美國小鎮。直到目睹天崩地裂、世界末日的災難電影真實上演，才真切體會到相較於大自然無常的毀滅力量，人類的存在是多麼地卑微渺小，我們卻依然停留在遠古穴居時代弱肉強食、彼此陰謀傾軋的循環生態鏈中，為的是什麼？除了生存，此外無他。

別再拿那種道德上的高標準來批判社會了，因為真實的世界往往只有立場、沒有是非，每個人為了謀生存做出自私自利的事情實屬必然，但是人性良善的一面，總是在最艱難黑暗的時刻，更加突顯它的光芒，互相傷害的結果只會導致滅亡，唯有信賴、互助、團結才有活下去的希望，才能獲得最終的救贖。

《蒼蠅王》就像是人類社會的微縮膠捲，你看這群天真瀾漫的孩子們，在飛機失事後，他們降落在一個不被大人管束的小島上，展開前所未有的大冒險。別把他們當作孩子看待，他們可是有相當厲害的模仿能力，竭盡所能的去模仿那個還來不及長大的成人世界，試圖重建新的秩序，卻渾然未覺無知將帶來暴力與黑暗。

在諸多條件的限制之下，作者把荒島設定成生存遊戲的殘酷舞臺，你是否聯想到深作欣二執導的《大逃殺》中令人為之震撼的衝擊影像？沒錯！原著小說的創作靈感也是源自於《蒼蠅王》。

書中人物我最欣賞的是拉爾夫，他是普世價值、良善的代表，傑克則是貪婪、暴力、墮落的毀滅性角色，而小豬身上有著天真、理性主義的精神，他們各自代表著社會上抱持不同立場的群體，然則缺一不可，社會本來就是以多元並存的面貌呈現，我們不需要獨裁者，合理的民主制度可以共同面對問題並思考出解決之道，以暴制暴，少數壓制多數都不是應行的王道，倘若不是最後的團結，他們可能撐不到救援的船隻，早就自相殘殺無人倖存。

當我們身處地殼劇烈變動，天災隨時都可能降臨的今日，重讀經典《蒼蠅王》更能體會作者想傳達的意圖，如果我們希望這個世界更美好，社會更加祥和安樂，必得屏除一己之私，多為他人的利益著想，也不要為了大量生產、速效便利的生活，去製造可能會危害我們的巨大毀滅兵器，我們根本不需要去憂慮世界末日可能降臨，應該要好好珍惜和把握每一個當下，只要活著，總會見到明天的陽光。

〈推薦序〉

我所討厭的「蒼蠅王」

文／潘柏霖

為什麼主角是小孩的書，好像都不是寫給小孩看的？

《蒼蠅王》、《大逃殺》、《飢餓遊戲》都被我歸類在「我不喜歡但會推薦閱讀」的書籍之一，角色都算是青少男女，但這些故事都感覺更像是寫給成人看的，大人看看小孩在自己設計的殘酷遊戲環境下，能怎樣生存——我向來對於推展到極端的設定不太感興趣，因為我認為那之中沒有太多辯證的可能。一群小孩搭乘逃難飛機失事墜落荒島；一群小孩被選定為實驗目標，不玩遊戲脖子的項圈就會引爆；被極權統治的地區人民，被選為遊戲參賽者表演互相廝殺真人秀，《飢餓遊戲》對我來說就像是《蒼蠅王》的實境真人秀，而對此我非常困惑，我總是搞不懂為什麼大人似乎很喜歡看小孩互相廝殺？

小孩常常會有「邪惡」的行為，但小孩是不是邪惡的？我認為這是兩件不同的事情，但在《蒼蠅王》中，小孩的邪惡行為就等於了小孩的邪惡，就隱喻了整個人類世界的邪惡，然而製造了這樣邪惡環境的兇手們（大人）卻在最後以某種感覺像是救世主的軍官角色現身，做了一個感覺像是甜美的結尾——《蒼蠅王》的作者提供了一個黑暗的鏡片，讓大家透過那個鏡片，去彷彿看見「黑暗」，但鏡片原本就黑了，你要怎麼看到光明？

我不認為提供了一個非常殘酷的背景，書寫其中試圖生存的角色面目猙獰，並以道德批判角色的生存慾望，藉此來完成一個尖銳的社會評論或者時事縮影是個適宜的作法，而《蒼蠅王》就是其中翹楚，完全展演了小孩失去大人之後的亂序以及人類的陰影，拜託，故事裡頭甚至就有個「蒼蠅王」做為人類恐懼的象徵，還能更直接一點嗎？

在《蒼蠅王》故事中，最讓我煩躁的觀看角度，是敘述小孩們失去文明世界的規範，試圖重建秩序，最終失敗，文明敗給野蠻——到底什麼是野蠻？我認為你把任何小孩丟到一座孤島上都很可能會發生殘暴彼此傷害的狀況，那不代表人類容易服從邪惡（即便確實如此），也不代表人類是野獸，因為真正的野獸是有很明確的生存意識和階級的，不會有一群獅子彼此互相傷害直到種族滅絕，只有人類在努力滅絕彼此。為了生存所需而殺生，和為了有趣而殺生是兩件事情，在《蒼蠅王》的故事發展下，這兩件事情好像沒什麼差別，畢竟小孩一開始對殺生還很猶豫，到了後來就開始互相傷害狂亂殺掉同伴。

但不然請問你要小孩怎麼辦？

我之所以仍然認為《蒼蠅王》值得推薦，是因為我希望能藉此提醒「大人們」，小孩的殘酷有時候跟他們本身是否邪惡並沒有關連，曾經有小孩在和我玩堆積木的時候，把我疊好的積木敲開，完全沒意識到我花了多少時間堆疊那東西，他只說著自己想要看積木裡面有什麼——有時候小孩的殘忍，是因為他們「不知道」，不知道怎樣可以更好，不知道這樣不好，不知道自己好不好。

道德判斷都是別人的賦予，就像是《蒼蠅王》的故事中，也僅僅只是提供了一個鏡片，讓你去看那個作者眼中黑暗的世界。那和小孩沒關係，那甚至和人性可能根本也無關，當你如果發現自己閱讀這本書籍，被這本書籍的情節說服，認為人類就是這麼糟糕的時候——我希望你可以記得，那不是人類是野獸，也不是小孩需要被管控，是你，是你相信了一個比較黑暗的人類世界，是你覺得自己待在裡面比較舒服。

是你自己成為了那個蒼蠅王。

1 海螺之聲

金髮少年攀下最後一段岩壁，然後摸索著朝潟湖方向走去。雖然他已經脫掉了學校的制服毛衣，用一隻手拖著，卻還是熱得要命；灰襯衫溼答答地黏在身上，汗溼的頭髮也貼在前額上。少年腳下就是飛機刮出的長痕，一路延伸到叢林裡，天氣悶熱，就像個熱氣蒸騰的浴缸。這會兒少年正在藤蔓和斷樹殘幹間吃力地爬著，突然一隻紅黃色的小鳥怪叫了一聲，展翅飛起，緊接著又響起另一個聲音。

「嘿！」那聲音喊道，「等一等！」

旁邊的矮灌木叢搖晃著，枝葉上的水珠啪嗒啪嗒的落下來。

「等等，」那聲音又叫，「我被纏住了。」

金髮少年停下腳步，隨手拉了拉襪子，彷彿在倫敦自己家裡一樣。

那個聲音又叫道：

「這些藤蔓纏得我幾乎動不了。」

一個孩子邊說邊從矮灌木叢裡掙扎出來，細樹枝刮在他沾滿油汙的防風外套上。他光裸的膝蓋圓鼓鼓的，被荊棘擦傷了。他彎下腰，小心翼翼地撥開棘刺，轉過身來。比起金髮少年，這個男孩稍矮一些，胖胖的。他用腳輕輕試探地面，然後往前走，並透過厚厚的眼鏡四下打量。

「那個帶擴音器的大人在哪裡？」

金髮少年搖搖頭。

「我猜這是一座島，那邊還有個礁岩延伸到海上。我想這裡沒有大人。」

胖男孩似乎大吃一驚。

「本來有個駕駛員，但他在駕駛艙，沒在客艙裡。」

金髮少年瞇起眼睛眺望著珊瑚礁。

「其他全都是小孩。」胖男孩接著往下說。「一定有人逃出來的，一定的，對不對？」

金髮少年故作輕鬆地往水邊走去，擺出一副不在意卻又不是無動於衷的樣子，可那胖男孩匆匆忙忙地跟上他。

「到底有沒有大人在？」

「我覺得沒有。」

金髮少年板著面孔回答；但不久後，一股彷彿實現了夢想般的喜悅襲來。在飛機撞擊的痕跡中，他翻身倒立，咧嘴一笑，頭下腳上地看著胖男孩。

「沒大人囉！」

胖男孩想了想。

「還有那個駕駛員。」

金髮少年兩腿一彎，一屁股坐在冒著熱氣的地面上。

「他把我們丟下後就飛走了。他不能在這裡降落，有輪子的飛機沒辦法在這裡著陸。」

「我們一定是被攻擊了！」

「他會平安回來的。」

胖男孩搖搖頭。

「降落的時候我有從窗口往外看，看到機身燒起來了。」

他上下打量著撞擊的痕跡。

「這是機身撞出來的。」

金髮少年伸出手，摸摸凹凸不平的殘幹。一瞬間他似乎有點好奇。

「所以發生了什麼事？」他問道。「飛機到哪裡去了？」

「暴風雨把飛機拖到海裡去了。如果只是撞斷樹幹的話，當時情況應該沒有多危險，機艙裡一定還有其他小孩。」

胖男孩遲疑了一下又問：

「你叫什麼名字？」

「拉爾夫。」

胖男孩等著對方反問自己的名字，但對方無意要問；名叫拉爾夫的金髮少年似笑非笑，站起身來，又開始朝潟湖方向走去。胖男孩緊跟在後。

「我想還有很多小孩在附近，你沒見到其他人嗎？」

拉爾夫搖搖頭，加快了腳步，不料被樹枝絆了一下，跌了一跤。

胖男孩站在他身邊，上氣不接下氣。

「我姨媽叫我別跑步，」他解釋道，「因為我有氣喘病。」

「雞喘病？」

「對呀，會喘不過氣。在學校裡就我一個人有氣喘病。」胖男孩略帶驕傲地說。「我還從三歲開始就戴眼鏡呢。」

他拿下眼鏡遞給拉爾夫看，笑咪咪地眨眨眼，然後把眼鏡往骯髒的防風外套上擦。突然，胖男孩蒼白的臉上出現了痛苦的表情。他抹抹雙頰的汗珠，匆匆戴上眼鏡並扶了一下。

「那些野果。」

他環顧了一下四周。

「那些野果，」他說，「我以為……」

他從拉爾夫身邊走開，在枝葉纏繞的樹叢間蹲下。

「我只要一下子就好……」

拉爾夫小心地撥開纏在自己身上的樹枝，悄悄穿過叢林。不一會兒，胖男孩就被拋在身後。拉爾夫快速地朝他和潟湖之間的最後屏障跑去，他翻過一根斷樹幹後，走出了叢林。

海岸邊長滿了棕櫚樹。有的樹身聳立，有的樹身倚向陽光，綠色的樹葉在一百呎的天空中伸展。樹底下遍布粗壯強韌的雜草，被亂七八糟倒下的樹切割成一塊塊的，四處還散落著腐爛的椰子和新生的小樹。後面就是那黑壓壓的森林和飛機撞出的缺口。拉爾夫站著，一手靠著灰色樹幹，同時瞇起眼睛看著波光粼粼的海面。從這裡往外約一英里處，雪白的浪花輕輕拍打著珊瑚礁，再往外則是湛藍的遼闊大海。在珊瑚礁圍成的不規則弧形裡，潟湖平靜得像個水潭，呈現出各種不同層次的藍、墨綠和紫。在長著棕櫚樹的臺地和海水之間是一片狹窄的弓形海灘，棕櫚、海灘和海水往拉爾夫的左邊不斷延伸，彷彿沒有盡頭，觸目所及盡是騰騰的熱氣。

拉爾夫從臺地跳下去。沙子很厚，淹沒了黑鞋子，熱浪沖擊著他。他覺得身上的衣服很重，猛地踢掉鞋子，一把脫下吊襪帶和襪子。接著又跳回臺地上，扯下襯衫，站在一堆像頭骨般的椰子當中，棕櫚和森林的綠蔭斜映在他身上。拉爾夫解開蛇型皮帶扣環，用力脫掉短褲和內褲，光著身子站在那裡，看著耀眼的沙灘和海水。

拉爾夫年紀夠大了，十二歲又幾個月，已經沒有幼兒那般的圓肚子，但還沒到會感覺尷尬的青春期。他的肩膀又寬又結實，將來很有可能成為一個拳擊手，但他的嘴巴和眼睛偏又給人一種敦厚的感覺，想來他的心腸不壞。

拉爾夫輕輕拍拍棕櫚樹幹，終於確定這真的是座島，又開心地笑了，翻了個跟頭。他俐落地翻身站起，跳到沙灘上，跪下來撥動沙子，在胸前堆成一個沙堆，接著往後一坐，閃亮而興奮的眼睛直盯著大海。

「拉爾夫！」

胖男孩在岸邊小心地坐下，兩腳從臺地邊緣垂下，就像坐在椅子上。

「對不起，我來晚了。那些野果……」

他擦了擦圓鼻子上的眼鏡，又扶了一下。鏡框在鼻梁上壓了個深深的、粉紅色的V字。

他打量著拉爾夫被陽光染成金色的身體，然後低頭瞧瞧自己的衣服，一隻手放到胸前的拉鍊上。

「我姨媽……」

接著他果斷地拉開拉鍊，把防風外套脫掉。

「你看！」

拉爾夫偏過頭看看他，一言不發。

「我想我們最好弄清楚他們的名字，」胖男孩說，「還要列一份名單。我們應該開個會。」

拉爾夫沒回答，所以胖男孩只好繼續說下去：

「我不在乎他們叫我什麼，」他以信任的口吻對拉爾夫說，「只要他們別用我在學校的綽號就好。」

拉爾夫有點好奇。

「什麼綽號？」

胖男孩瞥了一眼身後，然後湊近拉爾夫，悄悄地說：

「他們都叫我『小豬』。」

拉爾夫放聲大笑，還跳了起來。

「小豬！小豬！」

「拉爾夫，請不要叫了！」

小豬擔心地絞緊雙手。

「我說過不要——」

「小豬！小豬！」

拉爾夫在熾熱的海灘上手舞足蹈，然後把雙手向後伸直，假裝成戰鬥機的樣子折回來，往小豬開槍掃射。

「嗒嗒嗒嗒！」

他俯衝到小豬腳下的沙灘上，躺在那裡直笑。

「小豬！」

小豬勉強咧咧嘴，儘管被這樣對待，還是有點開心。

「只要你不告訴別人……」

拉爾夫在沙灘上咯咯地笑著；痛苦的神色又回到小豬臉上。

「我等一下就回來。」

小豬趕緊奔回森林；拉爾夫站起來，朝右邊小跑而去。

在這頭，海灘被猛然截斷；一大塊粉紅色花崗岩不協調地矗立著，穿過森林、海岸、沙灘和潟湖，形成一個高達四呎的平臺。平臺頂上覆蓋著一層薄薄的泥土，上面長滿強韌的雜草和成蔭的小棕櫚樹。因為沒有充足的土壤供小樹成長，所以大約長到二十呎就會倒下乾死。樹幹橫七豎八地交錯在一起，當椅子倒挺方便的。依然站立著的棕櫚樹形成一個遮蓋地面的綠色屋頂，裡面閃耀著從潟湖反射上來的柔和波光。拉爾夫爬上平臺，一下就注意到這裡有涼快的綠蔭，他瞇起一隻眼，心想落在身上的樹葉影子一定是綠色的，接著他走向平臺面向海的那側，站在那裡俯視海水。海水清澈見底，又因盛長熱帶的海藻和珊瑚而璀璨奪目。一群發光的小魚東游西竄、忽隱忽現。拉爾夫興高采烈地用低沉的嗓音自言自語道：

「太棒了！」

但平臺外還有更迷人的東西。就在粉紅色花崗岩的另一端，彷彿是上帝之手——也許是颱風，也許是讓他來到這裡的那場風暴——將沙推向潟湖，因而在海灘中形成一個長而深的水池。

拉爾夫以前曾上過當：這類的水池看起來深，其實不然。所以當他走近這個水池時，本也沒抱希望。但這裡是一座海島，而這個水池是由海水漲潮所形成的，其中一端的水深得呈墨綠色，讓人難以置信。拉爾夫仔細看著這整整三十碼的水面，然後跳了下去。水溫比他的體溫還高，感覺就像在一個巨大的浴缸裡游泳。

小豬又出現了，坐在平臺邊緣，用忌妒的眼神注視著拉爾夫雪白的身軀在綠水裡上下浮沉。

「你游得不好。」

「小豬。」

小豬脫掉鞋襪，小心地把它們排放在岩石邊上，再用腳趾試試水溫。

「太熱了！」

「不然你以為呢？」

「我沒以為什麼，只是我姨媽——」

「去你的姨媽！」

拉爾夫潛到水裡，睜著眼睛游泳，水池邊緣的沙堤隱隱約約的像個小山丘。他翻了個身，捏住鼻子，看到一道破碎的金光在眼前搖晃。小豬似乎下定了決心，他動手脫掉短褲，不一會兒就光溜溜的，露出又白又胖的身軀。他踮著腳走到沙灘上坐下，水深到頸部，他自豪地對著拉爾夫微笑。

「你不打算游嗎？」

小豬搖搖頭。

「我不會，也不能游，因為我有氣喘——」

「去你的雞喘！」

小豬似乎是出於自卑而忍氣吞聲。

「你游得不好。」

拉爾夫用腳啪啦啪啦地打著水游回岸邊，還吸了口水，往空中噴了道水柱，然後抬起下巴說：

「我五歲就會游泳了。我爸爸教的。他是個海軍軍官，等他休假就會來救我們了。你爸爸是做什麼的？」

小豬的臉忽地紅了。

「我爸死了，」他很快地說，「而我媽……」

他摘下眼鏡，想拿個什麼來擦，卻找不到。

「我一直跟姨媽住在一起。她開了家糖果店，所以我可以吃好多好多糖，愛吃多少就吃多少。你爸爸什麼時候來救我們？」

「他會盡快趕來的。」

小豬溼淋淋地從水中起來，光身子站著，用一隻襪子擦擦眼鏡。透過早晨的熱氣，他們唯一聽到的聲響，就是波浪撞擊礁岩那永無止境的惱人轟鳴。

「他怎麼知道我們在這裡？」

拉爾夫在水裡懶洋洋地漂著。周圍的海市蜃樓與潟湖浮動的光影一起包圍著他，讓他忍不住昏沉想睡。

「他怎麼會知道我們在這裡？」

因為，拉爾夫想，因為，因為……從礁岩那裡傳來的浪濤聲變得很遠很遠。

「他們會在機場告訴他的。」

小豬搖搖頭，戴上反射著光線的眼鏡，俯視拉爾夫。

「他們不會。你沒聽駕駛員說嗎？原子彈的事？他們全死了。」

拉爾夫從水裡爬出來，面對小豬站著，思考這個不尋常的問題。

小豬堅持地問：

「這是座島，對吧？」

「我有爬到岩石上看過，」拉爾夫慢吞吞地回答，「我想這是座島。」

「他們死光了，」小豬說，「而這又是座島，不會有人知道我們在這裡，你爸爸不會知道，誰都不會知道……」

他的嘴脣微微顫動著，眼鏡也因水氣而起霧。

「我們可能到死都要待在這裡。」

隨著「死」這個字說出口，暑氣彷彿變得越來越盛，熱得逼人；潟湖也以令人目眩的燦爛光芒襲擊他們。

「我去拿衣服，」拉爾夫咕噥道。「就在那裡。」他忍著驕陽的毒焰，小跑步穿過沙灘和花崗岩平臺，找到他隨手亂丟的衣服，覺得再次穿上灰襯衫有種說不出的愜意。隨後他又爬上平臺，在綠蔭下找了根適當的樹幹坐下。小豬吃力地爬上來，手臂下夾著他大部分的衣服，小心翼翼地坐在一根倒下的樹幹上，靠近面向潟湖的小峭壁；湖水交錯的反光在他身上不停晃動。

不一會兒小豬又開口道：

「我們得找點事做，找到其他人。」

拉爾夫一聲不吭。這裡是座珊瑚島。他避開烈日的荼毒，不理會小豬不祥的嘟噥，做著自己快樂的夢。

小豬卻很堅持要繼續這個話題。

「我們有多少人在這裡？」

拉爾夫走上前，站在小豬身旁回答：

「我不知道。」

一陣陣微風拂過亮光閃閃、暑氣縈繞的水面，吹到平臺上，讓棕櫚葉發出簌簌低吟。斑駁的太陽光影從他倆身上浮掠而過，彷彿是某種明亮、會飛的小東西在樹蔭裡竄動。

小豬仰望著拉爾夫。後者臉上滿是光影；上半部是綠蔭的顏色，下半部則反映了潟湖的水光，而一道耀眼的陽光正抹過他的頭髮。

「我們總該做點什麼吧。」

拉爾夫根本沒在聽，就像從未實現的白日夢終於在這裡成真一樣，拉爾夫快活極了，笑得合不攏嘴，小豬卻把這個笑容當作對他的讚賞，也滿意地笑了起來。

「如果這真的是座島——」

「那是什麼？」

拉爾夫止住微笑，用手指著潟湖，在海草間有個奶油色的東西。

「一塊石頭。」

「不，是貝殼。」

忽然間，小豬興奮起來——但還是有些克制。

「對，我以前見過像這樣的貝殼，在別人家的後院牆上，叫海螺。他常吹，一吹他媽媽就來了。那東西很值錢喔。」

靠近拉爾夫的手肘邊，有一棵小棕櫚樹傾斜到潟湖上。它本身的重量已將樹根從貧瘠的土壤中拖出了一部分，很快就要倒下了。拉爾夫拔出細樹幹，在水裡撥弄起來，五顏六色的魚四下逃竄。小豬重心不穩地向前傾身。

「小心！不要弄破它——」

「閉嘴。」

拉爾夫心不在焉地說著。海螺有趣、好看，還是個值錢的東西；但拉爾夫依舊沉浸在他的白日夢裡，小豬說什麼都無關緊要。他用彎曲的棕櫚樹幹把海螺推出海藻，再用一隻手當作支點撐住樹幹，另一隻手將樹幹的另一端往下壓，把海螺挑了上來。小豬一把抓住仍在滴水的海螺。

此刻海螺不再是一個可望而不可及的東西了，拉爾夫也激動起來。小豬嘮嘮叨叨地說：

「……海螺非常貴，我敢打賭，你得花好多、好多、好多的錢才能買個海螺……那個人把海螺掛在花園圍牆上，我姨媽……」

拉爾夫從小豬手裡接過海螺，一些水順他的手臂流下。海螺是奶油色的，散布著淡淡的粉紅斑點。從有一個小孔的尾端到粉紅色的開口，全長大約十八吋，略呈螺旋狀，表面還有精巧的凸紋。拉爾夫把海螺裡面的沙子倒出來。

「……像牛一樣哞哞叫，」小豬說。「他還有些白石頭，和一個鳥籠，裡面養了一隻綠鸚鵡。當然，他不會去吹那些石頭，他說……」

小豬停下來喘口氣，摸摸拉爾夫手裡那個閃亮的東西。

「拉爾夫！」

拉爾夫抬起頭來。

「我們可以吹這個來召集人開會，他們聽見了就會來。」

他微笑看著拉爾夫。

「你不是這個意思嗎？你從水裡撈起這支海螺就是為了這個吧？」

拉爾夫把金髮往後一撩。

「你那朋友是怎麼吹海螺的？」

「他吹起來有點像在吐口水，」小豬說。「我姨媽不讓我吹，因為我有氣喘。他說你從尾端用力往貝殼裡吹氣。」小豬把一隻手放在他凸出的小肚子上。「你試試看，拉爾夫，一定會把其他人叫來的。」

拉爾夫半信半疑地把海螺尾端抵在嘴上吹了起來。從海螺開口衝出一個短促的聲音，但再沒有別的。拉爾夫擦去嘴上的海水，又試了一次，但海螺仍然沒有發出聲音。

「他吹起來有點像在吐口水。」

拉爾夫噘起嘴往裡面吹氣，海螺發出一種低沉、像是放屁的噗噗聲。兩個男孩覺得有趣極了，拉爾夫又用力吹了幾分鐘，邊吹邊哈哈大笑。

「他用下面這個地方用力吹。」

拉爾夫這才抓住訣竅，運用丹田的力氣往海螺裡猛吹。剎那間，海螺響了。一種低沉又刺耳的聲音在棕櫚樹下響起，穿透雜亂無章的林海，撞擊到粉紅色的花崗岩壁再反彈回來。成群的鳥兒從樹梢上驚起，下層的林叢間則有某種動物吱吱叫著亂跑。

拉爾夫把海螺從嘴邊拿開。

「天哪！」

聽過海螺刺耳的聲音後，他平常講話的聲音有如輕聲細語。他把海螺頂住嘴脣，深吸一口，又吹了一下。螺聲再次響起，然後隨著他越吹越用力，螺聲升高了八度，比剛才更加刺耳。小豬高聲呼喊，面帶喜色，眼鏡反射著陽光。鳥兒驚叫，小動物急促地四散奔逃。拉爾夫吹到沒氣了，於是海螺的聲音又跌了八度，變成一股低沉的嗚嗚氣音。

沉默的海螺就像一支閃爍的獠牙；拉爾夫的臉因為喘不過氣而灰暗無光，島的上空充滿了鳥的驚叫聲及各種回音。

「我敢打賭，你在幾英里外都能聽見。」

拉爾夫喘過氣，又吹了一連串短促的強音。

小豬興奮地大叫：「來了一個！」

沿著海灘約一百碼外的棕櫚樹林裡冒出一個男孩子。六歲左右，身體結實、頭髮金黃、衣衫不整，臉上沾滿了黏糊糊的野果漿汁。他的褲子才穿到一半，顯然剛剛為了某個大家心知肚明的原因脫下褲子。他從長著棕櫚樹的臺地跳上沙灘，褲子又掉到腳踝處。他穿過沙灘，小跑步到平臺上。小豬在他上來的時候拉了一把，而拉爾夫則繼續猛吹海螺，直到林中響起許多小孩的聲音。小男孩在拉爾夫面前蹲下，快活地仰頭望著拉爾夫。直到他明白來這裡是有目的的，才流露出心滿意足的表情，並把他唯一還算乾淨的大拇指，放進嘴裡。

小豬彎下腰問他。

「你叫什麼名字？」

「強尼。」

小豬喃喃念著這個名字，然後大聲告訴拉爾夫，但後者毫無興趣，因為他還在用力吹著海螺。拉爾夫漲紅著臉，因為自己吹出這種巨大的聲響而興奮至極，他的心劇烈跳動著，彷彿連敞開的襯衫也跟著鼓動。森林中有陣呼喊聲越來越近。

海灘上突然熱鬧了起來。蒸騰的暑氣扭曲了長達幾英里沙地上的景象，但隱約可以看見好幾個人影；一群男孩子穿過熱燙而無聲的沙灘，朝平臺趕來。三個和強尼差不多年紀的孩子忽然從近得嚇人的地方冒出來；他們剛才一直在森林裡大啖野果。一個膚色黝黑、不比小豬小多少的孩子，撥開一處矮灌木叢鑽了出來，走到平臺上，愉快地朝大家笑。越來越多孩子趕來了。他們看到天真的強尼後有樣學樣，都坐在倒下的棕櫚樹幹上等著。拉爾夫繼續不停地吹出短促又刺耳的海螺聲，小豬則在人群中東奔西跑，問名字並皺著眉頭記下來。孩子們服從小豬，就像過去無條件服從帶擴音器的大人。有些孩子光著身體，拿著衣服，還有些半裸著上身，或者多少穿點衣服；有各式各樣的學校制服：灰色、藍色、淺黃色的；有些是夾克，有些是針織衫；他們的襪子和套頭毛衣上有徽章、條紋，甚至是標語。在綠蔭下橫臥著的樹幹上坐滿了人，頭髮有褐色的、金色的、黑色的、栗色的、淡茶色的、鼠灰色的。個個都在竊竊私語，睜大著眼睛觀察拉爾夫，猜測到底發生了什麼事。

沿著海灘走來三三兩兩的孩子，越過蒸騰的暑氣，來到比較近的地方就變得清晰可辨。孩子們先是看到沙灘上有個舞動著、黑黑的、蝙蝠模樣的東西，過了一會兒才看到那東西的真面目。原來那是孩子的陰影，在正午太陽的照射下，縮成一個小斑點，躲在雜亂的腳步間。正在吹海螺的拉爾夫也注意到最後這兩個隨著飄動黑影抵達平臺的孩子。兩個頭尖尖、有著淡黃色頭髮的男孩，像狗一樣倒在拉爾夫面前，躺在那裡氣喘吁吁地露齒而笑。他們是雙胞胎，長得非常相像，拉爾夫見了大吃一驚，簡直不敢相信自己的眼睛。雙胞胎一起呼氣吸氣，一起咧嘴而笑，矮小結實，生氣勃勃。他們朝拉爾夫抬起溼潤的嘴巴。或許是因為遮住了大部分的臉，其他人從側面看不清楚他們的長相，只看見大張的嘴。小豬朝他們彎下身子，亮閃閃的眼鏡對著他們，在陣陣的海螺聲中重複他們的名字。

「山姆，艾瑞克，山姆，艾瑞克。」

小豬一時被弄糊塗了。雙胞胎搖搖頭，指著對方，所有人哈哈大笑。

拉爾夫終於停了下來，坐在那裡，一隻手拿著海螺，額頭抵在膝蓋上。海螺的回音消失後，笑聲也消失了，四周一片靜謐。

在刺眼的沙灘上，有某樣黑黑的東西漸漸靠近。拉爾夫第一個發現，他注視著，全神貫注的模樣把所有孩子的目光都吸引到那個方向。直到那個東西從熱氣中走到近處，孩子們才看清楚黑黑的並非全是陰影，反而絕大部分是衣服。來的是一隊男孩，他們穿著從未見過的古怪衣服，排成兩列，邁著整齊的步伐，手裡拿著短褲、襯衫，或其他衣物，而且每個男孩頭上都戴著一頂有銀色帽徽的黑方帽。他們的身體從脖子到腳跟都裹在有褶邊領的黑斗篷裡，左胸前還佩戴著一個長型的銀色十字架。剛在熱帶的暑氣中翻山越嶺、尋找食物，此刻又在強光刺目的海灘上大汗淋漓地行軍，使他們的皮膚紅得就像剛洗過的梅子。帶頭的男孩穿著一樣的衣服，不過他的帽徽是金色的。他在隊伍離平臺約十碼遠的時候，下令停止前進，在熾熱的陽光下他們個個氣喘如牛，汗如雨下，腳步也不太穩。帶頭的男孩獨自走上前，斗篷輕揚，他一躍跳上平臺。此刻樹蔭下在他看來幾乎是一片漆黑，但他仍直視著前方。

「帶擴音器的大人在哪裡？」

拉爾夫發覺他的眼睛還不適應黑暗，便回答道：

「這裡沒有帶擴音器的大人。只有我。」

男孩走近了一點，俯視著拉爾夫：一個膝蓋上放著奶油色海螺的金髮男孩。他皺起眉頭，似乎不太滿意。他俐落地轉過身，黑斗篷畫了個圈。

「那麼，有沒有船呢？」

透過掀起的斗篷，可以看出他是個骨架很大的瘦高男生，黑帽子下露出紅色的頭髮。他臉皺皺的，又長了雀斑，看起來醜，但並不傻。一雙淺藍色的眼睛透露出沮喪，卻又像是隨時要發怒的樣子。

「所以這裡沒大人？」

拉爾夫在他背後回答：

「沒有，可是我們正要開會，你也參加吧。」

穿斗篷男孩的隊伍漸漸開始分散，高個子的男孩對他們喊道：

「唱詩班！立正！」

隊員們服從了，互相靠攏著排成兩列，但他們疲憊不堪，在陽光下搖搖晃晃。其中有些人小聲抱怨起來：

「可是，墨里杜，拜託……我們可不可以……」

這時，一個男孩突然噗通一聲趴倒在沙灘上，隊伍一下子全亂了。他們把趴倒在地的男孩抬到平臺上，讓他仰躺。墨里杜瞪著眼，無可奈何地說：

「算了，你們都坐下，由他去。」

「可是，墨里杜……」

「他老是暈倒，」墨里杜說，「在直布羅陀暈倒；在阿迪斯阿貝巴暈倒；晨禱時還暈倒在指揮身上呢。」

最後這句話引起唱詩班的男孩們一陣竊笑，他們像一群黑鳥棲息在橫七豎八的樹幹上，好奇地打量著拉爾夫。小豬不敢問他們的名字。這種團隊的優越感，還有墨里杜聲音中透露出的強勢，把他嚇住了。他畏畏縮縮地退到拉爾夫旁邊，撥弄著自己的眼鏡。

墨里杜轉向拉爾夫。

「一個大人也沒有嗎？」

「沒有。」

墨里杜坐在樹幹上環顧四周。

「那我們只好自己來了。」

在拉爾夫旁邊感到安全一點的小豬怯生生地說道：

「就是因為這樣，拉爾夫才會召開這個會，要決定我們該怎麼做。我們已經問到一些名字了。那是強尼；那兩個是雙胞胎，山姆和艾瑞克。你們哪個是艾瑞克？你？不，你是山姆

──」

「我是山姆！」

「我是艾瑞克。」

「最好每個都報一下自己名字，」拉爾夫說道，「我叫拉爾夫。」

「我們已經知道大部分人的名字了，」小豬說。「我剛剛問到的。」

「小孩的名字，」墨里杜說。「為什麼我要叫傑克？我要叫墨里杜。」

拉爾夫很快地轉向他，聽得出來這個男孩很有主見。

「還有，」小豬繼續說道，「那個男孩……我忘了……」

「你真煩。」傑克・墨里杜說。「閉嘴，胖子。」

一陣大笑。

「他不叫胖子，」拉爾夫喊道，「他叫小豬！」

「小豬！」

「小豬！」

「呵，小豬！」

暴雨般的笑聲響起，甚至連最小的孩子也在笑。片刻間除小豬以外，其他男孩子都連成一氣，小豬漲紅了臉，垂下頭，又開始擦眼鏡。

笑聲總算平息下去後，繼續點名。在唱詩班裡有個男孩一直粗俗地齜牙咧嘴，那是莫里斯，他的個頭僅次於傑克。還有個誰也不認識、賊頭賊腦的瘦男孩，他老是自己一個人，又一副偷偷摸摸的樣子。他低聲說完自己的名字叫羅傑，就不說話了。還有比爾、羅伯特、哈洛德、亨利；剛才暈倒而現在已經醒來、靠著一根棕櫚樹幹坐著的那個男孩，臉色蒼白地朝拉爾夫微笑，說自己叫西蒙。

接著傑克說話了。

「我們應該想想該怎麼做才能得救。」

嘰嘰喳喳聲此起彼落。一個叫亨利的小男孩說他想回家。

「安靜，」拉爾夫漫不經心地說。他舉起海螺，「我覺得應該有個首領來決定事情。」

「一個首領！一個首領！」

「首領應該是我，」傑克驕傲地說，「因為我是唱詩班的領唱，又是隊長。我可以唱到升C調。」

又是一陣喧鬧。

「那好，」傑克說，「我……」

他遲疑了一下。那個叫羅傑的黝黑男孩動了動，說道。

「大家投票表決。」

「對呀！」

「選一個首領！」

「大家投票！」

這場選舉遊戲幾乎像海螺一樣令人興奮。傑克出聲反對，但大家鼓譟著，注意力已經從想要一個首領轉移到選舉上了，而且拉爾夫本人也大表贊同。沒人能解釋為什麼非投票不可，小豬覺得結果很明顯，首領非傑克莫屬。然而，拉爾夫有種從容自若的氣度，光是坐在那裡就顯得與眾不同，或許是他身材結實，而且面貌姣好，還有一個最莫名、卻也最有力的原因，就是海螺。他是吹海螺的人，現在就坐在平臺上等大家投票給他，膝蓋上穩穩地放著那個不能隨便亂碰的東西，他就是跟大家不一樣。

「選那個有海螺的。」

「拉爾夫！拉爾夫！」

「讓那個拿著像擴音器的東西的人當頭。」

拉爾夫舉起一隻手要大家安靜。

「安靜。誰要傑克當頭？」

唱詩班不得不服從地舉起手。

「誰要我當頭？」

除了唱詩班和小豬以外，其餘的人都立刻舉手。隨後小豬也勉強舉起了手。

拉爾夫點著人頭。

「那首領就是我了。」

孩子們鼓起掌來，甚至連唱詩班的人也跟著拍手。傑克惱羞成怒，臉紅得連雀斑都看不見了。他一下子站起來，接著又改變主意坐下。男孩們仍興奮不已。拉爾夫看著傑克，急於表示點什麼。

「唱詩班當然歸你管。他們可以守衛，或是打獵，還可以……」

傑克漲紅的臉色漸漸恢復正常，拉爾夫又揮手要眾人安靜。

「傑克負責管唱詩班，他們可以……你要他們做什麼？」

「打獵。」

傑克和拉爾夫互相微笑著，對彼此都有一點好感。其餘的男孩迫不及待地討論起來。

傑克站起身。

「好了，唱詩班，脫掉你們的斗篷。」

就像下課一樣，唱詩班的男孩子們一躍而起，一面嘰嘰喳喳地說話，一面把黑斗篷脫下堆在地上。傑克把自己的斗篷往拉爾夫身旁的樹幹上一扔，滿是汗水的灰短褲緊貼在他身上。拉爾夫不無欽佩地看著他們，傑克注意到拉爾夫的目光，解釋道：

「我本來打算爬過那座小山，去看看那一面是不是海。但你的海螺聲把我們引來了。」

拉爾夫微笑著，並舉起海螺表示安靜。

「大家聽著。我需要時間好好想一想，沒辦法立刻決定該怎麼做。如果這不是島，我們可能馬上就會獲救，所以我們得先確認這裡到底是不是一座島。大家都待在這附近，別走開。因為人多了反而不好辦事，說不定還會走丟，所以就三個人先去探路，把情況弄清楚。我、傑克，還有、還有……」

他環顧四周一張張急切的臉，有太多人可以選。

「還有西蒙。」

西蒙周圍的男孩嗤嗤地笑了，於是他站起來，也微微地笑。西蒙蒼白的臉色已恢復正常，不難看出他雖然瘦小，卻很有活力。從又黑又粗又亂的長髮下露出的眼睛炯炯有神。

他朝拉爾夫點點頭。

「我去。」

「還有我！」

傑克咻地從身後的刀鞘裡拔出一把相當大的刀子，一下戳進樹幹裡。大家開始竊竊私語，隨後又平靜下來。

小豬嚷嚷道：

「我也要去。」

拉爾夫轉向他。

「你不行。」

「我要去。」

「我們用不著你，」傑克直截了當地說。「三個就夠了。」

小豬的眼鏡一閃一閃的。

「他找到海螺的時候我就跟他在一起了。我最早跟他在一起的，比誰都早。」

傑克和別的孩子們一點都不在乎。這會兒大家已經散開了，拉爾夫、傑克和西蒙從平臺上一躍而下，經過像洗澡缸的水池，沿著沙灘前進。小豬跌跌撞撞地緊跟在後。

「要是西蒙走在中間，」拉爾夫說道，「我們就可以越過他的頭頂講話。」

三個孩子並肩行走，而西蒙必須加快腳步才能跟上另外兩個人。不一會兒拉爾夫停下來轉身看著小豬。

「你們看。」

傑克和西蒙裝作沒看見，繼續趕路。

「你不能跟來。」

小豬的眼鏡又蒙上一層水氣，這次是因為受了委屈。

「你居然告訴他們。我說了不能說的，你還告訴他們。」

他滿臉通紅，嘴脣顫抖。

「我說了不要……」

「你到底在說什麼呀？」

「就是叫我小豬的事。我說過不要他們叫我小豬，其他我都不在乎；我說了不要告訴別人，但你一下子就說出去了……」

兩人都沉默下來。拉爾夫恍然大悟地看著小豬，知道他受到傷害，而且非常生氣。拉爾夫猶豫不決，到底是該道歉好，還是再罵他一頓。

「叫你小豬總比叫胖子好吧，」拉爾夫最後說道。就像個真正的領導者，用直率的語氣說，「不管怎麼樣，要是你覺得不高興，我道歉。好了，回去吧，小豬，去點名，那是你的工作。回頭見。」

拉爾夫轉身去追另外兩個人。小豬停下腳步，臉上的怒容慢慢消失，接著回頭朝平臺方向走去。

三個男孩在沙灘上輕快地走著。正值退潮，海位很低，布滿海藻的長沙灘堅硬得像是泥土路。孩子們感覺到一股魔力籠罩著他們和四周的景色，高興得手舞足蹈。他們互相嬉鬧著，說個不停，但誰也沒把別人的話聽進去。氣氛輕鬆又愉快。拉爾夫一想到要去一探究竟，就興奮地翻了個跟頭。三個孩子哈哈大笑，之後西蒙怯生生地碰碰拉爾夫的手臂，他們又禁不住笑起來。

「前進，」傑克跟著說，「我們是探險家。」

「我們要走到島的盡頭去仔細看一看。」拉爾夫說。

「假如這是一座島……」

接近傍晚，蒸騰的熱氣逐漸散去，可以清楚看見島的盡頭，沒有什麼特別之處，就是一塊普通的方形岩地；潟湖裡還坐落著一大塊巨石，海鳥正在上頭築巢。

「好像糖霜喔，」拉爾夫說，「粉紅色蛋糕上的糖霜。」

「這裡沒什麼好看的，」傑克說，「一目了然，沒有什麼死角，而且你們看，岩壁越來越陡了……」

拉爾夫用手遮著陽光，眼睛順著峭壁高低起伏的輪廓望過去，居然一路連接到山上，這側海岸是島上最靠近山的地方了。

「我們從這裡上山，」他說。「我想這條路是最好走的。這裡的叢林沒那麼密，粉紅色的岩石比較多。來吧！」

三個男孩開始向上攀登。某種不知名的力量把這些岩壁扭碎，散落一塊塊的石頭傾斜交疊。隨處可見層層相疊的巨石倚著峭壁，平穩地向上堆高，穿過迷魂陣般的森林藤蔓直指晴空。在粉紅色的峭壁腳下，有不少狹窄的小徑蜿蜒而上。這些小徑深陷在叢林之中，孩子們可以貼著岩壁，順著小徑爬上去。

「這些小路是什麼東西弄出來的？」

傑克停了一下，擦掉臉上的汗水。拉爾夫站在他身旁，上氣不接下氣。

「是人嗎？」

傑克搖搖頭。

「是動物。」

拉爾夫直盯著黑幽幽的樹底下。森林微微顫動著。

「繼續往前走。」

難的不是沿著崎嶇的山路向上攀登，而是要不時地穿過矮灌木叢找到新的小路。在這裡，無數的藤蔓糾纏在一起，男孩們不得不在其間穿梭前進。四周除了褐色的地面，就只有偶爾透過樹葉閃現的陽光，所以他們只能順著地勢前進，即使前方長滿茂密的粗大藤蔓，甚至地面隆起一截也得勇往直前。

孩子們慢慢地、想方設法地向上攀爬著。

他們陷在亂糟糟的藤蔓中。在這個說不定是他們人生最艱困的時刻，拉爾夫卻目光閃閃地回頭望著另外兩個。

「棒呆了。」

「好極了。」

「非常好。」

他們實在沒有理由這麼開心。三個男孩子熱得要死、髒得要命，而且筋疲力竭。拉爾夫身上被刮得一塌糊塗。藤蔓有大腿那麼粗，纏繞在一起，僅留下很小的間隙，只能鑽過去。拉爾夫試著叫了幾聲，但聽到的只有低沉的回音。

「這才是真正的探險。」傑克說道。「我敢打賭，這裡絕對沒有人來過。」

「我們應該畫張地圖，」拉爾夫說，「可是沒有紙。」

「我們可以刮在樹皮上，」西蒙說道，「再用黑的東西去塗。」

在黯淡的光線下，三人眨著閃亮亮的眼睛，嚴肅地討論著。

「棒呆了。」

「好極了。」

這裡可沒地方翻跟頭了。這次拉爾夫表達興奮的方式是假裝要把西蒙撞倒，不一會兒他們就在幽暗的樹叢底下喘著氣，樂成一團。

互相分開後，拉爾夫率先開口。

「出發吧。」

從藤蔓和樹叢間鑽出去，下一個粉紅色花崗岩峭壁就在前方不遠處，只距離一小段路，孩子們沿著山路小跑而上。越往上走森林越開闊，他們得以從樹林間瞥見一望無際的大海。

驕陽毫無遮蔽地照在小路上，晒乾了在陰暗潮溼又悶熱的森林中汗溼的衣服。通向山顛的最後一段路看起來就像在粉紅岩石上的蔓草，蜿蜒而上，卻不再伸入黑暗中。孩子們穿越狹隘的山路，翻過滿是碎石砂礫的陡坡。

「你們看！你們看！」

在島這側的高地上四散著岩石，有的像草垛，有的像煙囪。傑克靠著的那塊大石頭一推就動，還發出刺耳的軋軋聲。

「快來！」

但不是要到山頂去。要想登上頂峰，這三個孩子還得接受挑戰，也就是眼前這塊像小汽車般大的岩石。

「用力！」

岩石有點傾斜，似乎要動了。

「用力！」

傾斜的幅度漸漸增大，直到逼近臨界點。再來、再來！

「用力！」

大石頭又堅持了一下，終於放棄掙扎，決然地一去不返，它越過空中，摔了下去，撞擊著，翻滾著，蹦跳著，最後發出深沉的轟隆聲，在森林的翠頂上砸出一個大洞。回聲四起，鳥兒驚飛，白色、粉紅色的塵灰瀰漫。下方更遠處的森林震顫著，彷彿有一個發怒的惡魔經過，然後海島又平靜了下來。

「棒呆了！」

「就像一顆炸彈！」

「哇喔！」

他們足足有好幾分鐘沉浸在勝利的喜悅中，過了一會兒才終於離開，再度往前走。

接下來的路就輕鬆多了。在距離山頂還有最後一段路時，拉爾夫忽然停了下來。

「天哪！」

他們正位在山側的一個圓形山谷邊緣，準確地說是半圓形的山谷。這裡開滿了藍色的野花，似乎是某種岩生植物。瀑布順著岩壁的缺口飛瀉而下，水沫亂濺在森林的翠頂上。空中滿是翩翩飛舞的彩蝶。

從圓形山谷再往前一點就是方形的山頭，不一會兒他們已站在山頂上了。

在登上山頂之前他們就猜到這是座島。因為在粉紅色的岩石上攀爬時，兩側都是大海，高處的天空極其清澈，本能告訴他們四面都是海。但他們覺得等到達山頂、看到海面時，再來下這個結論會更適當。

拉爾夫回頭對另外兩個人說：

「這個島是我們的。」

海島的形狀有點像船。他們所在之處地勢最高，身後參差不齊的山岩向下延伸到海岸；兩側是各式各樣的岩石、懸崖、樹梢，還有一個陡峭的坡地；正前方的地形稍微緩和，覆蓋著綠樹，有的地方露出粉紅色的岩石；再過去是島上平坦而濃綠的叢林地，最尾端則是那塊粉紅色的岩石平臺。就在這個島沒入海面的地方，有另外一座小島。幾乎與本島分開，像一座粉紅岩石蓋成的險惡城堡般矗立著，隔著綠色的海面與孩子們相望。

孩子們俯瞰著所有的一切，接著放眼大海。他們站得高高的，而且下午已經過去，景象非常清晰，並沒有受到海市蜃樓的干擾。

「那是礁岩，是珊瑚礁。我有見過圖片。」

珊瑚礁不只圍繞小島的一側，它位於一英里外的海上，與孩子們占地為王的海灘平行。珊瑚礁在海中排成不規則的弧線，就像一個巨人彎下腰，想用粉筆一筆描繪海島的輪廓，卻還沒畫完就因太累而作罷。珊瑚礁內側的海水絢爛、暗礁林立、海藻叢生，就像水族館裡的生態展覽一樣；珊瑚礁外側則是湛藍的大海。浪潮滾滾，在礁岩後方形成長長的銀白色泡沫，乍看之下，這座島彷彿像艘大船穩穩向後航行。

傑克指著下面。

「那是我們降落的地方。」

在瀑布和岩山之外的樹林裡，有一道明顯的切口，其中都是折斷的樹木，還有飛機拖行的痕跡，在這道切口和大海中間只留下一抹棕櫚樹影。伸入潟湖的岩石平臺也在那裡，周圍有小蟲似的人影在動來動去。

拉爾夫站在光禿禿的山頂上，用手描繪出一條曲折的路徑，順著斜坡、溪谷，穿過野花叢，直到一塊岩石邊，那裡就是飛機撞擊的起點。

「這條路回去最快。」

孩子們的眼睛閃閃發亮，興奮得合不攏嘴，他們凱旋而歸，品嘗著征服的喜悅。他們是夥伴、是朋友，開心得彷彿要飛上天。

「沒有村落的炊煙，也沒有船隻，」拉爾夫推斷道。「我認為這是座無人島，但之後可以再確認清楚。」

「我們要先找吃的，」傑克叫道。「打獵、設陷阱……直到大人來接我們。」

西蒙看著他們，什麼話也沒說，只是一直點頭，黑髮跟著前後甩動，臉上容光煥發。

拉爾夫俯瞰著沒有珊瑚礁的那個方向。

「這邊更陡了。」傑克說。

拉爾夫用手圈成杯子的形狀。

「那下面有一小片森林……山把那片森林抬高了。」

滿山遍野都長著樹木，有各種野花和喬木。此刻森林騷動起來，風聲陣陣，此起彼伏。附近成片的岩生野花拂動著，不一會兒微風就帶著涼意吹到他們臉上。

拉爾夫伸開雙臂。

「全都是我們的。」

孩子們在山上歡笑著，翻著跟頭，大聲嚷嚷。

「我餓了。」

西蒙一說出口，另外兩個孩子也覺得有點餓了。

「走吧，」拉爾夫說道。「我們已經把狀況弄清楚了。」

他們翻過一道岩石斜坡，進到一片野花叢裡，在樹下找路前行。他們在這裡暫時停了下來，好奇地觀察著四周的矮灌木叢。

西蒙先開了口。

「這看起來像蠟燭，應該是翅果鐵刀木，俗名叫七金燭臺。」

矮灌木叢是墨綠色的常青樹，芳香撲鼻，有許多綠色的花苞朝向陽光。傑克拿刀一砍，香沫四濺。

「七金燭臺。」

「你又不能拿這個去燒，」拉爾夫說。「它們只是看起來像蠟燭。」

「綠色蠟燭，」傑克鄙棄地說，「我們又不能吃這些東西。走吧。」

三個人走進茂密的叢林裡，他們拖著疲憊的步伐沙沙地行走在小徑上，突然聽見一陣短促刺耳的尖叫聲，以及蹄子在路面上用力撞擊的聲音。他們越往前走，尖叫聲越響，最後變成一陣陣聲嘶力竭的狂叫。原來是一頭小野豬被厚厚的藤蔓纏住，牠非常害怕，發瘋似的想要掙脫，不斷發出尖細的叫聲。三個孩子衝上去，傑克一把抽出刀子。他將手臂高舉，卻不知該從何下手，在他停頓的瞬間，小野豬繼續狂叫，藤蔓猛烈地搖動著，刀刃在傑克指節分明的手上閃閃發亮。孩子們意識到這刀刺下去代表的罪惡有多重大，但還來不及細想，小野豬便已掙脫藤蔓，急忙奔進矮灌木叢中，留下孩子們面面相覷，看著那恐怖的地方。傑克蒼白的臉上雀斑顯得格外清楚，他發覺自己還高舉著刀子，便垂下手把刀插入鞘內。他們全都羞愧地笑了笑，接著走回原來的小徑上。

「我只是在思考，」傑克說。「從哪邊下手比較好。」

「刺下去就對了，」拉爾夫熱切地說。「大人總是這麼說。」

「殺豬要割破牠的喉嚨放血，」傑克說，「不然肉會不好吃。」

「那你為什麼不……」

他們很清楚他為什麼沒有下手，因為不夠狠心，沒辦法一刀刺進有生命的身體裡，也無法忍受鮮血噴湧而出。

「我正要……」傑克說。他走在最前面，其他兩人看不到他的表情。「我正要找地方下手，下次……」

他一把從刀鞘裡拔出刀子，猛地砍進一根樹幹裡。下次就不會這麼好心了。他凶狠地環顧四周，看看有誰膽敢反駁。不久，他們穿過叢林來到陽光下。他們先花了一點時間找東西吃，然後就順著飛機撞擊的痕跡走向平臺去開會了。

2 山上之火

拉爾夫一吹完海螺，平臺上便已擠滿了孩子。這次聚會跟上午舉行的不同。下午的陽光從平臺另一側斜射進來，大多數孩子又穿上了衣服，因為不想被晒傷，但已經太遲了。至於唱詩班的男孩們仍將斗篷扔在一邊，看起來不再像是一個團隊了。

拉爾夫坐在一根倒下的樹幹上，左側沐浴在太陽下。他的右手邊是大多數的唱詩班成員，左手邊則是原本互不相識的大孩子們，前面蹲坐在草地上的是較小的孩子。

大家都很安靜。拉爾夫把帶粉紅斑點的奶油色貝殼放到自己膝蓋上，突然一陣微風輕輕吹過平臺。他不確定是要站起來好，還是繼續坐著。他瞥向左邊，朝那個像浴缸的水池看了看。小豬就坐在旁邊，卻沒有幫他出主意。

拉爾夫清了清嗓子。

「那個……」

突然間，他知道自己該說什麼，而且非常流暢地說了出來。他一手撥撥頭髮，一面說道：

「這是一座島。我們幾個去了山頂，看到四周都是海，但沒看到房子和炊煙，也沒看到足跡、船和人。我們是在一座無人島上，這裡沒有別人。」

傑克插嘴說：

「總之，我們需要一支隊伍去打獵，去獵野豬。」

「對呀，這島上有野豬。」

他們三人試圖傳達那種感受，那種看到活生生的動物在藤蔓中掙扎的感受。

「我們看見——」

「嘰嘰喳喳亂叫——」

「牠逃掉了——」

「我還來不及下手，但是下一次！」

傑克把刀猛劈進一根樹幹裡，挑釁似的看向四周。

接著會議繼續進行。

「所以，」拉爾夫說，「我們需要有人去打獵、去弄食物。另外還有一件事。」

他舉起膝蓋上的貝殼，環顧一張張映著斑駁光影的面孔。

「這裡一個大人也沒有，我們必須自己照顧自己。」

底下響起一片吱吱喳喳聲，隨即又安靜下來。

「還有，我們也不能隨便發言，必須像在學校裡一樣，舉手才能說話。」

他把海螺舉到面前，打量著海螺的開口。

「誰要發言我就給他海螺。」

「海螺？」

「這個貝殼就叫海螺。我把海螺給要發言的人，他就拿著海螺說話。」

「可是——」

「那個——」

「誰也不可以打斷他說話，除了我。」

傑克站起身。

「我們要訂下規矩！」他激動地高喊，「訂許多條！要是誰違反這些規矩——」

「好耶！」

「棒呆了！」

「哇！」

「唷嗬！」

拉爾夫感覺有人從他膝上拿起海螺，接著小豬站了起來，拿著奶油色的海螺站在那裡，歡呼聲停了下來。傑克依然站著，疑惑地瞥了拉爾夫一眼，後者卻笑嘻嘻地輕拍著一根圓木。傑克只好坐了下來。小豬一面取下眼鏡往襯衫上擦，一面眨著眼睛看大家。

「你們打斷了拉爾夫，沒讓他說出最重要的事。」

他停頓一下，好引起大家的注意。

「有誰知道我們在這裡？」

「機場的人知道。」

「帶擴音器的大人——」

「我爸爸。」

小豬又戴上眼鏡。

「沒有人知道我們在什麼地方，」小豬說道。他的臉色更加蒼白，呼吸急促。「他們或許知道我們要去哪裡，也或許不知道。但他們不知道我們『現在』在哪裡，因為我們根本沒到達目的地。」他瞪著大家好一會兒，然後搖搖晃晃地坐下。拉爾夫從小豬手裡接過海螺。

「我只想說，」他接著道，「當你們全都、全都……」

他看著大家專注的表情。「飛機被擊落了，沒有人知道我們在哪裡，我們可能會在這裡待很久。」

全場鴉雀無聲，甚至連小豬的呼吸聲都聽得一清二楚。陽光斜射進來，在半個平臺上鋪滿金色的光輝。瀉湖上的輕風一陣接著一陣，就像追逐著自己尾巴的小貓，越過平臺，竄進森林裡。拉爾夫把垂在前額的一綹金髮往後撥。

「那我們只好在這裡待很久了。」

沒人出聲。拉爾夫突然咧嘴一笑。

「但這個島很不錯。傑克、西蒙和我爬到山上看了。這個島好極了，有吃的有喝的，還有——」

「各種岩石——」

「藍色的野花——」

小豬的呼吸稍微平穩了些，指指拉爾夫手裡的海螺，傑克和西蒙便不說話了。拉爾夫繼續說道：

「我們在島上等待的時候可以玩個痛快。」

他誇張地比著手勢。

「就像故事書裡寫的一樣。」

平臺上忽然爆出一陣喧譁。

「像《金銀島》——」

「《小水手探險記》[1]——」

「《珊瑚島》[2]——」

拉爾夫揮舞著海螺。

「這是我們的島，是一個很棒的島。在大人找到這裡之前，我們可以玩個痛快。」

傑克伸手拿了海螺。

「這裡也有野豬，」他說。「有吃的。從那邊過去，有條小溪可以洗澡，樣樣都不缺。

1 《小水手探險記》（Swallows and Amazons），英國作家亞瑟•然森（Arthur Ransome, 1884-1967）所寫的兒少系列小說。Swallows（燕子）和 Amazons（鸚鵡）是兩艘船的名字，兩派少年分別以船名命名，玩打仗遊戲。書中描寫了強盜、風暴和探險等。故事最後孩子們共同機智地戰勝了強盜。

2 《珊瑚島》（Coral Island），英國作家貝冷汀（1825-1894）的小說。描寫三個英國青少年在南太平洋珊瑚島上的驚險故事。他們性格開朗，機智勇敢，是患難與共的好朋友，由於船隻失事而漂流到一座孤島上，終於戰勝了海盜和土人，回到了故鄉。書中的傑克是個身強力壯、見義勇為的英俊青年；拉爾夫年紀稍小一些，是講述故事的人；彼得金個子很小，年紀也最小，頭腦靈敏，喜歡開玩笑。高汀創作《蒼蠅王》是受到《珊瑚島》的影響，但《蒼蠅王》其實是否定《珊瑚島》中充滿光明的描寫。

還有人發現別的東西嗎？」

他把海螺還給拉爾夫，坐了下來。顯然沒有人發現別的東西。

大孩子們注意到一個小小孩有話要說。一群小小孩想推他出來，可他不肯。這孩子個頭很小，大約六歲，一邊臉頰上有紫紅色的胎記。他站了起來，在眾目睽睽下顯得不知所措，他用一隻腳趾玩著野草，咕噥著，幾乎要哭了出來。

別的小小孩也在竊竊私語，但態度很認真，他們把他推向拉爾夫。

「好吧，」拉爾夫說道，「說來聽聽。」

小男孩心慌意亂地四下張望著。

「快說吧！」

小男孩伸出雙手去拿海螺，其他的孩子們大聲取笑他，他馬上縮回雙手，哭了起來。

「讓他拿海螺！」小豬喊道。「讓他拿！」

拉爾夫示意他拿海螺，可隨之而來的笑聲淹沒了小男孩的聲音。小豬跪在他身邊，一手按在海螺上，一邊聽他說，再轉述給其他人。

「他想知道你們打算怎麼處理像蛇的東西。」

拉爾夫笑了，別的孩子也跟著笑了。小男孩縮成一團。

「說說看，什麼像蛇的東西。」

「他說是隻怪獸。」

「怪獸？」

「像蛇的東西，好大好大，他看到了。」

「在哪裡？」

「在樹林裡。」

不知是飄蕩的微風，還是西下的太陽，為樹蔭下帶來陣陣涼意。孩子們感到這陣寒意，騷動起來。

「在這麼小的島上不可能有像蛇的怪獸，」拉爾夫好心地解釋道。「只有在大的地方，像是非洲或印度，才找得到那種東西。」

大家低聲討論了一番，然後慎重地點點頭。

「他說怪獸在黑暗的地方出現。」

「那他根本就沒看到！」

孩子們又開始起鬨。

「你們聽到了嗎？他說在黑暗中看到那個東西——」

「他說他真的看到了。那東西來過又走了，然後又回來，要吃掉他——」

「他在做夢啦。」

拉爾夫一面笑，一面環顧四周，看著一張張臉孔，尋求大家的贊同。大孩子們贊同拉爾夫；可小小孩們卻不太相信，希望能有確切的保證。

「他一定是做噩夢了，因為老是被這些藤蔓絆倒。」

大家又重重點了點頭；孩子們都做過噩夢。

「他還是說他看到了像蛇的怪獸，問今晚牠會不會再來。」

「可是根本沒有怪獸呀！」

「他說白天怪獸會變成像藤蔓一樣掛在樹枝上，他想知道今晚怪獸會不會再來。」

「可是根本沒有怪獸！」

現在一點笑聲都沒有了，大家陰沉地看著他。拉爾夫雙手撥著頭髮，又好笑又好氣地看著這個小男孩。

傑克一把搶過海螺。

「拉爾夫說得對，沒有像蛇的怪獸。就算有，我們也會抓住牠殺掉。我們正要去獵野豬，這樣大家就有肉吃，順道可以去找蛇——」

「但真的沒有蛇呀！」

「我們可以趁打獵的時候查清楚。」

拉爾夫很懊惱，一時間甚至有種挫敗的感覺。他覺得自己正面對著某種不可捉摸的東西，而那些盯著他的眼睛又是那麼的緊張、嚴肅。

「但真的沒有怪獸呀！」

拉爾夫的身體裡有某種力量湧了上來，迫使他再次大聲強調這一點。

「我說，這裡沒有怪獸！」

大家默不吭聲。

拉爾夫又舉起海螺，他一想到自己接下去要說的話，心情就好了起來。

「現在我們來討論最重要的事。我一直在想，不管是爬山的時候，」他向另外兩個會心地笑了笑。「還是在海灘上的時候。我一直在想，我們要玩，但也要得救。」

孩子們表示贊同的熱情歡呼像熱浪般衝擊著他，他停頓下來，想了想後說：

「我們要得救；我們一定會得救的。」

歡聲雷動。拉爾夫這番發言並沒有真憑實據，不過是展現權威，卻為大家帶來了歡樂與希望。拉爾夫不得不揮舞海螺要大家安靜，才能繼續說下去。

「我父親在海軍服役，他說已經沒有不為人知的島嶼了。他說女王有個大房間，裡面全是地圖，世界上所有的島都畫在那上面。所以女王一定會有這座島的地圖。」

又響起一片歡天喜地的呼喊。

「遲早會有船到這裡來，說不定還是我爸爸的船呢。大家等著，我們遲早會得救的。」

他把重點說出來後，暫停了一下。孩子們從他的話中獲得安全感，他們本來就喜歡拉爾夫，現在更崇拜他了。大家忍不住拍手叫好，不一會兒平臺上的掌聲就響徹雲霄。拉爾夫紅著臉，轉頭看到一旁小豬臉上毫不掩飾的欽佩之情，而另一邊，傑克也嘻嘻笑著鼓掌。

拉爾夫揮揮海螺。

「安靜下來，停一停，聽我說！」

他在眾人的注視下，得意揚揚地繼續說道：

「還有一件事，我們可以幫他們省點力。船隻即使來到島的附近，也不一定會注意到我們，所以我們必須在山頂上升起狼煙，也就是要升火。」

「升火！升火！」

有一半的孩子立刻站了起來。傑克在其中鼓噪著，也不記得先拿海螺。

「來！跟我來！」

棕櫚樹下的空地熱鬧起來，孩子們跑動著。拉爾夫站了起來，大叫安靜，可沒人聽他的。所有人都跑向島的內側，一窩蜂地跑，跟著傑克跑，甚至連小小孩也跑了起來，穿過斷枝和樹葉，用力地跑；留下拉爾夫拿著海螺，還有小豬。

小豬的呼吸幾乎完全恢復正常。

「一群小鬼！」他輕蔑地說。「就像一群小鬼！」

拉爾夫猶豫不決地看著小豬，把海螺放到樹幹上。

「我想是下午茶的時間了，」小豬說。「真不知道他們跑到山上去想做什麼？」

他帶著敬意地撫摸著海螺，隨後停下來，抬頭看。

「嘿！拉爾夫！你要去哪裡？」

拉爾夫已經沿著飛機撞痕走了一小段路，前面傳來孩子們踩著枝葉的沙沙聲和歡笑聲。

小豬一臉不耐地看著他。

「就像一群小鬼……」

他嘆了口氣，彎下腰，繫緊鞋帶。孩子們的喧鬧聲往山的方向漸漸遠去。小豬撿起海螺，帶著一種大人不得不跟著愚蠢小孩胡鬧的表情，轉向森林，慢慢順著凹凸不平的撞痕走去。

從山頂可以看到在另一側的山腳下有塊森林平臺。拉爾夫無意間又把手圈成杯子的形狀。

「那下面有足夠的樹枝可以升火。」

傑克咬住下嘴唇，點點頭。在山勢比較陡峭的一側，往下約一百呎處，有塊好像專門用來提供木柴的地方。由於天氣溼熱又缺乏足夠的土壤，樹木還來不及長大就倒下腐爛了。藤蔓盤繞在地上，托著枯樹，新的樹苗則從縫隙間鑽出頭來。

傑克轉向已經列隊站好的唱詩班。他們戴著的黑帽子滑向一側，蓋住一隻耳朵，就像戴著貝雷帽。

「我們要搭一個木柴堆，來吧！」

他們找出最好走的路下去，然後用力地拖拉枯樹殘枝。到達山頂的小小孩也跟著滑了下來，除了還未出現的小豬以外，人人都在忙碌。大多數的樹木都已嚴重腐爛，一拉就碎，不僅木屑四散，還有木蝨和腐物；還有些樹被連根拔起。雙胞胎山姆和艾瑞克率先找到一根可用的樹幹，但他們搬不動，直到拉爾夫、傑克、西蒙、羅傑和莫里斯來幫忙，他們才把那棵奇形怪狀的枯樹幹慢慢抬到岩石上，丟到木柴堆上。接著每一組孩子都多少加了點樹枝，木柴越堆越高。又一趟來回時，拉爾夫和傑克一起扛著一根大樹幹，他們倆分攤著這個重擔，不由得相視而笑。在微風中、歡叫中，在斜射到高山上的陽光中，他們再次感覺到一股魔力，散發出友誼、冒險和滿足的光輝；一種奇妙而無形的光輝。

「這有點重呢。」

傑克露齒笑著回答：

「我們能扛得動的。」

他們一起竭力扛著樹幹，搖搖晃晃地爬上最後一段陡峭的山路。他們一起數著：一！二！三！把大樹枝砰地扔到木柴堆上。然後他們往後退，得意地笑著，拉爾夫忍不住翻了個跟頭。在斜坡下面，孩子們還在搬木柴，儘管有些小小孩已經沒了耐性，在這片新的森林裡尋找起野果來。雙胞胎倒是令人意想不到的聰明，捧著一把把枯葉爬了上來，傾倒在木柴堆上。眼看木柴堆夠高了，孩子們都不再下去拿。他們站在粉紅色的嶙峋山頂上，不再喘氣，身上的汗水也乾了。

大家都在等著拉爾夫和傑克做些什麼，兩人互相看了看，突然覺得有點慚愧，卻都不知道該怎麼開口承認。

拉爾夫漲紅著臉先說了。

「你會嗎？」

他清清嗓子繼續說：

「你會不會升火？」

這下可尷尬了。傑克的臉也紅了，他含糊不清地念道。

「你把兩根樹枝拿來摩擦看看……」

他瞥了一眼拉爾夫，拉爾夫突然說出一句沒大腦的話。

「有人有火柴嗎？」

「你找塊弧形的木頭，用尖樹枝在上面旋轉摩擦。」羅傑邊說邊搓著雙手，並模仿火花冒出來的聲音，「滋滋，滋滋。」

一陣微風吹過山間。穿著短褲和襯衫的小豬姍姍來遲，小心翼翼地從森林裡費力地走了上來，夕陽在他的眼鏡上反射出一閃一閃的亮光。他腋下夾著海螺。

拉爾夫朝他喊道：

「小豬！你有帶火柴嗎？」

別的孩子跟著嚷嚷，山上一片喧鬧。小豬搖搖頭，來到木柴堆旁。

「天啊！你們已經堆了這麼高的木柴。」

傑克突然用手指著他說：

「他的眼鏡，可以用來聚光！」

小豬還來不及反應就被團團圍住。

「嘿，放開我！」傑克一把從他臉上搶走了眼鏡，小豬發出恐怖的尖叫。「小心一點！還給我！我看不見了！你會把海螺打碎的！」

拉爾夫用手肘把他推到一邊，跪在木柴堆旁。

「走開，別擋住陽光。」

一陣推拉加上七嘴八舌，拉爾夫把鏡片前前後後、上下左右地移來移去，終於一道閃亮的白色光束落到一塊爛木頭上，幾乎同時，一縷輕煙升起，嗆得拉爾夫乾咳起來。傑克也跪下來輕輕吹著，輕煙往後飄去，卻有更多煙冒了出來，接著出現一小簇火苗。在明亮的陽光下幾乎看不見的火苗捲住了一根細樹枝，火越來越大，閃著燦爛的光輝，又竄上另一根樹枝，發出劈里啪啦的爆裂聲。火苗越竄越高，孩子們一片歡騰。

「我的眼鏡！」小豬大叫著。「還給我！」

拉爾夫從木柴堆旁邊退開，把眼鏡塞到小豬摸索的手裡。小豬喃喃自語。

「弄得這麼髒，戴上連手都看不見……」

孩子們跳起舞來。木柴本來就是乾枯的，現在更如火種般一觸即發，金黃的火焰大口吞噬著一根根大樹枝，熊熊火苗竄到二十呎的空中搖晃。靠近火堆的地方熱浪逼人，微風吹過，帶起一串火星。一根根樹幹在烈火中蜷縮成灰白的餘燼。

拉爾夫喊道：

「我們需要更多木柴！大家快去找木柴！」

生命變成一場與火的競賽，孩子們四散奔進高處的森林中。要在山上撐起一面迎風飄揚的火之旗幟已成當務之急，沒有人再顧得上其他。即使最小的孩子們，只要沒有被野果吸引而分心，也都拾來小片的木頭丟進火堆裡。空氣流動的速度稍稍加快，形成一股輕風，讓順風處和逆風處產生明顯的分界。一頭的空氣涼颼颼的，另一頭的火堆卻衝出灼人的熱浪，一瞬間就讓頭髮受熱捲曲起來。孩子們感覺到習習晚風吹拂在溼漉漉的臉上，於是停下來享受這股清涼，這才發覺自己早已精疲力竭。他們撲倒在亂石堆的陰影裡。火苗迅速減弱，火堆也隨之往下坍塌，發出輕微的聲響，揚起一大片火星往上直衝，然後傾斜，隨風散去。孩子們躺在地上，像狗似的喘著粗氣。

拉爾夫把靠在前臂上的頭抬起來。

「這火一點用也沒有。」

羅傑不住地往灼熱的灰燼中呸呸吐著口水。

「你是什麼意思？」

「沒有煙，只有火啊。」

小豬安安穩穩地坐在兩塊岩石當中，膝上放著海螺。

「這火等於沒升，」他說，「一點用都沒有！除非我們能想到辦法讓火一直燒。」

「你又想了什麼辦法，」傑克鄙視地說。「你只會坐在那裡。」

「我們用他的眼鏡點火，」西蒙邊說邊用前臂擦擦烏黑的臉頰。「他也算是幫了忙。」

「我拿著海螺，」小豬惱怒地說道。「你們必須讓我說話！」

「海螺在山頂上不算數，」傑克說，「閉上你的嘴。」

「我拿著海螺。」

「用青樹枝，」莫里斯說道。「那是升煙最好的辦法。」

「我拿著海螺——」

傑克惡狠狠地轉過頭說：

「你閉嘴！」

小豬畏縮了。拉爾夫從他那裡拿過海螺，環顧一下周圍的孩子們。

「我們得派人看管火堆，要是哪天有船經過那裡，」他揮動手臂描繪筆直的海平面，「我們就點燃火堆當作信號，他們就會來帶我們走。還有一件事，我們應該再訂些規矩。在哪裡吹響海螺就在哪裡開會，不管在山上或山下都一樣。」

大家都同意了。小豬張嘴想說話，瞥見傑克的眼神，又閉口不語。傑克伸手去拿海螺，他站了起來，烏黑的手小心地捧著易碎的海螺。

「我同意拉爾夫的話。我們必須遵守規矩，我們畢竟不是野蠻人，我們是英國人；英國人是最棒的，所以我們一定要做到最好。」

他轉向拉爾夫。

「拉爾夫，我把唱詩班、也就是我的獵手們分成小組，我們來負責看管火堆。」

這番爽快的舉動引起孩子們一陣喝采，傑克咧嘴笑看著大家，隨後揮揮海螺要大家安靜。

「現在這火堆燒完就算了，反正晚上有誰看得到煙呢？況且，只要我們想，隨時都可以再把火升起來。阿爾特斯，這星期你來看管火堆；下星期再增加到三個人。」

孩子們認真地一致同意。

「我們還要負責設立一個觀察哨，要是我們看到那裡有船，」大家順著傑克骨骼粗大的手臂望過去，「就把青樹枝放上去，這樣一來煙就更濃了。」

孩子們目不轉睛地盯著深藍的海平面，彷彿那裡隨時會出現一艘小小的船影。

西下的太陽就像熔化的黃金，慢慢滑向海平面。這瞬間孩子們突然體認到，黃昏是光亮與溫暖的盡頭。

羅傑拿起海螺，神色沮喪地環顧大家。

「我一直盯著海面看，連艘船的影子也沒有，我們不可能得救了。」

一陣嘰嘰喳喳聲之後是一片寂靜。拉爾夫取回海螺。

「我之前說過我們會得救的，我們只要等待就行了。」

小豬氣憤地壯起膽子拿過海螺。

「那是我說的！我說要開會，還有別的事情，但你們都要我閉嘴！」

他的聲音越來越大，彷彿善良的受害者哀哀泣訴。大家騷動起來，開始轟他下去。

「你們說要一個小火堆，結果卻弄得跟乾草堆一樣大。我想說什麼，」小豬以發自內心的痛苦叫喊道，「你們就叫我閉嘴閉嘴，但如果是傑克、莫里斯或西蒙……」

他激憤得說不下去，站在那裡，眼光越過他們，俯視冷峻的山側，看到他們剛才撿拾枯樹殘枝的地方。隨後小豬露出怪異的笑容。孩子們沉默了，驚詫地看著他光芒閃爍的眼鏡。他們順著他的目光看過去，想知道這詭異的冷笑究竟是什麼意思。

「你們真的升起了小火呢。」

煙從垂掛在枯死或將要枯死樹木上的藤蔓間冒了出來。在一縷煙的底部，發出一閃一亮的火光，隨後煙越來越濃。小小的火苗在一根樹幹上顫動著，又悄悄順著簇葉和灌木叢蔓延開來，火勢不斷增強。一條火舌舔上另一根樹幹，像歡快的松鼠攀緣而上。黑煙不斷壯大，往外擴散。火之松鼠藉著風勢，躍攀到一棵挺立的樹上，繼續往下吞噬著。在黑色樹葉和濃煙形成的天蓋之下，大火攫抓著森林張口咬下。成片的黑黃色濃煙滾滾湧向大海。看著熊熊的烈焰，看著它銳不可當地向前猛衝，孩子們爆出一陣陣尖叫，一陣陣激動的歡呼。火焰彷佛囟禽猛獸；就像一頭美洲豹匍匐前進，撲向密布在粉紅色岩石上的樺樹幼苗。大火撲上首當其衝的樹，枝葉瞬間燃燒如火炬。火勢中心的烈焰輕捷地躍過樹木間的縫隙，搖曳而行，倏地一閃就點燃一整排樹木。孩子們歡呼雀躍，在他們下方，四分之一平方英里大的森林發狂似的冒著濃煙烈焰，十分囟惡可怕。一陣陣畢畢剝剝的爆裂聲，匯集成撼動山嶽的隆隆擂鼓聲。

「你們真的升起了小火呢。」

孩子們的情緒漸漸低落，個個都默不作聲，他們對自己釋放出的力量感到畏懼，拉爾夫驚愕地意識到這一點，因而勃然大怒。

「哼，閉嘴！」

「我拿著海螺，」小豬以受挫的口氣說道。「我有權發言。」

孩子們以無趣的眼神看著他，他們豎起耳朵傾聽擂鼓似的隆隆聲。小豬膽怯地瞥了一眼那可怕的大火，把海螺緊抱在懷裡。

「現在只能讓火燒下去了。那可是我們的木柴呢。」

他舔舔嘴唇。

「我們什麼辦法也沒有，我們應該更小心一點，我真怕——」

傑克把視線從火海上移開。

「你老是怕呀怕呀的，死胖子！」

「我拿著海螺，」小豬臉色蒼白地說。他轉向拉爾夫。「拉爾夫，我拿著海螺，對不對？」

拉爾夫勉強轉過身，還留戀著光彩奪目卻又令人畏懼的景象。

「怎麼了？」

「海螺。我有權發言。」

雙胞胎一起咯咯笑了起來。

「我們需要煙——」

「你看！」

一片煙幕延伸出島外長達數英里。除了小豬以外，所有的孩子都笑了起來；他們又笑又叫的，興高采烈。

小豬發火了。

「我拿著海螺！你們聽著！我們最該做的，是在下面的海灘上搭幾間茅屋。晚上這裡可是非常冷的。但剛才拉爾夫說了個『火』字，你們就大喊大叫地跑到山裡來，就像一群小鬼！」

大家聽著他激動地長篇大論。

「要是你們不把重要的事情先做好，又怎麼可能得救呢？」

他拿下眼鏡，正準備放下海螺，但好幾個大孩子突然朝海螺移動，讓小豬改變了主意。

他把海螺往手臂下一塞，又蹲到一塊岩石上。

「後來你們又到這裡來弄了個根本沒用的火堆，還把整座島都點燃了，要是島上的東西全燒光了，那才真是可笑呢！我們不得不吃煮熟的水果和烤焦的豬肉。這一點都不好笑！你們說拉爾夫是首領，可又不給他時間多想想。他隨便說了句什麼，你們就跟著跑，就像、就像……」

他停下來喘口氣。大火正對著他們咆哮。

「我還沒說完！那些小小孩；那些小鬼頭，誰負責管他們？誰知道我們有多少人？」

拉爾夫突然往前一步。

「我早跟你說要列一份名單！」

「我怎麼可能做得到，」小豬氣憤地喊道，「光靠我一個人？他們靜不了兩分鐘就跳到海裡，要不就跑進森林裡，他們到處跑來跑去，我要怎麼把他們的人和名字對上呢？」

拉爾夫舔舔灰白的嘴唇。

「所以你不知道我們有多少人？」

「那些小鬼頭像小蟲子似的到處亂跑，我怎麼跟得上他們？之後你們三個回來，你一說要弄個火堆，他們就全跑走了，我根本沒機會——」

「夠了！」拉爾夫尖聲叫著，一把奪回海螺。「沒做就是沒做。」

「然後你們跑到山上，還搶走我的眼鏡——」

傑克轉身面對他。

「閉嘴！」

「那些小鬼頭剛才就在下面起火的地方玩，你怎麼知道他們現在不在那裡？」

小豬站起來指指濃煙烈焰。孩子們先是交頭接耳，然後安靜下來。小豬的神色有些異樣，因為他又喘不過氣了。

「那個小鬼……」小豬氣喘吁吁地說，「那個臉上有胎記的小男孩，我沒看到他，他到哪裡去了？」

眾人一片沉默。

「就是那個說看見蛇怪的小男孩，他就在下面——」

大火中，一棵樹像炸彈般轟地炸裂開來。一條條細長的藤蔓被甩上天空，躍入眼簾，它們拚命掙扎著，然後又掉了下去。孩子們看到後尖聲大叫起來：

「蛇！蛇啊！你們看，是蛇！」

不知不覺間，西下的太陽離海平面已經很近很近了。孩子們的臉龐被下方射來的陽光染成紅色。小豬倒在一塊岩石上，雙手緊緊抓著。

「那個臉上……有胎記的小鬼……他現在……在哪裡？我沒有看見他……」

孩子們驚恐地面面相覷，不敢相信這件事。

「……他在什麼地方？」

拉爾夫面帶羞愧地低聲回答：

「他應該是回到、回到……」

在他們下方，冷峻的山側，擂鼓似的隆隆聲還在不停迴盪。

3 海灘上的茅屋

傑克弓著身子，像個短跑選手似的蹲在地上，鼻子離潮溼的地面只有幾吋。在他上方三十呎處，樹幹和交織垂下的藤蔓在綠濛濛的暮色中混成一片；四周全是矮灌木叢。追蹤到這裡幾乎已斷了線索，只有一根斷裂的樹枝和一個不完整的蹄印。他壓低下顎，目不轉睛地盯著這些痕跡，彷彿想要逼它們對他吐露祕密。隨後傑克像狗似的四肢著地，即使這個姿勢很不舒服，他也毫不在意，又悄悄地朝前爬了五碼才停下。在這裡有個圓圈狀的藤蔓，莖節上垂蕩著鬚根。鬚根的下緣被磨得很光滑，想來是滿身硬毛的野豬，經常穿過這裡造成的。

傑克蹲著身子，他的臉距離藤蔓圈只有幾吋，往前注視著半明半暗的矮灌木叢。他沾滿泥沙的頭髮，比剛到島上的時候長多了，顏色也更淡了；光裸的背上布滿黑色斑點，還被太陽晒到脫皮。他右手拿著一根長約五呎的削尖樹枝；身上除了一條用繫刀鞘的皮帶綁著的破爛短褲外，什麼也沒穿。傑克閉上眼睛，抬起頭，大張著鼻孔深深吸氣，想從溫熱的空氣中嗅出些什麼。森林裡一片寧靜。

他終於長長嘆了口氣，睜開眼睛。湛藍的眼珠因為受挫而閃著怒火，似要發狂。他伸出舌頭舔舔乾裂的雙脣，查看著默默無語的森林。然後又悄悄地向前，邊在地上東尋西找。

森林的靜謐比暑熱更為逼人，在這種時候，甚至連昆蟲的哀鳴都聽不見。直到傑克驚動一個古老的鳥巢，才打破了寂靜。豔麗的鳥發出尖厲的叫聲，彷彿是從上古的混沌中傳來，引發陣陣回聲。這聲怪叫讓傑克倒抽一口涼氣，縮成一團；這瞬間，與其說他是個獵手，不如說是個在亂樹叢中賊頭賊腦的小猴子。隨後，先前的發現和挫折感促使他繼續前進，他再次貪婪地在地面上搜索起來。突然，傑克在一棵灰樹幹上長著淺色花朵的大樹旁停了下來，閉上眼睛，又吸了一口溫暖的空氣；這次他的呼吸有點急促，臉色甚至一陣蒼白，然後熱血湧了上來。他像幽靈般穿過樹下的陰影，蹲下身子，低頭查看腳下被踩踏過的土地。

冒著熱氣的糞便堆在翻起的土中，光滑的表面，有著像青橄欖的顏色。傑克抬起頭來，盯著一團團詭異的藤蔓；野豬的足跡沒入其下。他提起長矛繼續悄悄前進。穿過藤蔓，他來到一條寬度足以稱為小徑的地方，應該是野豬長時間在這裡走動造成的。地面因經常踩踏而變得堅硬，傑克站直身子，同時聽見有東西在小徑上活動。他將右臂往後一拉，用盡全身力氣投出長矛。從前方傳來一陣急促而猛烈的蹄聲，一種像是響板的聲音，引人入勝又令人發狂——有肉可以吃了。他衝出矮灌木叢，一把抓起長矛；野豬的快跑聲卻已消失在遠處。

傑克站在那裡，汗如雨下，因為打了一天獵而全身沾滿褐色的泥巴。他嘴裡嘟囔著罵人的話，轉身離開野豬的小徑，在樹叢中費力地往前走，直到從枝葉蔽日的濃密叢林，來到有著羽毛狀樹葉、淡褐色樹幹的開闊棕櫚樹林間。再往前就是銀波粼粼的大海，他又聽見其他孩子們的聲音了。拉爾夫正站在一個用棕櫚枝葉搭成的東西旁邊，那是個面朝瀉湖的簡陋茅屋，看起來隨時會倒塌。拉爾夫沒有注意到傑克，即使傑克開口說話也一樣。

「有水嗎？」

拉爾夫從亂糟糟的樹葉間抬起頭，皺著眉。雖然他看著傑克，卻心不在焉。

「我說有沒有水？我口渴！」

拉爾夫終於回過神來，驚訝地注意到傑克。

「噢，嗨。水嗎？在樹那邊，應該還剩下一點。」

在樹蔭下排列著一些椰子殼，傑克拿起一個盛滿清水的，咕嚕咕嚕地一飲而盡。水流到他的下巴、脖子和胸口上。喝完水後他呼呼地喘著氣。

「把那個給我。」

西蒙在茅屋裡面說：

「舉高一點。」

拉爾夫轉向茅屋，舉起一根覆滿樹葉的樹枝。

但樹葉突然整個散開來，紛紛飄落到地上。西蒙懊惱的臉出現在待填上的洞口裡。

「對不起。」

拉爾夫厭惡地打量破爛的茅屋。

「我們這輩子都蓋不起來的。」

他往傑克腳邊一倒。西蒙仍留在茅屋裡，從洞口往外看。拉爾夫一躺下就說：

「已經做好幾天了，但你看看！」

有兩間茅屋已經蓋了起來，但卻搖搖晃晃的，而這個則根本是堆廢物。

「他們老是給我跑掉。你記得那次會議嗎？明明說好大家要一起把茅屋蓋起來的！」

「我跟我的獵手除外。」

「獵手除外。可是，那些小鬼頭——」

他打著手勢，考慮要用什麼字眼。

「他們簡直無可救藥。年紀大一點的也好不到哪裡去。你看見了嗎？整天就只有我跟西蒙在做，其他人都沒幫忙，不是去洗澡，就是去吃、去玩。」

西蒙謹慎地伸出頭來。

「你是首領，你可以罵罵他們。」

拉爾夫平躺在地上，仰望著棕櫚樹林和天空。

「開會、開會，我們不是很愛開會嗎？每天開兩次會，都在瞎扯。」他撐起一個手肘。「我敢打賭，要是我現在吹海螺，他們一定會跑過來，然後我們有模有樣地開會，接著有人會說我們該建一架噴射機，或是潛水艇，甚至電視機。可一開完會，做不到五分鐘，他們就又跑去玩，要不就去打獵。」

傑克臉紅了。

「我們需要肉呀。」

「嗯，可是我們什麼都沒有獵到，而且我們也需要茅屋。再說，你的那些獵人已經回來幾個鐘頭了，卻一直在游泳。」

「我還在打獵，」傑克說。「是我讓他們去游的，但我一直在打獵，我……」

他試著解釋那股吞噬他的衝動，迫使他不得不繼續追蹤和獵殺的衝動。

「我一直追蹤過去，我以為、我自己可以……」

那種狂熱的神色又出現在他的眼睛裡。

「我以為我可以殺掉……」

「但你沒有。」

「我以為我可以。」

某種壓抑的情緒讓拉爾夫的聲音顫抖。

「但你就是沒有。」

要不是因為那意有所指的語氣，他的挑釁或許會被忽略。

「我想你大概對蓋茅屋沒興趣吧？」

「我們需要肉——」

「可我們沒有獵到。」

兩人間的對立益發明顯。

「下次我一定會獵到的！只要我在這根矛上裝上倒鉤！今天我刺傷一頭豬，但矛掉了下來，要是裝上倒鉤——」

「我們需要茅屋。」

傑克憤怒地吼叫起來。

「你這是在怪我嗎？」

「我只想說我們做得累得要死！沒別的。」

兩人都漲紅著臉，無法再面對對方。拉爾夫翻身趴著，撥弄起地上的草。

「要是遇到我們剛墜落到島上時的那陣大雨，我們就會需要茅屋。另外還有一個原因。」

他停頓了一下；兩人都把怒氣丟到一邊。隨後他改變話題，談起一件不會引起爭吵的事。

「你注意到了，對不對？」

傑克放下長矛，蹲坐下來。

「注意到什麼？」

「他們在害怕。」

他又滾過來，盯著傑克那張凶惡骯髒的臉。

「他們每天晚上都會做噩夢。你有聽到吧。你半夜都不會醒來嗎？」

傑克搖搖頭。

「那些小鬼頭又念又叫的，甚至還有些是年紀大的孩子，就好像——」

「就好像這座島上有什麼不好的東西。」

這句話把他們嚇了一跳，抬頭一看，是西蒙正經八百的臉。

「就好像，」西蒙說，「那個怪獸，那個像蛇的怪獸真的存在一樣。還記得嗎？」

兩個大男孩一聽到這個字眼，不由自主地畏縮了一下。現在大家都不提蛇這個字，應該說是不能提起這個字。

「就好像這座島上有什麼不好的東西，」拉爾夫慢吞吞地說道。「對呀，說得對。」

傑克挺直上身，兩腿伸直。

「他們瘋了。」

「一群瘋子。記得我們那次去探險嗎？」

他們相視而笑，想起第一天感受到的魔力。拉爾夫繼續說道：

「所以我們需要茅屋，當作是——」

「家。」

「沒錯。」

傑克屈起雙腿，抱著膝蓋，皺著眉頭，試圖把話說清楚。

「在森林裡也一樣。當然，我是指打獵的時候，不是採野果的時候，當你獨自一個人……」

他停頓下來，不確定拉爾夫是否會把他的話當真。

「然後呢？」

「打獵的時候，偶爾會覺得自己好像……」他忽然臉紅了。

「其實也不是真的有什麼，就只是一種感覺，你會覺得好像你不是在打獵，而是……被誰獵捕；在叢林裡好像有什麼東西一直跟著你。」

他們又不吭聲了。西蒙聽得很入迷，拉爾夫卻不相信，甚至有點生氣。他端坐起來，用一隻髒手擦著肩膀。

「喔，是嗎？」

傑克跳了起來，急切地說：

「到森林裡你就會有那種感覺。當然不是真的有什麼，只是……只是……」

他快步朝海灘跑了幾步，接著又折回來。

「只是我了解他們的感覺，好嗎？就這樣。」

「最重要的是要想辦法獲救。」

傑克想了一想才記起「獲救」是怎麼回事。

「獲救？對對，當然！但我還是想先抓到一頭野豬……」他抓起長矛，用力戳進泥地裡。某種莫名的狂野神色又出現在他眼裡。拉爾夫的目光透過自己的一綹金髮，不苟同地看著他。

「只要你的獵手記得升火——」

「你老是在說升火！」

兩個男孩快步走下沙灘，在海水邊回頭看著粉紅色的山。蔚藍的晴空中有一縷白煙冉冉上升，又慢慢消失。拉爾夫皺起眉頭。

「不知道要靠多近才能看見這道煙。」

「幾英里。」

「我們的煙不夠大。」

白煙的底部彷彿察覺到他們的目光，逐漸變成濃濃的一團，緩緩上升，加入上方那條細小的煙柱。

「我猜他們加了青樹枝。」拉爾夫喃喃自語。他瞇起眼睛，轉身看著海平面的方向。

「找到啦！」

傑克叫得非常大聲，把拉爾夫嚇了一跳。

「什麼？在哪裡？是船嗎？」

但傑克卻指著從山上蜿蜒到平地的那個斜坡。

「就是那裡！牠們全躺在那裡，一定是的，在陽光太強的時候。」

拉爾夫疑惑地注視著傑克全神貫注的臉。

「野豬全都爬上那個斜坡，到比較高的地方，在太陽晒不到的地方避暑休息，就像老家的母牛。」

「我還以為你看到船了呢！」

「我們可以偷偷跟著一頭野豬，記得先把臉塗黑，豬就不會發現我們，這樣也許能包圍牠們，然後——」

拉爾夫忍不住了，氣憤地說：

「我在說煙呢！你不想得救了嗎？就只會說豬、豬、豬！」

「可是我們需要肉！」

「我跟西蒙做了一整天的事，但你回來連茅屋都沒看一眼！」

「我也在做事——」

「但你喜歡打獵！」拉爾夫叫道。「你想要打獵！而我……」

他們在明亮的沙灘上面面相覷，為這次爭執感到有點驚訝。拉爾夫先移開視線看向另一邊，假裝對沙灘上一群小小孩很感興趣。從平臺外，孩子們游泳的水潭裡傳來一陣陣獵手的嬉鬧聲。小豬平躺在平臺的一端，俯視著五光十色的大海。

「大家都不太喜歡做事。」

他想表達人們並非總是你以為的那樣。

「只有西蒙幫忙。」他指指茅屋。

「其他人都跑掉了，只有西蒙做的跟我一樣多——」

「西蒙就是這樣。」

拉爾夫接著往茅屋走去，傑克跟在他旁邊。

「我幫你做一點吧，」傑克低聲說道，「做完我再洗澡。」

「不用了啦。」

然而，當他們走回茅屋時，西蒙不見了。拉爾夫把頭伸進那個洞裡，又縮回來，轉頭對傑克說：

「他跑掉了。」

「做膩了吧，」傑克說，「一定去洗澡了。」

拉爾夫皺皺眉頭。

「他這人怪怪的，又有點滑稽。」

傑克點點頭，要是拉爾夫隨便說些什麼別的，他也會同意的；兩人不再說話，一起離開茅屋，朝洗澡的水潭走去。

「洗完澡之後，」傑克說道，「我吃點東西，就翻到山那邊去看看能不能找到野豬的蹤跡，你去不去？」

「可是太陽快下山了！」

「也許還有時間。」

他們一起向前走著，卻形同陌路，情感與想法都無法交流。

「要是能獵到一頭豬就好了！」

「我要繼續蓋茅屋。」

他們看了看彼此，不知道究竟是喜歡、還是討厭對方。直到洗澡水潭中暖洋洋的海水、嬉鬧聲、潑水聲和歡笑聲，又再度把他們連在一起。

＊

拉爾夫和傑克原本以為可以在洗澡水潭裡找到西蒙，但西蒙不在那裡。

原來當他們小跑步去沙灘上回頭看山頂的時候，西蒙也跟在後面跑了一段，但之後他停了下來，看著沙灘上有人用沙堆成的小房子、或是小茅屋，他皺皺眉頭，接著轉身離去，似乎有某種目的般走進森林裡。西蒙是個瘦骨如柴的小個子，尖尖的下巴，眼睛卻很有神，所以才讓拉爾夫誤以為他又活潑又頑皮。西蒙亂糟糟的粗黑長髮披散著，幾乎遮住了他那又扁又寬的前額。他穿著破爛的短褲，像傑克那樣光著腳丫，原本白皙的皮膚被太陽晒成深褐色，因為布滿汗珠而閃閃發亮。

他順著飛機撞痕往前走，翻過第一天早上拉爾夫爬過的那塊大岩石，然後朝右轉進樹林裡。他踏著熟悉的小道穿過成片的野果樹，那裡很輕易就可以找到吃的，雖然並不好吃。樹上的花果並茂，到處都是野果成熟的香氣和草地上無數蜜蜂的嗡嗡聲。原本跟在他後面跑的小小孩們，在這裡追上他。他們七嘴八舌地簇擁著他朝野果樹走去，嘴裡不知在叫嚷什麼。接著，在午後的陽光下，在蜜蜂的嗡嗡聲中，西蒙為小鬼頭們採到了他們摘不到的野果。他從高高的樹枝上摘下最好的果子，丟到下方許許多多伸出的手裡。滿足了小鬼頭後，他暫時停下來，四下張望。小小孩們雙手捧著滿滿熟透的野果，用詭異的眼神望著他。

西蒙轉身離開他們，沿著依稀可辨的小路走去。不久，他就進到叢林之中。在這裡，高大的樹幹上長滿意想不到的淡雅花朵，一路延伸到密不透光的樹葉華蓋，上面還有樹林裡的小動物在嬉戲喧鬧。四周暗沉沉的，一條條藤蔓垂掛下來，就像沉船上的索具。柔軟的泥土上留下了西蒙的腳印；每當他碰到藤蔓，整條藤蔓就顫動起來。

西蒙終於來到一個陽光更充裕的地方。這裡的藤蔓不用長得太長就能照到陽光，所以它們交織成一大塊「毯子」，懸掛在這塊空地的一側；在這裡，地面大多是裸露的岩石，只有小型的植物或蕨類才能生長。空地四周都是芳香撲鼻的深色灌木叢，就像是一個裝盛暑熱和陽光的碗。一棵大樹傾倒在空地的一角，少數可以直立的小樹倚靠著它，還有生長迅速的攀緣植物爬滿整株小樹，隨風搖曳著它紅色和黃色的小花。

西蒙停下腳步。他模仿傑克的動作，轉頭看看身後的小路，又迅速瞥了眼四周，確定這裡沒有別人，感覺鬼鬼祟祟的。隨後他彎下腰，扭著身體往「毯子」裡鑽去。藤蔓和矮灌木叢長得非常茂密，枝條上不僅沾染了他的汗水，更在他穿過去的瞬間，在他身後迅速併攏。

終於，西蒙安然抵達正中央，一個樹葉稀疏又與林中空地隔絕的小角落。他蹲下來，分開樹葉，向外窺視著空地。熱氣騰騰的天空中只有一對華麗的蝴蝶在飛舞，其他什麼也沒有。他豎起靈敏的耳朵，屏氣凝神地傾聽島上的各種聲音。夜幕漸漸低垂，豔麗的怪鳥啾啾、蜜蜂嗡嗡，以及棲息在方形岩上的海鷗嘎嘎叫著返家的聲音，都變得越來越小。幾英里外，深沉的海水撞擊著礁石，發出低微的聲響，輕得比血液流動的聲音還要難以察覺。

西蒙一鬆手，簾幕般的枝葉隨即回到原位。西斜的太陽漸漸變得黯淡，蜂蜜色的光束抹上矮灌木叢，滑過像蠟燭般的綠色花蕾，朝樹冠移去；樹下的墨色更濃了。繽紛的色彩隨著光的隱去而消逝；暑熱和急躁的心情頓時也冷卻下來。蠟燭似的花蕾微微顫動著，綠色的萼片稍稍退縮，乳白色的花尖優雅地向上迎接開闊的夜空。

此刻陽光已完全照不到空地，並漸漸從空中隱去。夜色傾瀉而下，淹沒了林間的通道，使它們變得像海底那樣昏暗而詭異。初升的群星投下清光，無數蠟燭般的花蕾怒放成一朵朵大白花，微微閃爍；四溢的幽香，瀰漫整座海島。

4 花臉和長髮

孩子們習慣的第一件事，就是從黎明到黃昏的緩慢生活步調。他們領略了早晨的各種樂趣、燦爛的陽光、滾滾的大海和清新的空氣，日子過得如此充實，每天都玩得樂不思蜀，「希望」變得不必要了，也就被淡忘了。接近正午時分，陽光幾乎直射而下，清晨時各個分明的色彩，此刻全化成珍珠色和乳白色；而暑熱似乎是仗著高掛的太陽給它撐腰，而變得凶猛無比。孩子們東躲西閃，跑進樹蔭下躺在那裡，有的甚至睡起覺來。

各種稀奇古怪的事都在正午發生。閃閃發亮的海水上升，在地面上四處流竄，根本不可能存在的景象同時顯現：珊瑚礁和少數幾株緊貼在礁岩較高處的矮棕櫚樹彷彿飄上了天，顫動著，被撕裂著，又像雨珠在電線上滾動，又像映射在排列古怪的許多面鏡子中。有時候，在原先沒有陸地的地方會隱約出現陸地，但是當孩子們聚精會神地觀察時，那陸地又像氣泡般一下子就消失了。小豬頗有學問地說，這一切不過是「海市蜃樓」；因為沒有一個孩子能游過那片海水到達珊瑚礁，況且水裡還有咬人的鯊魚在等著，所以大家對這些神祕現象也就習以為常、不以為意了，正如他們對奇妙閃爍的群星也已經視若無睹了一樣。中午，各種幻影溶進天空，還有驕陽怒目俯視著。到了傍晚時分，蜃景消退，海面又恢復平靜且湛藍，在夕陽的映襯下，水天交際顯得格外清晰。這是一天中另一個比較涼爽的時候，但嚇人的黑夜也要來臨了。太陽西沉後，黑夜君臨島上，彷彿要把一切都撲滅；沒多久，在遙遠群星的光芒下，茅屋裡傳出一陣陣騷動。

在英國，從早到晚不是工作，就是遊玩和吃喝，所以孩子們不可能完全適應這種新的生活節奏。小小孩帕西佛老早就爬進茅屋裡，在那裡待了兩天，又說、又唱、又哭的，大家都認為他瘋了，也不想跟他玩。從那以後他就越來越瘦、眼睛紅腫，總是一副可憐的樣子；變成一個不會玩、只會哭的小鬼頭。

較小的男孩現在被通稱為「小鬼頭」。雖然除了拉爾夫和幾個比他還高的孩子外，其他孩子的身高都差不多，而西蒙、羅伯特和莫里斯三個人又各據一角，卻依然可以看出大孩子們和小鬼頭們之間壁壘分明。毫無疑問就是小鬼頭的孩子們大約六歲上下，他們過著一種很封閉、同時也很緊張的生活。他們白天大部分時間都在吃，可以搆得著的野果都摘來吃，也不管生熟好壞，現在都已經習慣肚子痛和拉肚子了。每到天黑，他們就感覺莫名地恐懼，並擠在一起互相壯膽。除了吃睡之外，他們只會玩耍；在明亮的水邊、白色的沙灘上，漫無目的地玩耍。原本以為在這種情況下，小鬼頭們應該會哭著要媽媽，但實際上這種情況不常發生；他們皮膚晒得很黑，又骯髒不堪。他們服從海螺的召喚，一來因為是拉爾夫吹的，拉爾夫身材高大，看到他彷彿看到具有權威的大人；二來是因為他們喜歡聚在一起，把聚會當作娛樂。但除此以外，他們很少去煩大孩子，他們有自己的小圈圈，依照他們的喜好和方式過日子。

他們在溪口的沙洲上用沙子堆起城堡，高約一呎，並用各種貝殼、凋謝的花朵和形狀奇特的石頭來裝飾；城堡周圍有各種標記、道路、圍牆、鐵路線，但除非你是沙灘上的小人，否則這些東西都沒有意義。小鬼頭們在這裡玩耍，或許稱不上快樂，但至少很認真，而且常常會三人一組來玩遊戲。

現在就有三個小鬼在這裡玩。亨利是其中最大的，他也是臉上長著紫紅胎記男孩的遠親，那個孩子從發生大火的那天晚上起就失蹤了。但亨利還小，不懂事，要是有人告訴他那個孩子坐飛機回家了，他也會相信，一點都不會感到驚訝。

這天下午，亨利有點像個小首領，因為另外兩個是島上最小的孩子，帕西佛和強尼。帕西佛的膚色是鼠灰色的，就連他母親也不怎麼喜歡；強尼則長得挺帥的，一頭金髮，個性比較好強。但現在的強尼很聽話，因為他玩得正起勁，三個孩子跪在沙地上，還算相安無事。

這時羅傑和莫里斯走出了森林。他們剛離開看管火堆的崗位，下來要去游泳。羅傑帶頭直衝，他一腳踢倒城堡，把花朵踩進沙子裡，並打散了三個小小孩收集來的石頭。莫里斯跟在後面，一邊笑，一邊加入破壞的行列。三個小鬼頭停止遊戲，抬頭看著兩人。原本小鬼頭們並沒有抗議，因為他們特別感興趣的標記沒有被破壞，但後來帕西佛的一隻眼睛進了沙子，就嗚嗚哭了起來。莫里斯趕忙走開。以前他曾因為把沙子弄進一個小孩的眼睛而受罰，現在雖然不會有爸媽出來嚴厲地教訓他，但他仍覺得做錯事而忐忑不安。他在心裡隨便編造了一個藉口，嘟囔著要游泳什麼的，就快步跑開了。

羅傑還待在那裡看著小鬼頭們。他跟剛到島上的時候差不多，沒有黑多少，但一頭稻草般的黑髮長長地披在後頸，前面的瀏海則蓋住了額頭，非常配他那張陰沉的面孔。起初只覺得他冷漠、不好相處，現在更讓人覺得他很可怕。帕西佛不再哭泣，繼續玩耍，因為淚水已經沖掉眼中的沙子。強尼藍灰色的雙眼看著他，隨後抓起沙子往空中撒去，不一會兒帕西佛又哭了起來。

亨利玩膩之後，就沿著海灘去閒晃，羅傑尾隨著他，兩人在棕櫚樹下朝著同一個方向慢慢前進。亨利與棕櫚樹隔著一段距離，他年紀太小，還不懂得避開毒辣的太陽，所以沒有走在樹蔭下。接著他走下海灘，在水邊玩了起來。浩瀚的太平洋正在漲潮，每隔幾秒鐘，潟湖裡還算平靜的海水就上漲一吋。隨著最近一波潮水，有些小生物跑上燙人而乾燥的沙灘。這些小小的透明生物前來探索，牠們用人們難以理解的感官偵測著這片新的地域，試圖找到一些上次漲潮時沒有出現的食物，也許是鳥糞，也許是小蟲，或是任何陸上生物的碎屑。這些小小的透明生物就像無數會動的小嘴巴，前來清掃海灘。

亨利看得入迷住了。他拿起一根隨波漂動、被海水泡到發白的木棒撥弄著，企圖用木棒控制這些清掃者的行動。他劃了一道道小溝，讓潮水灌滿其中，並盡量把小生物塞到裡面。他全神貫注，快樂還不足以形容此刻的心情，他覺得自己擁有控制其他生物的力量。亨利跟牠們講話，驅趕牠們，對牠們發號施令。亨利被上漲的潮水逼退，他的腳印變成一個個小水坑，困住了這些小生物，這又讓他產生一種自己是主宰的錯覺。他盤腿坐在水邊，彎著腰，亂蓬蓬的頭髮覆蓋前額，遮住眼睛；下午的驕陽正傾射出無數無形的毒箭。

羅傑也等著。起先他躲在一株大棕櫚樹的背後，但當他確定亨利被透明的小生物迷住時，就站了出來不再躲藏。羅傑順著海灘往回看，帕西佛已經哭著走開了，剩下強尼得意揚揚地占據城堡。他坐在那裡，獨自哼哼唱唱，並朝假想的帕西佛扔沙子。再過去一點，羅傑看到了平臺，看到水花的閃光，拉爾夫、西蒙、小豬和莫里斯正在水潭邊跳水。他集中精神想知道他們在講些什麼，但只能依稀聽到點聲音。

一陣突來的微風拂過棕櫚樹林，簇葉抖動起來。在羅傑上方約六十呎處，一串像橄欖球大小的椰子接二連三地掉在他四周，發出低沉的聲響，但沒有砸到他。羅傑沒想過要閃避，他看看椰子，又看看亨利，再看看椰子。

棕櫚樹位在比海灘高一截的臺地上。世世代代生長於此的棕櫚樹把土地翻鬆，並推落一塊塊石頭到沙灘上。羅傑彎腰撿起一塊石頭朝亨利扔過去。石頭在亨利右方五碼處彈起，掉進水裡——羅傑故意失手。石頭是荒唐歲月的象徵。羅傑又收集一把石頭，扔了起來，但亨利四周彷彿有一塊直徑六碼的禁區，他不敢把石頭丟進去。在這裡，舊生活的束縛雖然無形，卻仍然強而有力。在這個蹲坐的孩子四周，有父母、學校、警察和法律的庇護。羅傑的手臂受到文明的制約，即使這文明對他一無所知，甚至已經毀滅。

水中撲通撲通的聲響驚動了亨利，他不再逗弄那些無聲的透明小生物，像隻獵犬般用手追逐著一個個擴散的漣漪。石頭一會兒落在他右邊，一會兒落在他左邊，亨利隨著聲音轉來轉去，卻總是來不及看到空中的石頭。最後終於被他看到了一塊，亨利笑了起來，回頭尋找跟他玩鬧的朋友。然而羅傑又迅速躲到棕櫚樹背後，他斜靠在樹幹上，氣喘吁吁，眼睛不斷眨動。後來亨利對石頭失去興趣，也就走開了。

「羅傑。」

傑克站在約十碼外的一棵樹下。羅傑睜開眼睛，正巧看到一片陰影爬上傑克黝黑的皮膚，可是傑克毫無所覺。他熱切而急躁地叫喊著，於是羅傑朝他走去。

小溪的尾端有個水潭，是淤積的泥沙圍出來的小水池，裡面長滿雪白的睡蓮和針狀的蘆葦。山姆和艾瑞克在那裡等著，還有比爾。傑克避開陽光，跪在池邊，手裡拿著兩片攤開的大葉子。一片葉子上盛著白色的黏土，另一片裝著紅色的；葉子旁邊還放著一根從火堆裡取來的木炭。

傑克一邊攪拌著黏土一邊對羅傑說：

「野豬聞不到我，但我想牠們看得到我。牠們看見樹下有肉色的東西。」

他把土抹到臉上。

「我要是有綠色就好了！」

傑克把塗好的半邊臉朝向羅傑，回應羅傑帶著疑惑的目光。

「為了打獵。就像打仗那樣，你知道的，就像保護色，偽裝成別的東西……」

傑克急切地說著，連身體都在舞動。

「就像樹幹上的蛾。」

羅傑懂了，並認真地點點頭。雙胞胎靠向傑克，膽怯地抗議著什麼。傑克揮手要他們走開。

「閉嘴。」

他拿木炭在臉上紅色和白色的黏土中間塗擦。

「你們兩個跟我去。」

傑克看了看自己的倒影，並不滿意。他彎下身，雙手捧起微溫的池水，洗去臉上的土，再次露出雀斑和淡茶色的眉毛。

羅傑勉強微笑著說：

「你看起來還不糟啦。」

傑克又重新畫了起來。他先把一邊的臉頰和眼窩塗成白色，隨後又把另一邊塗成紅色，再從右耳往左下巴用黑炭塗上一道。他再次低頭看看自己的倒影，可是他呼出的氣息弄皺了鏡子般平靜的池水。

「山姆艾瑞克，給我拿個椰子殼，要空的。」

他跪著捧起一殼水。一個圓形的太陽光影落在他臉上，水的深處也出現了一團亮光。傑克驚愕地發現，水裡映著的不再是他自己，而是一個可怕的陌生人。他把水一潑，跳了起來，興奮地狂笑。在池塘邊，他那強壯的身體戴著一個假面具，讓人又懼怕又忍不住著迷。他跳起舞來，笑聲變成嗜血的嚎叫。他朝比爾跳過去，假面具彷彿是一個獨立的個體，傑克躲在面具背後，擺脫了羞恥心和自我。畫著紅白黑三種顏色的面孔在空中晃動，快速地撲向比爾。剛開始比爾還在大笑，卻突然沉默下來，然後慌不擇路地穿過灌木叢逃走了。

傑克倏地衝向雙胞胎。

「其餘的排成一行。快！」

「可是——」

「我們——」

「快點！我要偷偷爬上去下手！」

假面具威脅著他們。

*

拉爾夫爬出洗澡水潭，快步跑上沙灘，坐在棕櫚樹下。金色的頭髮溼漉漉地貼在額頭上，他把頭髮往後一撥。西蒙正在水中漂浮，兩隻腳踢著水；莫里斯則在練習跳水。小豬晃來晃去，漫無目的地撿起東西又丟掉。讓他著迷的岩石水潭被漲潮淹沒了，他要等潮水退了才會再對它有興趣。過了一會兒，他看到拉爾夫在棕櫚樹下，就走過去坐到拉爾夫身旁。

小豬穿著一條破短褲，圓滾滾的身子呈金褐色，他看東西的時候，眼鏡總是一閃一閃的。他是島上唯一頭髮似乎不會長長的男孩。別的孩子頭髮都像稻草堆似的，但小豬的頭髮仍然平貼在頭皮上，彷彿他生出來就是平頭，而且連這一點稀疏的頭髮不久後也會像年青雄鹿角上的茸毛一樣脫落。

「我一直在想要做一個鐘，」他說道，「我們可以做一個日晷。只要把一根樹枝插進沙子裡，然後——」

日晷儀所牽涉到的數學程式太複雜了，他只能簡單說明。

「再來就是飛機，然後是電視，」拉爾夫挖苦地說，「還要一部蒸汽機。」

小豬搖搖頭。

「那得要好多金屬零件，」他說道，「我們沒有金屬，只有樹枝。」

拉爾夫轉過身，不情願地笑了笑。小豬真是個討厭鬼，又胖，又有氣喘，再加上他務實的想法，實在很無趣。但有件事很有趣，就是取笑他，即使不是有意的。

小豬看到拉爾夫笑了，誤以為是友好的表示。在大孩子之間，無形中產生一個共識，就是小豬非我族類。不只是因為他的口音，那還無所謂，而是因為他胖胖的身材、氣喘、眼鏡，還有他只動口不動手的個性。此刻，小豬以為他的話讓拉爾夫笑了，便歡欣鼓舞地趕緊利用這個機會遊說他。

「我們有好多樹枝，可以每人做一個日晷，這樣我們就知道時間了。」

「那真是太好了。」

「你說過要把事情做好，我們才能得救。」

「喔，閉嘴。」

拉爾夫一躍而起，快步跑回水潭，剛好莫里斯做了個相當糟糕的入水動作。拉爾夫很高興能有機會轉變話題。莫里斯一浮上水面，拉爾夫就叫道：

「腹部落水！腹部落水！」

莫里斯朝拉爾夫微微一笑，後者輕鬆自如地躍入水中。在所有的男孩中，拉爾夫在水潭裡顯得最自在，可是今天，因為提起了得救，而且還是無意義的討論，讓他感到厭煩，甚至連深深的綠水和搖曳的金色陽光也無法安慰他。拉爾夫不再待在水裡玩耍，他從西蒙下方穩穩地潛過去，爬上水潭的另一側，躺在那裡，像海豹一樣光溜溜地滴著水。老是笨手笨腳的小豬站了起來，走過去站在拉爾夫身旁，拉爾夫忙翻身趴著，裝作沒看見他。各種蜃景都已消失，拉爾夫鬱悶地用眼睛掃著筆直湛藍的海平面。

突然間他一躍而起，大聲叫起來：

「煙！煙！」

西蒙企圖在水中挺起身，結果喝了一口水。莫里斯本來站著準備跳水，也急忙搖搖晃晃地用腳跟往後退回來，飛也似的朝平臺奔去，隨後又轉回棕櫚樹下的草地，套上破爛的短褲，隨時準備行動。

拉爾夫站著，一隻手把頭髮往後撥，另一隻手緊握拳頭。西蒙從水中爬出來；小豬在自己的短褲上擦著眼鏡，眼睛斜睨著大海；莫里斯兩條腿伸進同一個褲管裡。在所有的孩子當中，只有拉爾夫保持鎮靜。

「我怎麼沒看到煙，」小豬半信半疑地說道。「我沒看到煙，拉爾夫，煙在哪裡？」

拉爾夫一言不發。此刻他十指併攏、雙手抵在額頭上，以免金髮擋住視線。他向前傾，身上的海水已變成白色的結晶。

「拉爾夫，船在哪裡？」

西蒙站在旁邊，看看拉爾夫，又看看海平面。莫里斯的褲子嘶的一聲破了，他索性把破爛的褲子扔了，猛地衝向森林，隨後又折了回來。

海平面上出現一小團煙，像個結一樣，然後慢慢鬆了開來。煙的下方有一個點，可能是煙囪。拉爾夫臉色蒼白地低喃：

「他們會看見我們的煙吧。」

這下小豬也看到了。

「煙看起來不大。」

他轉過身去，瞇起眼睛向山上眺望。拉爾夫繼續貪婪地注視著那艘船，臉上恢復了血色。西蒙站在拉爾夫身旁，一聲不吭。

「我看不清楚，」小豬說，「我們的煙升起來了嗎？」

拉爾夫頗不耐煩地動了動，仍然盯著那艘船。

「山上的煙。」

莫里斯跑過來，望向大海。西蒙和小豬兩人正朝山上看。小豬皺著臉，西蒙尖聲叫喊起來：

「拉爾夫！拉爾夫！」

他的尖叫聲讓沙灘上的拉爾夫轉過身來。

「快告訴我，」小豬焦急地說道，「有沒有信號？」

拉爾夫回頭望望海平面上漸漸消失的煙，接著又往山上看。

「拉爾夫，快告訴我，有信號嗎？」

西蒙膽怯地伸出一隻手碰碰拉爾夫；而拉爾夫拔腿就跑，他穿過洗澡水潭較淺的一側，踩得潭水四濺，又越過燙人且白亮的沙灘，來到棕櫚樹下。沒多久，他已沿著匍匐植物交錯蔓生的飛機撞痕吃力地往前跑。西蒙緊跟在拉爾夫身後，再後面是莫里斯。小豬叫嚷道：

「拉爾夫！等一等，拉爾夫！」

隨後他也跑了起來，還在爬上平臺的時候被莫里斯丟掉的短褲絆了一跤。在四個男孩背後，煙沿著海平面緩慢地移動著；而在海灘上，亨利和強尼正對帕西佛丟沙子，後者又哭了起來，三個孩子對這個緊急狀況毫無所覺。

這時拉爾夫已來到撞痕的末端，儘管他跑得上氣不接下氣，卻還在咒罵。他在尖利的藤蔓中奮力前進，光裸的身子上鮮血直流。就在陡峭的上坡路前，他停了下來。莫里斯就在他身後不遠處。

「小豬的眼鏡！」拉爾夫叫道，「要是火熄了，我們得要用……」

他不再叫喊，身子有點搖晃。小豬的身影終於出現在後方，他從海灘處踉踉蹌蹌地跟了上來。拉爾夫看看海平面，又朝山上望了一眼。要不要去拿小豬的眼鏡？船會開走嗎？如果再往上爬，假設火熄了，那豈不是要眼睜睜地看著小豬慢吞吞地爬近，而船卻越走越遠？情況緊急，難以抉擇，拉爾夫苦惱至極，他喊道：

「哦，天哪，天哪！」

西蒙在灌木叢中掙扎前進，喘息著，面孔扭曲。那縷煙繼續移動，拉爾夫慌亂地爬著，發狂似的。

山上的火熄了。他們一眼就看了出來；看出他們剛才在海灘上，被象徵回家的煙所吸引時，就已經猜到的事。火完全熄了，煙也沒了，看管的人不見了，地上還攤著一堆準備好卻沒使用的木柴。

拉爾夫轉向大海。無盡延伸的海平面上除了依稀可辨的一絲殘煙外，什麼都沒有，又再度恢復了無情的面貌。拉爾夫沿著岩石跌跌撞撞地奔跑，跑到粉紅色的懸崖邊，對著船開走的方向尖聲叫喊：

「回來！回來呀！」

他沿著懸崖邊來回地跑，一直面對著大海，發瘋似的高聲叫喊。

「回來呀！回來呀！」

西蒙和莫里斯都到了。拉爾夫眼睛一眨也不眨地望著他們。西蒙轉過頭去，抹去臉上的汗水。拉爾夫用他所知最難聽的話咒罵著。

「他們讓那悠關性命的火熄了。」

他俯瞰著山冷峻的一側。小豬氣喘吁吁地趕到了，像小鬼頭那樣嗚嗚直哭。拉爾夫緊握拳頭，臉漲得通紅。他兩眼直直盯著下方，用痛苦的聲音說道：

「他們來了。」

遠遠的山腳下，在靠近水邊的粉紅色岩石堆上，出現了一支隊伍。全部的人幾乎都光著身子，只有幾個孩子戴著黑帽。每當他們來到較好走的路段，就一起把手中的木棒往上舉。他們口中吟唱著，內容與雙胞胎小心翼翼地抬著的東西有關。即使隔著這麼遠的距離，拉爾夫還是一眼就認出了傑克，高高的個子、紅頭髮，一如往常帶領著隊伍。

西蒙看看拉爾夫又看看傑克，就像剛才他看看拉爾夫又看看海平面一樣，眼前的景象讓他有點害怕。拉爾夫不再說什麼，只是等著那支隊伍慢慢走近。吟唱聲已隱約可聞，但還聽不清楚歌詞。雙胞胎跟在傑克後面，肩上扛著一根大木樁，木樁上吊著一隻沉甸甸的、除去內臟的死豬，隨著雙胞胎吃力走在顛簸路面上的步伐搖晃著。頸脖欲裂的豬頭垂下，彷彿在地上尋找什麼東西。歌詞終於越過焦木和餘燼形成的盆地，飄入他們耳裡。

「殺野豬喲。割喉嚨喲。放牠血喲。」

隨著歌聲越來越清楚，隊伍也來到山坡最陡峭的部分。過了一兩分鐘，歌聲消失了。小豬啜泣著，西蒙趕緊噓他，叫他別出聲，好像小豬在教堂裡太大聲說話似的。

傑克臉上塗著彩泥，率先爬上山頂。他舉起長矛，激動地朝拉爾夫歡呼道：

「你看！我們殺了一隻豬！我們偷偷爬上去，包抄牠們——」

獵手們喧譁起來。

「我們包抄牠們——」

「我們爬上去——」

「野豬咿咿亂叫——」

雙胞胎站在那裡，死豬在他們之間搖來晃去，黑色的血水滴到岩石上。兩人都張大嘴笑著。一時間傑克有太多事情想告訴拉爾夫，反而說不出話來，只能手舞足蹈。隨即他想起要保持尊嚴，就停下腳步，咧嘴笑著。接著他看到手上的血，露出厭惡的表情，於是找了點東西擦拭，然後又把手往短褲上抹，同時笑了起來。

拉爾夫開口說：

「你們讓火熄了。」

傑克愣了一下。突然提起不相干的事讓他隱約感到不對勁，但他太高興了，並沒有多想。

「我們可以再把火升起來。你應該跟我們一起去的，拉爾夫，真的很刺激；雙胞胎被撞倒在地上——」

「我們打中了野豬——」

「我撲到牠背上——」

「我捅了豬的喉嚨。」傑克揚揚得意地說著，卻仍不自覺抖了一下。「拉爾夫，我可以借你的刀用一下嗎？我想在刀柄上刻一條線。」

孩子們嘰嘰喳喳地說著話，跳著舞。雙胞胎還在笑。

「到處都是血，」傑克說著，邊笑還邊抖，「你一定要來看看！」

「以後我們每天都要去打獵！」

拉爾夫動也沒動，嘶啞著聲音再次開口道：

「你們讓火熄了。」

這句話講了第二遍，讓傑克不安起來。他看看雙胞胎，又回過頭看著拉爾夫。

「我們不得不帶他們去，」他說道，「人太少就不能包抄了。」

他滿臉通紅，意識到自己做錯了事。

「火才熄了一兩個鐘頭，我們可以再把它升起來……」

他注意到拉爾夫赤裸的身體上都是傷痕，而且他們四個人都一言不發。但傑克太開心了，不想吵架，只想和大家分享剛才打獵的喜悅。他滿腦子都是他們逼近那頭掙扎野豬的情景，還有他們如何用堅定的意志和計謀戰勝那頭活生生的野獸，結束牠的性命，就像享受了香醇的美酒。

他伸展雙臂。

「你真該看看那灘血！」

原本安靜下來的獵手們聽到這句話，又嘰嘰喳喳地說了起來。拉爾夫把頭髮往後一撥，手臂指向空無一物的海平面。他的聲音又大又凶，嚇得獵手們不敢再出聲。

「剛才那裡有一艘船。」

傑克頓時了解到拉爾夫話中隱含的可怕指控，忍不住低頭走開。他一手放到野豬身上，一手拔出刀子。拉爾夫收回手臂，緊握拳頭，聲音顫抖地說：

「剛才出現了一艘船，就在那裡。你說你會看著火堆的，但你讓火熄了！」他朝傑克靠近一步，傑克轉身面對他。

「他們本來會發現我們……我們本來可以回家的……」

這件事為小豬帶來的打擊太沉重，痛苦讓他的膽子變大，他尖聲叫嚷起來：

「你就只知道血，傑克・墨里杜！就只顧著打獵！我們本來可以回家的……」

拉爾夫把小豬推開。

「我是首領，你要照我的話去做。你光會出張嘴，卻連茅屋都搭不起來，然後你又跑去打獵，讓火熄了……」

他別過臉，沉默了一下。之後忍不住激動的情緒又高聲叫道：

「剛才出現了一艘船！」

一個年紀較小的獵手開始嚎啕大哭。這個悲慘的事實滲透到每個孩子的心裡。傑克的臉漲得通紅，一刀刀反覆砍著野豬。

「看管火堆的工作太重了，我們每個人都得分攤。」

拉爾夫轉過身。

「本來茅屋一搭完，你就可以要每個人都來輪班的，但你偏要去打獵！」

「我們需要肉。」

傑克邊說邊站起身，手裡拿著血淋淋的刀子。兩個男孩面對面；一邊代表了狩獵、謀略、狂歡和力量至上的美妙世界；另一邊則是渴望常規卻遭受挫折的世界。傑克把刀移到左手，另一手把黏在前額的頭髮往後撥，弄得額頭滿是鮮血。

小豬又說話了。

「你不該讓火熄滅的，你說過不會讓煙消失的……」

這話從小豬的嘴裡說出來，再加上有些獵手哭哭啼啼地表示同意，讓傑克氣得失去理智。他藍色的眼睛露出凶光，往前一步，對準小豬的肚子就是一拳，小豬痛呼一聲坐倒在地上。傑克站在他面前，居高臨下地看著他，語氣中帶著惡意的羞辱：

「你很行嗎？死胖子！」

拉爾夫上前一步，傑克又啪地摑了一下小豬的頭。小豬的眼鏡飛出去，喀一聲砸在岩石上，他驚恐地大叫：

「我的眼鏡！」

他彎著腰走過去，在岩石上摸索著，但西蒙早一步過來，為小豬找到了眼鏡。西蒙感到在這個山頂上、在自己周圍，有一股可怕的情緒正在躁動著。

「有一邊鏡片破了。」

小豬一把抓過眼鏡，戴到鼻梁上，凶狠地看著傑克。

「我不戴眼鏡就看不見！現在我只有一隻眼睛了，你等著瞧——」

傑克朝小豬動了一下，小豬連滾帶爬地躲到一塊大岩石後面，然後探出頭來，透過那片反光的鏡片瞪著傑克。

「現在我只有一隻眼睛了，你等著瞧——」

傑克模仿小豬的哭腔和動作。

「你等著瞧——哇！」

小豬和傑克搞笑的模仿實在太滑稽了，獵手們都笑了起來。傑克更起勁了，他繼續模仿小豬東滾西爬，大家近乎歇斯底里地笑個不停。拉爾夫的嘴角也忍不住抽動，他很氣自己居然跟著起鬨。

他咕噥道：

「真是低級。」

傑克不再胡鬧，站起來面對拉爾夫，高聲說道：

「好吧，好吧！」

他看看小豬，看看獵手們，又看看拉爾夫。

「對不起，我讓火熄了。我……」

他抬頭挺胸。

「……我真的很抱歉。」

對這樣大方的舉動，獵手們紛紛表示讚揚。他們都認為傑克做得對，他爽快地道歉，就已經沒有錯了；現在有錯的變成拉爾夫。他們等待拉爾夫做出適當的、體面的回應。

然而拉爾夫拒絕讓步。明明是傑克犯了錯，卻這樣避重就輕，拉爾夫對此憤恨不已。火熄了，船也跑了。他們難道沒看見嗎？他無法說出好聽話，只能吐出滿腔的怒氣。

「真是卑鄙。」

眾人在山頂上沉默著，一種難以捉摸的神色出現在傑克眼中，但很快就消失無蹤。

拉爾夫最後又不悅地咕噥一句：

「算了，來升火吧。」

由於眼前有重要的事要做，緊張的氣氛稍微緩和了一點。拉爾夫不吭聲，也不動手，只是站在那裡看著腳下的灰燼。傑克則大聲嚷嚷，也很賣力。他一會兒發號施令，一會兒唱歌，一會兒吹口哨。他不時會念拉爾夫幾句，但都無關痛癢，自然也就不會被制止；而拉爾夫仍不發一語。沒有一個人，包括傑克，去叫拉爾夫移動位置，所以他們只好在三碼外的地方搭起火堆，即使那地方實在不適合升火。拉爾夫就這樣鞏固了他首領的地位。這是個好方法，也是他唯一能想到的方法。面對這樣一個難以界定卻很有效的攻擊，傑克無力還手，他感到憤怒，卻不知道為什麼。等柴火堆起來時，他們中間彷彿也堆起了一道高高的屏障。

緊接著又出現下一個難題，傑克沒辦法點火。讓傑克驚訝的是，拉爾夫居然走向小豬，拿走了他的眼鏡。甚至連拉爾夫自己也不明白，他跟傑克之間的關係究竟是好是壞。

「我會拿回來還你。」

「我也要去。」

小豬站在他背後，感覺自己像是孤立在異色海洋中的島嶼；拉爾夫跪在地上，移動鏡片來聚焦。瞬間火點著了，小豬伸手一把拿回眼鏡。

在這些奇異而迷人的紫、紅、黃三色花朵面前，所有的惡都化為烏有。他們再次圍繞著營火，甚至連小豬和拉爾夫也不禁著迷。不一會兒，一些孩子就衝下山坡再去拾些木柴回來，傑克則切著死豬。他們本來想用木樁把整隻豬架在火上，但豬還沒烤熟，木樁就燒斷了。於是他們只好把肉一片片串在樹枝上，再伸進火裡去烤；烤肉的同時，孩子也像肉一樣被烤著。

拉爾夫口水都快流下來了，他本想拒絕吃這豬肉，但自從來到島上後，都只有吃水果和堅果，偶爾才弄隻蟹、捉條魚，使他難以抵擋這個誘惑。他接過一塊半生不熟的豬肉，像狼一樣咬了起來。

小豬也在流口水，說：

「沒有我的份嗎？」

傑克本來不打算跟小豬解釋，好藉此展現自己的權力，可是小豬這樣公然提出他被忽略，讓傑克想要更殘忍地對待他。

「你又沒去打獵。」

「拉爾夫也沒去，」小豬含著淚說，「西蒙也沒去。」他大聲地說。「只剩下一點點肉了。」

拉爾夫不安地動了動；西蒙就坐在雙胞胎和小豬之間，他擦擦嘴巴，把他的那塊肉從岩石上推給小豬，後者忙一把抓住。雙胞胎咯咯笑了起來，西蒙不好意思地低下頭。

傑克跳了起來，隨手砍下一大塊肉，往西蒙腳邊一扔。

「吃吧！他媽的！」

他瞪著西蒙。

「拿去吃！」

他在圍成一圈的無知孩童間跳動著。

「我給你們肉吃！」

無數個難以言喻的挫敗交織在一起，讓他暴怒，令人生畏。

「我塗花了臉，偷偷爬上去殺豬，所以你們，所有人，才有肉吃，而我——」

山頂上漸漸變安靜了，連火的畢畢剝剝聲和烤肉輕微的滋滋聲都聽得一清二楚。傑克環顧四周，希望有人能了解他，但只感覺到大家對他的敬畏。拉爾夫站在曾經是火堆的灰燼中，兩手都拿著肉，一言不發。

最後還是莫里斯打破沉默。他換了個話題；唯一一個能把大多數孩子連結在一起的話題。

「你們是在哪裡發現這頭豬的？」

羅傑朝下指指山冷峻的一側。

「在那裡，靠近海邊。」

傑克這才回過神來，他不能容忍讓別人來講他的故事，連忙插口道：

「我們散開來包抄。我用兩手和膝蓋爬過去，然後丟出長矛，雖然刺中了，但因為沒有倒鉤又掉了下來。那頭野豬開始逃跑，大聲亂叫，聲音非常嚇人——」

「然後牠又折了回來，衝進包圍圈裡，血淋淋的——」

孩子們七嘴八舌地說了起來，情緒激昂，一時忘卻了剛才緊繃的氣氛。

「我們圍上去——」

他們第一下就打斷了野豬的兩條後腿，接著縮小包圍圈，繼續打、一直打。

「我割開了野豬的喉嚨——」

雙胞胎依然咧嘴笑著，笑得一模一樣，他們跳起來，轉著圈互相追逐。其他人也加入他們，學著野豬臨死前的慘叫，並大喊大嚷：

「打牠的頭！」

「狠狠地打！」

莫里斯假裝成野豬，尖叫著跑到正中央，而獵手們圍成圈，做出揍他的樣子。他們邊跳邊唱：

「殺野豬喲。割喉嚨喲。狠狠揍喲。」

拉爾夫看著他們，又是妒忌又是惱怒。不等他們唱過癮，就說：

「我要召開大會。」

孩子們一個個停下腳步，站在原地看著他。

「我有海螺，我要召開大會，就在下面的平臺上，就算天黑了也要開。我現在就去吹海螺開會。」

他轉過身，朝山下走去。

5 獸從水中來

正值漲潮，在靠近棕櫚樹林、高低不平的白色海岸邊，只剩下一條狹窄的海灘可以行走。拉爾夫選擇走這條路，因為他需要好好想一想；只有在這條路上，他才能放心行走，不必注意腳下。走著走著，他突然震驚地領悟到，自己非常厭倦島上的生活；這種毫無計畫、時時刻刻如履薄冰的日子。拉爾夫停下來，看著沙灘，想起第一次探險的熱情，彷彿是歡樂的童年回憶，他自嘲地笑了笑。隨後他轉過身，朝平臺走去，陽光照在他臉上。開會的時間到了，他一面走進光影斑駁的樹蔭下，一面思考他要說的重點。這次絕不能出錯，絕不能再天馬行空地亂扯一通。

拉爾夫的思緒亂成一團，找不到適當的詞句可以表達他的想法。他皺緊眉頭繼續思索著。這次可不能開開玩笑就算了，必須認真討論。

夕陽西下，他頓時意識到事情緊迫，因而加快了腳步，揚起一陣微風吹在臉上，也讓灰襯衫緊貼在胸前，伴隨著新的領悟，他發現胸前的衣服硬得像紙板一樣令人難受；還有短褲磨損的邊緣在大腿上留下一塊粉紅色的擦痕，也讓他很不舒服。拉爾夫心頭一震，他意識到骯髒和腐朽；他是多麼討厭必須不斷拂去遮住眼睛的亂髮、多麼討厭每天太陽下山後，嬉鬧著滾進枯葉堆裡睡覺。想到這裡，他邁開腳步跑了起來。

靠近洗澡水潭的海灘上，孩子們三三兩兩地分散著等待開會。他們知道拉爾夫正在氣頭上，也覺得讓火堆熄了是不對的，所以默默讓路給他。

拉爾夫站在孩子們集會的三角形區塊中；雖說是三角形，卻跟他們做的任何東西一樣，粗糙且不規則。三角形的底線，也是拉爾夫專屬的位置，是一根大樹幹。枯死的樹幹相當大，平臺上不太可能生長這麼高大的樹，也許是被傳說中太平洋上的颶風吹來的吧。這根棕櫚樹幹與海灘平行，當拉爾夫面向小島坐著時，孩子們看到的是背對著閃亮潟湖的剪影。三角形的兩邊並不均等，右邊是一根樹幹，表皮被好動的孩子們磨得光滑，且不如首領坐的那根大，坐起來也沒那麼舒服。左邊則是四根小樹幹，其中離最遠的那根很不穩定，要是有人坐得太靠後面，樹幹就會滾動，讓五六個孩子向後栽到草地上；集會往往會被這時的大笑聲打斷。現在，他沒看到任何人想到搬塊石頭擋住樹幹，不讓它滾動——他自己沒有，傑克沒有，小豬也沒有。於是他們只好繼續忍受那根搖晃的樹幹，因為、因為……拉爾夫又陷入沉思。

每根樹幹前的草皮都被磨得光禿禿的，但三角形中央的野草卻長得很高，沒人踩踏過。此外，三角形頂端的野草也長得很密，因為那裡沒有人坐。在集會區的四周，紛立著灰色樹幹，它們或直或斜，支撐著低矮的葉冠。再過去的兩側是沙灘、背後是潟湖，前面則是海島漆黑的本體。

拉爾夫轉向首領的位置。他們從沒在這麼晚開過會，沒想到這個地方此刻看起來會如此不同。平時綠葉蓋下方閃耀著金色的反光，把他們的臉照得下明上暗，拉爾夫心想，就像雙手拿著手電筒從下往上照一樣。可是現在陽光從旁邊斜射進來，陰影也就變得和臉的輪廓一致。

拉爾夫又陷入那種陌生而異樣的思緒中；要是從上往下照，或是從下往上照，人們的臉會變得如此奇異的話，那臉究竟是什麼樣子呢？一切事物又是什麼樣子呢？

拉爾夫躁動不安。麻煩的是，你是首領，你就得思考，你就得聰明點。而且時機很快就會過去，你必須迅速做出決定。這種情況迫使你動腦，因為思想很可貴，它會決定結果……

只是，拉爾夫看著領袖的位置，覺得自己不會思考，不會像小豬那樣思考。

這天傍晚，拉爾夫不得不重新調整他的價值觀。小豬會思考；他會用他那胖腦袋瓜一步步推敲，但小豬不是當首領的料。儘管他的樣子可笑，他卻有頭腦。拉爾夫現在是思考的專家了，而且能看出別人的想法。

陽光刺著他的眼睛，提醒他時間漸漸晚了，於是拉爾夫從樹幹上拿起海螺，仔細看著它的表面。奶油色的螺身和粉紅色的斑點因為一直暴露在空氣中，而褪成近乎白色，甚至有些透明。雖然是他自己把海螺從瀉湖裡撈上來的，卻對海螺懷有一股深深的敬意。他面向會場，把海螺放到唇邊。

孩子們都在等待開會，見狀趕緊跑過來。一些孩子們知道不久前有船經過海島，但火卻滅了；他們知道拉爾夫正在生氣，都乖乖的不敢吵鬧。還有些孩子，包括小鬼頭們，不知道那件事，但也感受到會場的嚴肅氣氛。會場很快就擠得滿滿的；傑克、西蒙、莫里斯和大多數獵手坐在拉爾夫右邊，其餘的坐在左邊，暴露在陽光下。小豬也來了，他站在三角形區域的外面。這表示他想聽，但不準備發言；這也表示他不贊同這個會。

「我們需要開個會。」

沒有人說話，一張張看向拉爾夫的臉都非常專注。拉爾夫揮動海螺。他知道像這樣的基本聲明至少得說兩遍，才能讓每個人都聽懂。發言的人必須坐著，把大家的目光吸引到海螺上，講起話來要鏗鏘有力。他在腦中思索著簡單的語句，好讓小鬼頭們也能明白會議的內容。或許過一會兒，那幾個老愛爭論的人——傑克、莫里斯、小豬——便會使出全力來扭轉會議的方向，但在會議一開始必須把要討論的主題講清楚。

「我們需要開個會，不是為了好玩，也不是為了從圓木上摔下去大笑，」坐在那根歪樹幹上的小鬼頭們，你看看我，我看看你，咯咯笑了起來，「更不是為了開玩笑，或是為了……」他舉起海螺，努力尋找一個有說服力的字眼，「要小聰明；不是為了這些，而是為了把事情弄清楚。」

他停頓一下。

「我一個人走過來的路上，一直在思考究竟是怎麼回事。我知道我們需要什麼，所以開個會把事情說清楚。現在我先發言。」

他暫停一下，下意識地往後撥了撥頭髮。小豬踮起腳，往三角形區塊看了看，然後放棄他無效的抗議，加入其他孩子的行列。

拉爾夫接著說道：

「我們開過好幾次會，大家都喜歡聚在一起，也都喜歡發言。我們決定這個、決定那個，可是決定的事都沒有做到。我們決定從那小溪打水，把水盛在椰子殼裡，放在新鮮的葉子下面。但只做了幾天，現在椰子殼裡沒水，都乾了，大家直接從河裡喝水。」

一陣表示贊同的耳語聲傳了開來。

「並不是說直接從河裡喝水有什麼不好，我也寧願從瀑布下面的那個水潭喝水，而不是喝椰子殼裡的水。但我們說過要從河裡打水的，現在又不做了。今天下午只有兩個椰子殼裡有水。」

他舔舔嘴脣。

「還有茅屋的事。」

嘰嘰喳喳的聲音又響了起來，隨後又安靜下去。

「你們幾乎都睡在茅屋裡。今天晚上，除了山姆艾瑞克要到山上守著火堆外，你們全都會睡在茅屋裡。但是誰搭了這些茅屋？」

喧譁聲四起。人人都搭過茅屋，拉爾夫不得不再次揮動海螺。

「等一等！我是說，總共有三間茅屋，誰是每一間都有幫忙的？第一間大家都有份，第二間只有四個人參加，那邊最後一間是我和西蒙搭的，所以它不太穩固。不，別笑了！要是再下大雨，那個茅屋說不定就會塌掉，而我們需要那些茅屋避雨。」

他停下來，清清喉嚨。

「還有一件事。我們選了一個地方當作廁所，就是洗澡潭再過去一段路的那些岩石。這也很合理，因為潮水會把那個地方沖乾淨。這點你們小鬼頭們也懂。」

大家竊笑著，你看看我，我看看你。

「現在大家都隨地大小便，甚至就在茅屋和平臺旁邊。尤其是小鬼頭們，你們一邊吃野果，又急著要上廁所——」

孩子們開始起鬨。

「我說，要是你們急著要大小便，就應該離野果遠一點，那太噁心了！」

一陣哄堂大笑。

「我說那太髒了！」

他扯扯身上僵硬的灰襯衫。

「那實在太骯髒了！要是你們急著大小便，就應該走到岩石那邊去，懂嗎？」

小豬伸出雙手去拿海螺，但拉爾夫搖搖頭。這次發言是經過全盤考量的，重要的事要一個接著一個地說下去。

「我們全都得到岩石那邊去大小便，這個地方越來越髒了！」他暫停下來。孩子們隱約察覺到是重要的事，全都屏息以待。「另外，關於火堆。」

拉爾夫深深吐出一口氣，聽眾們也跟著吐氣。傑克用刀削砍著一塊木頭，還低聲對羅伯特說了些什麼，羅伯特則看向別處。

「火堆是島上最重要的事。要是我們不升火，那除了憑運氣，我們還能靠什麼得救？難道我們連一堆火也管不好嗎？」

他舉起一隻手。

「看看我們！我們有多少人？卻管不了一堆冒煙的火。你們不了解嗎？難道你們不知道我們應該……應該誓死保衛火堆嗎？」

獵手們忸怩地咯咯笑著，拉爾夫激動地轉向他們。

「你們這些獵手！還笑得出來！就算你們三天兩頭就能獵到一頭豬又怎樣，我告訴你們，煙比豬更重要，明白嗎？」他轉向所有的人，展開雙臂。

「我們一定要在山上升起煙火，不然就死定了。」

他又停下來，思考著下一個重點。

「還有一件事。」

有人大聲喊道：

「事情太多了啦。」

一片表示贊同的抱怨聲響起，拉爾夫置之不理。

「還有件事。上次我們差點把整座島給燒了，然後又浪費時間滾石頭、升火煮菜。現在既然我是首領，我要訂下一條規則：從今天開始，除了在山上，別的地方一律不准升火。」

抗議聲四起，孩子們站起來大叫大嚷，拉爾夫也對他們大聲吼叫。

「要是你們想煮魚或螃蟹，可以到山上去，就這麼決定了。」

在落日餘暉下，好多雙手都伸著要拿海螺；拉爾夫緊抓著海螺，跳到樹幹上。

「我要說的話都說完了。你們選我當首領，就得照我的話去做！」

大家慢慢安靜下來，最後終於一個個坐下。拉爾夫從樹幹上跳下來，用平常的語調說到：

「所以要記住：上廁所就去岩石那邊；要確保火堆不斷冒煙，作為信號；不要從山上取火下來，而是到山上去煮吃的東西。」

傑克站起來，陰沉地綳著臉，伸出雙手。

「我還沒講完。」

「可是你講個沒完！」

「我拿著海螺。」

傑克咕噥著坐下。

「還有最後一件事，這是大家可以一起討論的。」

他等到平臺上一片安靜才繼續開口。

「情況越來越糟了，我不懂為什麼會這樣，剛開始明明好好的，那時候我們多快樂，可是後來……」

拉爾夫輕輕晃了一下海螺，眼神空洞地看著人群後方；他想起怪獸、蛇、火堆，還有恐懼。

「後來大家就開始恐慌。」

一陣耳語聲，幾乎可以說是哀怨聲，響起又消失。傑克停止削木頭；拉爾夫兀自說了下去：

「那都是小鬼頭們在瞎扯。我們必須弄清楚。所以最後這件事，大家可以一起討論，就是我們到底在害怕什麼？」

一縷頭髮又滑了下來，遮住他的視線。

「我們必須好好討論，並且確定這裡其實什麼都沒有。有時候我也會害怕，但就像妖怪什麼的一樣，都是胡說八道！一旦確定了之後，我們就可以重新開始，把心思放在火堆等等事情上。」三個男孩在明亮沙灘上行走的畫面掠過拉爾夫的腦海。「然後我們又可以開開心心的了。」

拉爾夫慎重地把海螺放到身旁的樹幹上，表示他的發言結束。陽光從水平方向照射過來。

傑克站起身拿過海螺。

「這麼說，這次集會是要把事情說清楚囉。那我告訴你們，這一切都是你們這些小鬼起的頭，說什麼很害怕。怪獸？哪來的怪獸？我們有時候也會害怕，但我們都忍著。拉爾夫說你們在夜裡尖叫亂喊，那不是做噩夢是什麼？不管怎麼說，你們又不打獵，又不搭茅屋，完全幫不上忙，你們全是些愛哭鬼和膽小鬼。就是這麼回事。不管你們多害怕，都給我忍著，就像其他人一樣。」

拉爾夫張嘴看著傑克，但傑克沒注意到。

「恐懼就像做夢一樣，傷不了你們的。在這座島上沒有什麼可怕的怪獸。」他的眼光掃過一排低聲說話的小小孩。「要是真有東西找上你們，那也是你們活該！你們這些沒用的愛哭鬼！這裡沒有任何動物——」

拉爾夫不耐煩地打斷他。

「你在說什麼？誰說過什麼動物了？」

「你自己說的。你之前說他們做夢尖叫，現在不只是小鬼頭，連我的獵手們有時候也會說，說有某種東西，全身黑漆漆的東西，像是某種怪獸、不知名的動物。你不這麼認為，對不對？聽好，在小島上是找不到大型動物的，除了野豬；只有在非洲和印度那樣的大地方才找得到獅子和老虎——」

「還有在動物園裡——」

「我拿著海螺！我不是在講怕不怕，我是在講怪獸。你們要怕儘管去怕吧，可是說到怪獸……」

傑克停了一下，捧著海螺，轉向那些頭戴骯髒黑帽的獵手。

「我是個獵手，對吧？」

他們毫不猶豫地點點頭；傑克的確是個獵手，這點無庸置疑。

「好，我獨自走遍了整座島，要是有怪獸我早就碰到了。害怕是因為你們膽小，但森林裡並沒有怪獸。」

傑克遞回海螺，坐了下來。大夥兒如釋重負地向他鼓掌致意，隨後小豬伸出了手。

「我不完全同意傑克的話，但有幾點除外，像是森林裡當然沒有怪獸。怎麼可能會有？怪獸要吃什麼呢？」

「野豬。」

「我們吃野豬。」

「小豬！」

「我拿著海螺！」小豬忿忿不平地說道。「拉爾夫，他們應該閉嘴，不是嗎？都閉嘴，你們這些小鬼頭！我的意思是我不認為這裡有什麼好害怕的，森林裡沒有恐怖的東西。為什麼？因為我去過森林裡！你們之後又會說有鬼魂幽靈之類的了。我們都知道問題出在哪裡，既然知道，就該有人來糾正。」

小豬取下眼鏡，眨了眨眼睛。夕陽沉入地平線，就好像電燈被關掉一樣。

他繼續解釋道：

「要是你們肚子痛，不管是小痛還是大痛——」

「你的肚子才大痛呢。」

「你們笑完了嗎？那我們可以繼續開會了吧。還有那些小鬼頭，你們再爬上那根歪樹幹也會馬上摔下來，乾脆坐在地上聽吧。我是說不管什麼毛病都有醫生可以治，就連心裡的毛病也有醫生。你們真的以為我們會莫名其妙地感到害怕嗎？這是——」小豬進一步解釋道，「科學的時代。再過一兩年戰爭就會結束，而人類將可以往返火星。我知道這裡沒有什麼有爪子的怪獸，而且也沒有什麼好害怕的。」

小豬暫停一下。

「除非……」

拉爾夫不安地動了動。

「除非什麼？」

「除非我們害怕的是人。」

坐著的孩子之間爆出一陣半是好笑、半是譏笑的聲音。小豬低下頭，匆匆接著說：

「還是讓我們聽聽那個說有怪獸的小鬼頭是怎麼說的吧，或許我們可以讓他知道他的害怕有多愚蠢。」

小鬼頭們開始嘰嘰喳喳地交頭接耳，隨後有一個站了出來。

「你叫什麼名字？」

「菲爾。」

雖然是個小鬼頭，菲爾倒是滿有自信的。他伸出雙手，像拉爾夫那樣捧著海螺，環顧四周，在發言前把孩子們的注意力都吸引過來。

「昨晚我做了個夢，一個可怕的夢，夢見跟某個東西打了起來。我自己一個人在茅屋外面，跟那個東西搏鬥，就是樹上那些彎彎曲曲的東西。」

他停了一下，其他小小孩同情地笑了，他們也有相同的恐懼。

「我很害怕，就嚇醒了。結果發現自己站在茅屋外面，四周黑漆漆的，那個彎彎曲曲的東西已經不見了。」

這個噩夢是如此鮮活逼真，彷彿真的發生過，感覺非常恐怖，大夥兒都默不作聲。在白色的海螺後面，只聽見那孩子的聲音還在嘰哩咕嚕地說著：

「我非常害怕，就開始大叫拉爾夫，後來我看到有什麼東西在樹林裡晃動，那東西又大又嚇人。」

他停了下來；回想這件事讓他有點害怕，卻又因為自己的故事引起大家的驚駭而得意。

「那是噩夢，」拉爾夫說，「他只是在夢遊。」

眾人低聲表示同意。

但那個小鬼頭卻執拗地搖著頭。

「跟彎彎曲曲的東西打架時我是睡著了，但它們不見的時候我是清醒的，我看見又大又嚇人的東西在樹林裡晃動。」

拉爾夫伸手去拿海螺，小鬼頭坐了下來。

「你們都睡著了，那裡什麼人都沒有。誰會大半夜的到樹林裡去閒晃？有誰做過這種事？有誰半夜離開過茅屋嗎？」

大夥兒沉默了好久，想到有誰會在半夜走到黑暗裡去，都咧嘴笑了。接著西蒙站起來，拉爾夫驚訝地看著他。

「你？你為什麼在半夜亂跑？」

西蒙拿過海螺，他的手在發抖。

「我要……到一個……一個地方去。」

「什麼地方？」

「是某個我知道的地方，在叢林裡。」

他支支吾吾地說道。

還是傑克為大家解答；他以一種輕蔑的語氣說道，聽起來有點滑稽，卻很肯定。

「他是去大便啦。」

拉爾夫對西蒙的行為感到羞恥，他一把拿回海螺，並嚴厲地盯著西蒙。

「算了，別再這樣做了，懂嗎？不要在半夜亂跑。關於怪獸的蠢話已經夠多了，現在又讓小鬼頭們看到你晃來晃去，像個——」

嘲笑聲四起，其中還夾雜著恐懼和責難的意味。西蒙張嘴想辯解，可是拉爾夫已經收回了海螺，他只好回到自己的位子上。

等會場安靜下來後，拉爾夫轉向小豬。

「還有嗎，小豬？」

「還有一個，是他。」

小鬼頭們把帕西佛推到前面，然後就留他一個人站在那裡。帕西佛站在草長及膝的三角區域中央，看著自己被淹沒的雙腳，試著想像自己是在一個「帳篷」裡。拉爾夫腦中閃過另一個小男孩像這樣站著的畫面，他趕緊把它抹去。拉爾夫早已把那件事埋入心底、驅出腦海，只有偶爾像這樣真實的景象出現在眼前，才讓它浮上心頭。他一直沒有再點過小鬼頭的人數，一方面是因為沒辦法點到全部的人，一方面是因為拉爾夫知道小豬在山頂上提出的問題的答案。有金髮、黑髮、長了雀斑的小男孩，全都髒兮兮的，但他們臉上都沒有大塊斑點，也沒有人再見到那張長了紫紅胎記的臉。拉爾夫想起那次是小豬又哄又唬才讓小鬼頭說話的，他對小豬點點頭，默認他還記得那件不能說出口的事。

「去吧，去問他。」

小豬跪下，手裡拿著海螺。

「你叫什麼名字？」

小男孩把身體一扭，躲進他的「帳篷」裡。小豬束手無策地轉向拉爾夫，後者高聲問道：

「你叫什麼名字？」

孩子們受不了這種沉默和拒絕回答的態度，突然齊聲叫了起來：

「你叫什麼名字？你叫什麼名字？」

「安靜！」

拉爾夫在暮色中凝視著那個小小孩。

「告訴我們，你叫什麼名字？」

「帕西佛・威密斯・麥迪遜，住在漢普郡聖安東尼教區牧師住所，電話、電話、電……」

這些話彷彿深植於他悲傷的源頭，小鬼頭流淚了。他皺起臉，淚如泉湧，嘴巴張成一個方形的黑洞。起初他強忍著不出聲，就像是個象徵悲傷的雕像，但隨後他放聲痛哭，哭聲像海螺聲那樣又響又長。

「閉嘴！閉嘴！」

帕西佛卻忍不住，悲傷的源頭一打開，絕非權威所能制止，即使威脅要揍他也沒用。他嚎啕大哭起來，一聲接著一聲。哭泣使他挺直身子，就像被釘住一樣。

「閉嘴！閉嘴！」

這下小鬼頭們也無法再沉默了。這哭聲讓他們想起自己悲傷的過往，又或許是感同身受。他們滿懷同情地哭了起來，有兩個哭得幾乎跟帕西佛一樣大聲。

是莫里斯解救了他們。他大聲喊道：

「看著我！」

莫里斯裝作跌倒在地。他揉揉臀部，又坐到那根歪樹幹上，然後翻倒在草地上。他扮小丑扮得很糟，卻吸引了帕西佛和其他小鬼頭的注意，他們吸吸鼻子，笑了。不一會兒，他們全都笑得東倒西歪，最後連大孩子們也忍不住笑了起來。

隨後傑克說話了。他並沒有拿海螺，所以他的發言違反了規則，但沒有人注意到這點。

「那怪獸呢？」

帕西佛突然表現得很怪異。他打起哈欠，半天不說話，於是傑克一把抓住他搖晃著問道：

「怪獸住在哪裡？」

帕西佛被傑克緊緊抓住。

「怪獸要真能躲在這座島上，」小豬譏諷地說道，「那牠還挺聰明的呢。」

「傑克到處都去過了——」

「怪獸能住在哪裡呢？」

「去你的怪獸！」

帕西佛喃喃說了什麼，大家又哄笑起來。拉爾夫向前傾身。

「他說什麼？」

傑克聽到帕西佛的回答，鬆開了手。而帕西佛被大夥兒包圍著，安心之餘，一被鬆開就倒在長長的野草中睡著了。

傑克清清嗓子，然後若無其事地說道：

「他說野獸是從海裡來的。」

笑聲消失了。拉爾夫不由自主地轉過身去，黑色的身影面對潟湖。大家的目光隨著他望過去，看著潟湖之外、浩瀚無際的大海，思索著：在那深不可測的深藍海水中，似乎蘊藏著無窮無盡的可能。他們默默傾聽著風吹過樹葉的颯颯聲；傾聽從礁石處傳來輕微的海水拍擊聲。

莫里斯開口了。他說得非常大聲，把大家嚇了一跳。

「我爸說過，人類還沒有發現海中所有的生物。」

爭論再起。拉爾夫遞過微微發光的海螺，莫里斯順從地接下。會場又安靜下來。

「我的意思是，傑克說，是人都會害怕，所以你們會害怕也是理所當然的。但他說這個島上只有野豬，我倒希望他是對的，他不知道，我是指他沒辦法完全確定。」莫里斯喘了口氣，「我爸說有某種東西，牠們叫什麼……會噴出墨水的……烏賊！牠們有幾百碼長，能吃下整條鯨魚。」他又暫停一下，開心地笑了笑。「我當然不相信有什麼怪獸，就像小豬說的，這是科學的時代。但我們不確定，對嗎？我是指沒辦法完全確定——」

有人喊道：

「烏賊不會從水裡跑出來！」

「會！」

「不會！」

轉眼間，平臺上全是揮舞的手臂，大夥兒爭得不可開交。拉爾夫坐著，覺得大家都神智不清了才會這樣。說什麼可怕的東西、怪獸，大家應該一致同意火堆最重要。每次他試著把事情說清楚，大夥兒就會發生爭執，把話題扯開，提出令人討厭的新問題。

他在幽暗中看到旁邊白色的海螺，一把從莫里斯那裡搶過來，並拚命吹了起來。大家嚇得安靜下來。西蒙靠拉爾夫很近，他把手放到海螺上。西蒙覺得自己不能再沉默了，但在大庭廣眾下說話，對他來說是件可怕的事。

「也許，」他猶豫地說道，「也許真的有怪獸。」

孩子們放聲大叫，拉爾夫驚訝地站起來。

「你？西蒙？你也相信這個？」

「我不曉得，」西蒙說道，心跳快得連氣都喘不過來。「可是……」

一場風暴爆發了。

「坐下！」

「住口！」

「去拿海螺！」

「去你的！」

「閉嘴！」

拉爾夫喊道：

「聽他說！他拿著海螺！」

「我想說的是……也許怪獸就是我們自己。」

「放屁！」

小豬震驚得忘了禮節，爆出粗話。西蒙接著說道：

「我們可能會變成某種……」

西蒙竭力想表達人性的缺陷，卻說不清楚。突然他靈機一動。

「什麼東西是最骯髒的？」

剛開始傑克感到不解而不發一語，爾後他忽然打破沉默，表情生動地說了句粗話當作回答。緊張的氣氛瓦解，孩子們興奮不已。那些已經爬回歪樹幹上的小鬼頭們又倒栽下來，但他們不在乎；獵手們高聲叫喊，開心得要命。

西蒙的努力全都白費了；這陣哄笑聲殘酷地鞭打著他，他手足無措地縮回自己的位子上。會場終於又安靜下來。有人接著說道：

「或許他是指鬼魂之類的吧。」

拉爾夫拿起海螺，凝望著朦朧的夜色。四周最亮的東西就是灰白的沙灘了。小鬼頭們一定在附近吧？是的，無庸置疑，他們就在草地中央緊挨著彼此，擠成一團。棕櫚樹葉在晚風的吹撫下低聲絮語，因為夜晚的寂靜而顯得格外吵雜。兩根灰色的樹幹互相磨擦著，發出令人不安的刺耳聲音；這要是在白天，誰也不會注意到。

小豬從拉爾夫手中拿過海螺，憤怒地說道：

「我不相信有鬼，從來就不信！」

傑克也站了起來，帶著一股無名火說道：

「誰管你信不信，死胖子！」

「我拿著海螺！」

「把海螺還給我！」

兩人扭打起來，海螺被搶來搶去。

拉爾夫擋在中間想推開他們，結果胸口挨了一拳。他從拿海螺的人手裡搶回海螺，氣喘吁吁地坐下。

「鬼魂的事說得夠多了，這些應該留到白天再講。」

接著不知道是誰小聲地說了一句。

「也許怪獸就是……鬼魂。」

大夥兒打了個冷顫，彷彿有冷風吹過。

「太多人搶著說話了，」拉爾夫說道，「要是我們不遵守規則，就沒辦法好好開會。」

他又停了下來。這次精心計畫的大會泡湯了。

「你們還想要我說什麼？這麼晚召開大會是我的錯。接下來我們先進行表決，我是指針對有沒有鬼怪這件事；然後大家就回茅屋去吧，我們都累了。不，傑克，等一下，先讓我說完，我不相信有鬼，但我也不喜歡想這些事，尤其是這種時候，四周烏漆抹黑的。但我們必須把事情弄清楚。」

他把海螺舉起來一陣子。

「好極了。我想這裡要不有鬼，要不就是沒有……」

他想了想，提出問題。

「誰認為有鬼？」

好長一段時間，沒有人說話，也沒有人動作。隨後拉爾夫朝幽暗中看去，數著舉起的手，淡淡地說道：

「我明白了。」

那個世界；那個合理且秩序井然的世界悄悄溜走了。曾經有過黑白分明的世界，可如今……船已經開走了。

小豬從拉爾夫手中奪過海螺，尖聲說道：

「沒有鬼，我投票贊成沒有鬼！」

他轉了一圈，眼光掃過在場所有的人。

「你們全都記住！」

他們聽到他在跺腳。

「我們是什麼？是人？是動物？還是野蠻人？大人們會怎麼想呢？你們跑去抓野豬，因而讓火熄滅了，而現在又——」

一個陰影衝到他面前。

「住口，你這個胖懶蟲！」

又發生了短暫的爭奪，微微發光的海螺上下晃動。拉爾夫一躍而起。

「傑克！傑克！你沒拿海螺！讓他發言！」

傑克的臉靠近拉爾夫。

「你也閉嘴！你算什麼東西？光會坐在那裡發號施令，你既不會打獵，又不會唱歌——」

「我是首領。大家選出來的首領。」

「大家選你又怎麼樣？只會下些沒意義的命令——」

「小豬拿著海螺。」

「對，你總是護著小豬——」

「傑克！」

傑克語帶尖酸地模仿拉爾夫。

「傑克！傑克！」

「規矩！」拉爾夫喊道，「你破壞了規矩！」

「誰管你？」

拉爾夫急中生智道：

「規矩是我們唯一擁有的東西了！」

但傑克仍大聲反抗。

「去你媽的規矩！我們強壯又會打獵！要是有怪獸，我們就宰了牠！我們會把牠團團圍住，揍牠，不停地揍牠！」

他嚎叫一聲，躍下灰白的沙灘。平臺上立刻爆出一陣喧譁、騷動、爭奪、尖叫和大笑聲。大夥兒四下散開，亂紛紛地從棕櫚樹林跑向海邊，又沿著海灘消失在朦朧的夜色中。拉爾夫感覺海螺碰到自己臉上，便把它從小豬手裡接過來。

「大人們會怎麼說呢？」小豬又喊道。「看看他們那個樣子！」

從海灘上傳來模仿打獵的聲音、歇斯底里的笑聲，以及讓人打從心底感到恐怖的聲音。

「吹海螺，拉爾夫。」

小豬靠得很近，拉爾夫連他鏡片的閃光都看得見。

「還有火堆的事，他們不了解嗎？」

「現在你必須強硬一點，叫他們照你的話做。」

拉爾夫彷彿在演算公式般，小心謹慎地回答道：

「要是我吹了海螺，他們卻不回來，那我們就完蛋了。靠我們自己沒辦法讓火堆一直燒。我們會像動物一樣，再也無法得救。」

「要是你現在不吹，我們也很快會變成動物。我看不見他們在做什麼，但我聽得見。」

四散的人影在沙灘上聚攏，形成一團黑色的漩渦，唱和著；而已經唱夠了的小鬼頭們，則嚎叫著蹣跚走開。拉爾夫把海螺舉到脣邊，又放下來。

「小豬，問題是，到底有沒有鬼？有沒有怪獸？」

「當然沒有。」

「為什麼沒有?」
「因為不合理。有鬼怪又有房子、街道、電視等等東西,這樣不合理。」
孩子們不斷跳著、唱著,直到筋疲力盡,無法唱出歌詞,只能哼著旋律。
「但如果這些道理在島上行不通呢?會不會有什麼東西正在觀察我們,伺機而動?」
拉爾夫顫抖著朝小豬靠近,兩人突然撞在一起,彼此都嚇了一跳。
「別再說這種話了!麻煩事已經夠多了,拉爾夫,而我也快受不了了!要是真有鬼的話——」
「我應該放棄當首領,聽他們的算了。」
「哦,天哪!不要,千萬不要!」
小豬緊緊抓住拉爾夫的手臂。
「要是傑克當上首領,他會要大家都去打獵,不再管火。我們就真的會在這裡待到死。」
小豬突然尖聲叫道:
「是誰坐在那裡?」
「是我,西蒙。」
「這下可好,」拉爾夫說道。「只剩我們三隻瞎了眼的老鼠。算了,我放棄。」
「要是你放棄了,」小豬驚慌地低聲問,「那我會怎麼樣?」
「不會怎麼樣。」
「他恨我,我不知道為什麼,但他恨我。要是他能隨心所欲……你倒還好,至少他尊敬你，更何況，你會揍他。」

「你剛才跟他打得也不錯啊。」

「我拿著海螺啊，」小豬簡單地說。「我有權發言。」

西蒙在黑暗中動了一下。

「繼續當下去。」

「你閉嘴，西蒙！你剛才就不能說這裡沒怪獸嗎？」

「我怕他，」小豬說，「所以我了解他。要是你怕一個人，你會恨他，卻又忍不住想著他。你會騙自己，說他其實還不錯，但每當你見到他，就會像氣喘病發作似的喘不過氣來。我告訴你，他也恨你。」

「我？為什麼恨我？」

「我不曉得，或許是因為你要他管火；還有，你是首領，而他不是。」

「可他是、他是傑克．墨里杜啊！」

「因為我老是生病躺在床上，所以我有時間思考。我了解人們，了解我自己，也了解他。他傷害不了你，但要是你不管，他就會傷害下一個人，而那就是我。」

「小豬說得對，拉爾夫。不是你就是傑克，所以繼續當下去吧。」

「我們都只能隨波逐流，而事情越來越糟了。以前在老家總有大人在，你只要開口問就可以得到答案。我多希望能在家裡！」

「要是我姨媽在這裡就好了。」

「但願我父親……哦，那又有什麼用？」

「我們只能讓火堆繼續燃燒。」

舞跳完了，獵手們都回到茅屋裡去了。

「大人懂很多，」小豬說。「他們不怕黑暗。他們會聚會、喝茶、討論，然後解決一切問題——」

「他們不會在島上放火燒山，也不會迷失方向——」

「他們會造一艘船——」

三個男孩站在黑暗中，努力想表達成人世界裡的尊榮與權威，卻徒勞無功。

「他們不會吵架——」

「不會砸碎我的眼鏡——」

「也不會說什麼怪獸——」

「要是他們能捎個消息給我們就好了。」拉爾夫絕望地喊道。「要是他們能送我們一些大人的東西……一個信號或什麼東西都好。」

黑暗中傳來一陣微弱的嗚咽聲，嚇得他們寒毛直豎，緊緊抓住彼此。接著嗚咽聲越來越大，卻又像隔了段距離，彷彿不是這個世界的聲音，最後慢慢變成含糊不清的低喃。住在聖安東尼教區牧師住所的帕西佛・威密斯・麥迪遜，躺在長長的野草裡，口中念念有詞，但把自己的地址當作咒語來念，也無法幫他脫離目前的困境。

6 獸從空中來

除了星光之外，四周漆黑一片。他們總算弄清楚這鬼叫聲是從哪裡來的，但帕西佛卻安靜了下來。拉爾夫和西蒙笨手笨腳地抬著他往茅屋前進；小豬因為說了大話，所以也跟在他們旁邊，於是三個大男孩一起走到附近的一間茅屋裡。他們焦躁不安地躺在枯葉堆上，發出沙沙的響聲，仰望著點點星光灑在潟湖上。偶爾會從別的茅屋傳出小鬼頭的哭聲，或是聽到大孩子在黑暗中說著夢話。不久他們三個也進入了夢鄉。

一彎新月從海平面上升起，月亮非常小，即使是在位置最低的時候，也無法在水面上投下光芒；然而在夜空中卻有別的光亮，它們倏忽而過，一閃一閃的，或者消失不見，位在十英里高空的戰場上，連一點輕微的爆裂聲都沒有傳來。但有一個信號從成人世界飄落而下，當時孩子們都睡著了，誰也沒有注意到。突然一陣爆炸的閃光，在夜空中留下一條明亮的螺旋狀尾巴，然後又回復黑暗，群星閃閃。海島上空出現一個斑點，一個戴著降落傘的人影垂蕩著搖晃的四肢，正迅速往下掉。不同高度的風向變幻不定，把人影吹來吹去。接著，在三英里的高度，風向穩定了，帶著人影在夜空劃出一道曲線，又傾斜著越過礁石和潟湖，朝山上飛去。人影掉在山側的藍色野花叢中，縮成一團，這時山側又颳起一陣微風，把降落傘吹得啪啪翻動，並噗一聲落在地上，拖拉起來。於是人影雙腳拖在身後，滑上山去。輕風拖著人影，一點一點，啪啦啪啦地穿越藍色野花叢，翻過巨礫和紅石，最後在山頂的亂石碎礫中擠成一團。這裡的微風斷斷續續，東拉西扯著降落傘的繩索，把它纏繞起來；人影坐在地上，戴著頭盔的頭垂在雙膝之間，全靠交織的繩索支撐著。偶爾有微風吹過，傘繩繃緊，牽動著人影抬起頭來，胸膛挺直，目光彷彿越過山頂，凝望著遠方。然而每當風勢減弱，傘繩便會鬆弛，人影又向前彎曲，把頭深埋進雙膝之間。在群星移動的夜空下看來，山頂坐著的人影好似一會兒坐直，一會兒彎腰，不一會兒又挺起身來。

在清晨的昏暗中，山側下一條小路的岩石旁響起了喧鬧聲。兩個男孩從一叢灌木和枯葉中翻滾出來，兩個模糊的身影半夢半醒地聊著天，是雙胞胎，他們今晚值班看火。論理上應該是一個睡覺，另一個看守，但他們分開行動絕對沒好事。既然整夜撐著不睡是不可能的，就乾脆兩個都去睡了。這會兒他們打著哈欠，揉著眼睛，熟門熟路地走近曾經是信號火堆的黑色餘燼。但一到火堆邊他們就停止打哈欠了，其中一個匆匆跑去拿木柴和樹葉。

另一個跪了下來。

「火已經熄了吧。」

他用塞到他手中的木棒撥弄著灰。

「沒熄。」

他躺下去，把嘴靠近黑色的餘燼，輕輕吹著。他的臉慢慢清晰起來，被火光照得紅通通的。吹了一會兒，他停下來。

「山姆，給我——」

「細樹枝。」

艾瑞克彎下腰去繼續輕輕吹，直到灰燼又紅又亮，山姆才把細樹枝放到燃燒的地方，接著再加上枝條。火勢越來越旺，枝條點燃了。山姆堆上更多的樹枝。

「別燒太旺，」艾瑞克說道，「你放太多木柴了。」

「我們來暖暖身子。」

「那又得去搬木柴。」

「我冷。」

「我也冷。」

「還有，天——」

「天太黑了。那好吧。」

艾瑞克往後蹲，看著山姆升火。山姆用木柴搭成一個小帳棚，火很快就旺了起來。

「差點就熄了。」

「他會——」

「生氣的。」

「嗯。」

雙胞胎默默注視著火堆，隨後艾瑞克嗤嗤悶笑起來。

「他不是生氣了嗎？」

「因為——」

「火堆和野豬的事。」

「幸好他是衝著傑克，而不是衝著我們。」

「嘿，記得學校裡總是發脾氣的那個老先生嗎？」

「天啊，你們、快、要、把、我、逼、瘋、啦！」

雙胞胎兩人會心地哈哈大笑，接著他們又想起黑暗和其他的東西，不安地東張西望。木柴搭的帳棚熊熊燃燒起來，又把他們的目光吸引回來。艾瑞克注視著木柴上瘋狂逃跑卻仍被火焰吞噬的樹虱，想起了剛到島上的那場大火；就在陡峭的山側下方，此刻那裡是一片黑暗。他不喜歡想起這件事，於是轉頭看向山頂。

四周暖和了起來，溫柔的火光照在他們身上。山姆為了解悶而添加木柴，還盡可能地把手靠近火焰才放開；艾瑞克也伸出雙手，試試看自己可以離火焰多近。他無聊地看著火堆另一頭亂石碎礫扁平的輪廓，想像它們白天的模樣：這邊有塊大岩石，那邊有三塊，還有個裂開的岩石，再遠一點有道山罅，就在那裡——

「山姆。」

「嗯？」

「沒什麼。」

火焰吞噬著樹枝，樹皮被燒得蜷曲、脫落，並發出劈啪的爆裂聲。木柴帳棚往內坍塌，在山頂上映出一圈火光。

「山姆……」

「嗯？」

「山姆！山姆！」

山姆煩躁地看向艾瑞克；艾瑞克緊張的神色，透露出他看到了什麼可怕的東西。山姆原本背對著艾瑞克，現在趕緊繞過火堆，蹲坐在艾瑞克身旁，順著他的眼神看過去。他們嚇得動彈不得，緊抓著彼此的手臂，兩隻眼睛眨都不眨，兩張嘴巴張得好大。

遠在山腳下，無數的樹木哀嘆著，而後哭號起來。他們額前的頭髮飄動著，火焰從火堆側邊冒了出來。他們聽到從十五碼外的地方，傳來布被風吹動的聲音，噗噗作響。

兩個孩子都沒有放聲尖叫，只是更用力地抓緊彼此的臂膀，嘴唇泛白。他們就這樣蹲了大約十秒鐘，伴隨著劈啪作響的火堆冒出的濃煙和火星，以及映在山頂、搖曳不停的火光。

接著，被恐怖占據的兩人跌跌撞撞地爬過山岩，奔逃而去。

*

拉爾夫正做著美夢。他在枯葉堆中輾轉反側了好幾個小時，終於進入夢鄉，就連其他茅屋裡的孩子在夢魘中發出驚叫也沒有驚動他；他在夢中回到了老家，正隔著花園圍牆餵小馬吃糖。接著，有人搖著他的手臂，告訴他下午茶的時間到了。

「拉爾夫！醒醒！」

樹葉颯颯作響，像大海般怒號。

「拉爾夫，醒醒！」

「怎麼了？」

「我們看見——」

「野獸——」

「非常清楚！」

「你們是誰？雙胞胎嗎？」

「我們看見野獸了——」

「別出聲！小豬！」

樹葉仍在怒號。黎明將至，拉爾夫朝門口走去，卻與小豬撞個正著，雙胞胎中的一個連忙抓住他。

「你不能出去，太可怕了！」

「小豬，長矛在哪裡？」

「我聽見——」

「安靜。躺下。」

他們躺在那裡傾聽，起初有點懷疑，可在一陣陣死寂中聽著雙胞胎低聲的描述，也畏懼起來。不一會兒，黑暗中似乎滿是爪子；滿是可怕的無名怪獸和威脅。終於，漫長的拂曉慢慢隱去了群星，灰濛濛的光線射進茅屋裡。他們這才敢移動，儘管茅屋外面的世界仍然難以想像的危險。黑暗中模糊不清的景色漸漸有了輪廓，天空高處的雲彩染上了一層暖色。一隻孤零零的海鳥撲撲地拍著翅膀飛向雲天，嘶啞地鳴叫了一聲，引起幾聲回應；森林裡有什麼東西也跟著粗聲長鳴。靠近海平面的一片片雲彩，此刻閃耀著玫瑰紅的色澤，而棕櫚樹羽毛般的樹冠也變得青翠碧綠。

拉爾夫跪在茅屋的入口，小心翼翼地窺視著四周的動靜。

「山姆艾瑞克，叫他們來集合，小聲一點，快去。」

雙胞胎瑟瑟發抖地互相抓著，壯起膽子走到一段距離外的茅屋裡，傳達那令人畏懼的消息。拉爾夫站了起來，為了維護自己的尊嚴，儘管心裡忐忑不安，還是硬撐著走向平臺。小豬和西蒙跟著他，其他孩子也躡手躡腳地跟在後面。

拉爾夫從光滑的樹幹上拿起海螺放到嘴邊，但他猶豫了片刻，並沒有吹響，只舉起海螺向大家示意，大夥兒便都明白了。

太陽光像把扇子般從海平面下往上展開，又移動到與眼睛同高的位置。拉爾夫望著從右側升起並漸漸擴大的金色光芒，似乎在等待發言的時機。在他前面圍成圓圈的孩子們手中都拿著打獵的長矛。

他把海螺遞給最靠近他的雙胞胎之一，艾瑞克。

「我們親眼看到了怪獸，而且不是在做夢——」

山姆接著把故事說下去。現在讓雙胞胎共用海螺已成習慣，因為大家都公認他們是密不可分的。

「怪獸毛茸茸的，頭後面有東西飄來飄去，有點像翅膀。牠還會動——」

「真的非常可怕！牠坐了起來——」

「當時火光很亮——」

「我們剛升好火——」

「還多添加了木柴——」

「怪獸有眼睛——」

「牙齒——」

「爪子——」

「我們沒命地逃跑——」

「還撞到了什麼東西——」

「怪獸跟著我們——」

「我看到牠鬼鬼祟祟地躲在樹後面——」

「差一點碰到我——」

拉爾夫恐懼地指指艾瑞克的臉，上面有一些傷痕，是被灌木叢刮的。

「你的臉怎麼了？」

艾瑞克摸摸自己的臉。

「我臉都刮傷了，在流血嗎？」

圍成圈的孩子們畏懼地向彼此靠近。強尼原本還在打哈欠，現在卻哭了起來，直到被比爾打了個巴掌，才強忍住淚水。明亮的早晨充滿種種威脅，孩子們圍成的圓圈也起了變化。他們的臉不是朝內，而是朝外，手中削尖木棒製成的長矛像一道籬笆。傑克叫他們向中心靠攏。

「這才是真正的打獵！誰敢去？」

拉爾夫不耐煩地動了一下。

「別傻了！這些長矛是木頭做的。」

傑克嘲笑他道：

「害怕了？」

「當然怕，誰不怕呢？」

傑克滿懷期待地轉向雙胞胎，他們卻讓他失望了。

「你們是認真的嗎？」

他們回答得非常肯定，毫無疑問。

小豬拿過海螺。

「我們能不能……就……待在這裡？怪獸可能不會到這邊來。」

要不是有種被監視的感覺，拉爾夫早就對小豬大吼大叫起來了。

「待在這裡？被困在島上這麼一小塊地方，總是提心吊膽？我們要吃什麼？火堆又怎麼辦？」

「快走吧，」傑克焦躁地說，「我們是在浪費時間。」

「不，這不是浪費。小鬼頭們怎麼辦？」

「去他們的！」

「得有人照顧他們。」

「之前也沒在照顧啊。」

「之前沒這個必要，但現在有！不然讓小豬來照顧他們。」

「好呀，這樣小豬就不用冒險了。」

「動動腦子吧，小豬只有一隻眼睛能幹什麼？」

其他孩子好奇地看看傑克，又看看拉爾夫。

「還有一件事。這次可不是平常的打獵，因為怪獸不會留下足跡；如果牠會，你們一定早就看過牠了。怪獸可能會像盪鞦韆一樣，從一棵樹盪到另一棵樹。」

大夥兒點頭稱是。

「所以我們必須考慮清楚。」

小豬取下摔壞的眼鏡，擦拭殘餘的鏡片。

「拉爾夫，我們該怎麼辦？」

「你沒拿海螺。給你。」

「我是說，我們該怎麼辦？如果你們都走了，而怪獸來了，我又看不清楚，要是我一害怕——」

傑克輕蔑地插了一句。

「你什麼時候不怕了。」

「我拿著海螺——」

「海螺！海螺！」傑克叫道，「我們再也不需要海螺了！我們知道該由誰發言。西蒙說話有什麼用？比爾、沃爾特說話有個屁用？其他人都該閉上嘴，讓我們來做決定——」

拉爾夫臉頰漲得通紅，他不能再無視傑克的發言。

「你沒拿海螺。」他說。「坐下。」

傑克轉為蒼白的臉上，雀斑清晰得像是褐色的汙點。他舔舔嘴脣，仍然站著。

「這是獵手的工作。」

其他孩子目不轉睛地看著。小豬發覺自己被捲入了紛爭，心裡不自在，便悄悄把海螺放回拉爾夫的膝蓋上，坐了下去。氣氛非常凝重，小豬大氣都不敢喘。

「這不只是獵手的工作，」拉爾夫最後說，「因為你無法追蹤怪獸。你難道不想得救嗎？」

他轉向眾人。

「難道你們都不想得救嗎？」

他回過頭去看了傑克一眼。

「我之前說過，火堆最重要，而現在火堆一定熄了……」

先前的惱怒給了他反擊的力量。

「難道你們都沒大腦嗎？我們必須再把火升起來。傑克，你從來都不在意火堆，對嗎？難道你們都不想得救了？」

不，他們都想得救，無庸置疑；大家一面倒地向拉爾夫靠攏，危機過去了。小豬深呼吸，想緩過氣來，但沒成功。他倚在一根圓木旁，張大的嘴脣漸漸泛紫，卻沒人注意他。

「仔細想，傑克。島上還有什麼地方你沒去過？」

傑克不情願地回答：

「當然有，你還記得吧？就是島的尾端，山岩堆積的那個地方。我去過那附近，細長的岩石像橋一樣，而且只有一條路可以上去。」

「怪獸可能就住在那裡。」

大家七嘴八舌地討論起來。

「安靜！好吧，那我們就去那裡看看。要是怪獸不在那裡，我們就爬上山去瞧瞧，順道把火堆點燃。」

「走吧。」

「我們先吃點東西再去。」拉爾夫停頓了一下。「最好帶著長矛。」

吃完之後，拉爾夫和大孩子們就沿著海灘出發了；他們把小豬留在平臺上獨撐大局。這天一如往常，天氣相當晴朗，在蔚藍色的蒼穹下，大地沐浴著萬道霞光。前方的海灘略呈弧形，一直延伸到遠方，最後彎進一片森林裡；現在還不到最熱的時候，不然眼前的景緻又會被海市蜃樓所扭曲。在拉爾夫的指示下，他們謹慎地選擇棕櫚樹林間行走，避開海邊發燙的沙灘。拉爾夫讓傑克帶路；傑克裝模作樣地小心走著，儘管他們大老遠就能一眼看見敵人的行蹤。拉爾夫殿後，很高興自己暫時逃脫首領的責任。

西蒙走在拉爾夫前面，滿腹疑竇：一個用爪子抓人的怪獸，來去無蹤，還可以坐在山頂上，動作卻慢得捉不到山姆艾瑞克？不管西蒙怎麼想像那頭怪獸，在他內心浮現的總是一個滿面愁容的英雄。

他嘆了口氣。顯然其他人都能在大庭廣眾下，旁若無人地暢所欲言，完全感受不到壓力。西蒙站到一旁，回頭張望一下。拉爾夫肩上扛著長矛，正要跟上來。西蒙客氣地放慢腳步，等拉爾夫走上前與他並肩而行，他透過滑落眼角的粗硬黑髮，向上望著拉爾夫。拉爾夫則偏頭看看他，臉上露出尷尬的笑容，好像忘了西蒙曾經出過糗的事，隨後又望向別處。西蒙覺得自己被接受了，不由得高興起來，便不再去鑽牛角尖，沒想到卻不小心撞上一棵樹。拉爾夫不耐煩地瞥了他一眼，羅伯特則嗤嗤地笑了。西蒙頭昏眼花，額頭上白了一塊，接著又變成紅色且滲出了血。拉爾夫不再理會西蒙，自顧自地煩惱起來。他們很快就要到達城堡岩了，到時首領就得上前。

傑克小跑步回來。

「已經可以看見了。」

「好，我們盡可能靠近一點。」

他跟在傑克身後走向城堡岩，那裡的地勢稍稍隆起。在他們左側的藤蔓與灌木叢毫無縫隙地糾纏在一起。

「為什麼你覺得那裡不會有東西？」

「看也知道啊，那裡完全沒辦法進出。」

「那城堡岩呢？」

「你看。」

拉爾夫分開眼前的長草，向前望去。多石的地面只有不過幾碼長。島的兩側在這頭漸漸收攏，原本以為在最尾端會形成一個尖角，沒想到卻是一條狹長的岩架，有幾碼寬，大約十五碼長，往前延伸到海裡；盡頭處臥著一塊跟本島一樣的粉紅色方岩。從這面看過去，城堡岩似有一百呎高，其上坐落著他們之前從山頂上看到的那個粉紅色堡壘。城堡岩的岩壁龜裂，岩頂上還凌亂地散布著大塊石頭，彷彿隨時會掉下來一樣。

拉爾夫身後長長的野草中，擠滿了沉默不語的獵手。拉爾夫看了看傑克。

「你是個獵手。」

傑克漲紅了臉。

「我去就是了。」

拉爾夫內心深處有股衝動，驅使他說道：

「我是首領，我去。」

他轉向其他孩子。

「你們都躲在這裡等我。」

拉爾夫知道自己的聲音在顫抖。他看著傑克。

「你真的認為……」

傑克低聲回答：

「其他地方我都去過了，那東西一定在那裡。」

「我知道了。」

西蒙含糊不清地咕噥道：「我不相信有什麼怪獸。」

拉爾夫平靜地回答他，好像兩人是在聊天氣怎樣似的。

「對啊，我也認為沒有。」

拉爾夫抿緊嘴巴，脣色泛白。他慢慢把頭髮往後撥。

「那麼，等會兒見。」

他強迫自己挪動腳步向前走，一直走到狹長的岩架前。

拉爾夫四周只有空氣作為屏障。即使不往前走，也無藏身之地。他停在狹窄的岩架前往下看。要不了幾百年，大海就會把這個城堡岩變成一座島。拉爾夫的右手邊是潟湖，隨著浩瀚的大海起伏著，而左手邊則是──

拉爾夫不寒而慄。原來是潟湖保護他們免遭太平洋的侵襲。由於某種原因，只有傑克去過這一側的海邊。此刻他站在岸上看著滾滾浪濤，彷彿某種巨獸在呼吸。牠吸了一口氣，海水從礁石群間緩緩向後退去，露出一塊塊粉紅色的花崗岩，還有各種奇形怪狀的生物：珊瑚、珊瑚蟲、海藻。海水退啊，退啊，退卻下去，像是在樹梢的風，簌簌作響。接著顯露出一塊扁平的礁石，像桌子似的平放著，海水後退時把周圍的海藻捲下去，讓石頭的四個邊看起來彷彿懸崖峭壁。然後，沉睡的巨獸呼氣，海水又開始上漲，海藻漂拂，翻騰的海水咆哮著捲上那張像桌子的礁石。大海無常，浪潮起落也不過轉瞬之間。

拉爾夫轉向粉紅色的峭壁。在他身後，孩子們在長長野草中等待，等著看他會怎麼做。拉爾夫手心冒著冷汗；他愕然意識到，他並不想碰到什麼怪獸，要是碰到了也不知道該怎麼辦。

拉爾夫知道自己能攀上峭壁，但沒這個必要，因為四四方方的峭壁上有一圈凸出的岩壁可以行走。於是他從右側，也就是俯瞰潟湖的那側，一點點爬上去，最後消失在峭壁的轉角。不一會兒，他便輕鬆到達頂端，遠眺城堡岩四周。

上面沒有什麼出乎意料的東西。只見四處散落著粉紅色大岩石，上面鋪著一層糖霜似的鳥糞，還有一條攀上堡壘的陡峭斜坡。

聽到背後的聲響，拉爾夫回過頭去。傑克正側身沿著凸出的山壁徐徐而上。

「你一個人應付不來的。」

拉爾夫一言不發。他帶頭穿過岩石群，看到一個較淺的洞穴，但裡面沒什麼可怕的東西，只有一窩臭掉的蛋。拉爾夫坐下來，環視四周，並用長矛柄敲打起岩石。

傑克非常興奮。

「這裡拿來當基地很棒耶！」

一陣水花濺溼了他們的身體。

「但這裡沒有淡水。」

「那邊那個呢？」

再上面一點的岩壁縫細間，有一條汙濁的綠水流淌著。他們爬上去嘗嘗看。

「可以在這裡放個椰子殼接水。」

「我可不要。這地方爛透了。」

他們並肩攀上最後一段岩壁，漸漸收攏的岩壁頂上，壓著最後一塊斷裂的岩石。傑克揮拳向身邊的岩石擊去，石頭發出輕微的嘎嘎聲。

「你還記得……」

兩人都想起了那段爬上山頂的時光。傑克匆匆說道：

「我們在石頭下面塞一根棕櫚樹幹，要是有敵人來——你看！」

在下方一百呎處是那條狹窄的岩石橋，然後是多石的海岸，在那之後是孩子們躲藏的長草，再過去則是森林。

「只要輕輕一推，」傑克興奮地大聲說道，「就咻——」

傑克做了個向下俯衝的手勢；拉爾夫卻朝山的方向望去。

「怎麼了嗎？」

拉爾夫回過頭來。

「什麼怎麼了？」

「你看起來……我不知道該怎麼說。」

「上面沒有煙了，一點煙都沒有。」

「又是煙，你還真是說不膩耶。」

平靜的藍色海洋包圍著他們，只被山峰遮住了一角。

「我們就只有這些了。」

拉爾夫把長矛靠在一塊不穩的石頭上，用兩隻手把頭髮往後撥。

「我們必須往回走，到山上去。怪獸就在那裡。」

「怪獸不會在那裡。」

「不然還會在哪裡？」

躲在野草裡的孩子們，看到傑克和拉爾夫安然無恙，都跑到了陽光下。他們沉浸在探險的興奮中，把怪獸忘得一乾二淨。他們一窩蜂衝過石橋，沒多久就開始邊爬邊叫。拉爾夫站著，單手撐著巨大的紅色石頭；大得像水車一樣的石頭已經裂開、傾斜，還搖搖晃晃的。拉爾夫陰沉地注視著山頭。他握緊拳頭捶打紅色岩石，抿緊著嘴，瀏海下的眼神充滿熱切。

「煙。」

他吸吮著拳頭上的瘀青。

「傑克！跟我來。」

但傑克已經不在那裡了。一群男孩趁他不注意，正亂哄哄地推著石頭。就在拉爾夫轉過身的那一刻，岩石完全從地面斷裂，整塊滾進大海裡，發出轟隆一聲巨響，濺起的水柱甚至有峭壁的一半高。

「住手！住手！」

拉爾夫的聲音讓他們安靜下來。

「煙。」

拉爾夫的腦子裡突然一片漆黑，彷彿是蝙蝠的翅膀在他內心深處亂竄，干擾他的思緒。

「煙。」

一想到煙，他的腦袋立刻又清楚了，怒火也燃燒起來。

「我們需要煙！而你們卻在浪費時間，還滾什麼石頭。」

羅傑喊道：

「我們有的是時間！」

拉爾夫搖搖頭。

「我們必須到山上去。」

大夥兒吵了起來；有的男孩要回沙灘上去，有的要繼續滾石頭。陽光燦爛，危險跟黑暗也被拋在腦後。

「傑克，怪獸可能在另一邊。你去過，所以你帶路。」

「我們可以沿著海灘走過去，順道吃點野果。」

比爾走近拉爾夫問道：

「為什麼我們不能在這裡多待一會兒？」

「對啊。」

「我們來蓋個基地！」

「這裡沒有食物，」拉爾夫說道，「沒有茅屋，也沒有多少淡水。」

「這個基地一定會很酷。」

「我們可以滾石頭——」

「一直滾到石橋上——」

「我說要去山上！」拉爾夫憤怒地喊道。「我們一定要弄清楚！現在就走！」

「我們要待在這裡——」

「我們要回到茅屋去——」

「我累了——」

「不行！」

拉爾夫把指節的皮都磨破了，但他並不覺得痛。

「我是首領。我們必須查個水落石出！你們都沒看山頂嗎？一點煙都沒有！要是正好有船經過怎麼辦？你們都瘋了嗎？」

男孩們不情不願地安靜下來；有些孩子還在低聲抱怨著。

接著傑克帶頭走下山岩，跨過石橋。

7 暮色和高樹

位於另一側的海岸，是一片雜亂無章的山岩，而山岩附近就是野豬的小徑。拉爾夫很高興讓傑克帶頭。倘若能充耳不聞大海慢吞吞地退卻下去，又翻騰著席捲重來的聲音；倘若能視而不見兩旁蕨類叢生的小徑多麼荒無人煙、暗無天日，那你就能忘掉怪獸，做做白日夢了。正午已過，島上的暑氣越來越重。拉爾夫往前傳了個口信給傑克，要他看到野果的時候，就停下來讓大家飽餐一頓。

等坐下之後，拉爾夫才感覺到熱。他厭惡地扯扯灰襯衫，不確定是否該把它洗一洗。即使是在島上，這種熱度也太不尋常了，拉爾夫在暑氣環繞下，幻想著能梳洗一番。他把亂糟糟的長髮往後一甩，希望能有把剪刀來剪他髒透的頭髮，最好能剪到半吋長。他也希望用肥皂好好地洗個澡。拉爾夫用舌頭舔舔牙齒，覺得要是有把牙刷會更好。還有他的指甲——

拉爾夫把手翻過來看看手背，指甲已經被啃到肉裡了，他不記得是從什麼時候開始養成了這種壞習慣。

「以後改吸大拇指好了……」

他偷偷朝四下看了看，還好沒人聽見他說話。獵手們坐著，正狼吞虎嚥地吃著隨手可得的食物，他們不斷催眠自己：香蕉和野果真是人間美味。拉爾夫打量著他們，覺得跟偶爾乾淨的自己相比，這些獵手們真是骯髒不堪，不是像摔在泥巴裡或被雨淋成落湯雞的那種髒，而是頭髮太長，都糾結在一起，還纏著樹枝枯葉。臉倒是因為進食和流汗，反而還算乾淨，但從某個角度依然可以看出黑黑的汙垢。而破破爛爛的衣服，就像他自己穿的這件一樣，都因為汗水而僵硬。他們穿上衣服，既不是為了美觀，也不是為了舒適，只是出於習慣而已，其實衣服下的身體滿是鹽屑……

拉爾夫意識到自己對這種情況已習以為常，見怪不怪了，心頭微微一沉。他嘆了口氣，推開那根沒剩下幾顆野果的樹枝。獵手們已經悄悄跑去樹林裡或岩石間拉肚子了。他轉過身去，眺望大海。

在這海島的另一側，景象迥然不同。因為海水溫度過低，無法形成海市蜃樓，少了那層朦朧的迷霧，海平面顯得格外清晰，藍得刺眼。拉爾夫漫步走到海岸邊，站在幾乎與大海同高的位置，可以清楚看見浪潮起伏。好幾英里寬的湧浪，以勢如破竹的氣勢，撲向整條海岸線。既不是碎浪，也非淺水區的風浪。與其說是浪濤滾滾，不如說是大海翻騰。海潮掀起又捲落，在礁石群間形成無數道大小瀑布，海藻隨著白浪垂蕩下去，就像閃閃發亮的頭髮。稍停片刻後，海潮重新積聚起力量，再度怒吼著，以無人可擋之勢沖上礁石和裸露的岩地，再爬上陡峭的海岸，用盡最後一點力氣伸向岩石的裂縫，並在離拉爾夫一、兩碼的地方化為泡沫。

一波接著一波，拉爾夫的目光追隨著波濤起伏，無邊無際的大海讓他腦袋一片空白。然後又是無垠的海水吸引了他的注意。大海阻絕了他們。在島的另一側，被正午的海市蜃樓包圍著；被寧靜的潟湖保護著，他們還能幻想得救；但是在這裡，面對粗暴蠻橫的大海；面對這漫無邊際的屏障，誰都會覺得束手無策，誰都會感到孤立無援，誰都會絕望，誰都會——

西蒙的聲音在耳邊響起。拉爾夫轉頭看見西蒙雙手緊緊攀著岩石，弓起身體，伸長脖子，張大著嘴。

「你會回家的。」

西蒙一條腿跪在一塊較高的石頭上，一條腿垂到拉爾夫旁邊，低頭看著他，邊說還邊點頭。

拉爾夫疑惑地看著西蒙的臉，想知道他是什麼意思。

「海這麼大，我是指——」

西蒙點點頭。

「都無所謂，你會平安回家的。我相信你會。」

拉爾夫的身體稍微放鬆下來。他瞥了一眼大海，隨後嘲諷地對西蒙說：

「你身上藏了條船嗎？」

西蒙咧嘴搖搖頭。

「那你怎麼這麼有把握？」

西蒙還沒吭聲，拉爾夫就無禮地說道：「瘋了你。」

西蒙用力搖頭，粗硬的黑髮前後亂甩，拂過他的臉。

「我不是那個意思，我只是覺得你一定會回去的。」

一時間兩人都默不作聲，然後他們不約而同地相視而笑。

突然羅傑在樹叢裡叫喊起來：

「快來看！」

在接近野豬小徑的地方，有塊土壤被翻起，裡面留下冒著熱氣的糞便。傑克俯身仔細查看，好像很喜歡似的。

「拉爾夫，雖然說要追怪獸，但我們也需要肉。」

「如果正好在上山的路上，我們就打獵。」

他們又出發了，由於剛剛提到了怪獸，獵手們有點害怕，便稍稍靠攏了些；傑克依然在前面開路。他們走得比拉爾夫預想的慢，然而在某種程度上，拉爾夫也寧願拿著長矛慢慢走。不一會兒，傑克追丟了野豬的蹤跡，隊伍只好停下來。拉爾夫倚在樹上，做起了白日夢。打獵是傑克的事，況且還有時間……

*

拉爾夫曾跟隨父親從查塔姆搬去德文波特，他們住在沼地邊的一間木屋裡。在所有住過的房子中，拉爾夫最記得這裡，因為之後他就被送去寄宿學校了。當時母親還跟他們住一起，父親也會天天回家。花園盡頭的石牆邊偶爾會出現野生的小馬，而且還會下雪。在這間小屋後面，有個小棚子，躺在那裡，就可以看到雪花飄飄。雪花消失在土壤間，留下一個小水印，接著雪花越積越高，終於將整個大地變成白茫茫的一片。要是覺得冷就走進屋裡，坐在閃亮的黃銅茶壺和印有藍色小人的茶盤旁邊，透過窗戶向外眺望。

每天晚上睡覺前，他都會吃一碗加了糖和奶油的玉米片。床旁邊的書架上擺了不少書，排排站靠在一起，但總有兩三本平放在頂上，因為拉爾夫懶得把書歸位。這些書都被翻爛了，上面還有塗鴉。但其中有一本非常新，因為他從來沒看過，內容是關於兩個小女生的。另外還有一本，講的是妖道術士，看起來心驚膽跳，在二十七頁還有一幅猙獰可怕的蜘蛛圖。其他還有一本講挖埃及東西的故事，以及兒童讀物《火車》和《輪船》等等。過去的景象歷歷在目，拉爾夫彷彿伸手就能摸到那些東西；彷彿還能感覺到那本兒童百科緩緩從書架上滑下來的重量……當時的一切是那麼美好，那麼愉快而和善。

*

隊伍正前方的灌木叢嘩啦一聲被撞開了。孩子們慌亂地逃離野豬小徑，卻一個個卡在藤蔓中掙扎尖叫。拉爾夫看見傑克被撞倒在地上，隨即有個東西沿著野豬小徑直直朝他衝來，露出獠牙，還發出恐嚇的哼叫聲。拉爾夫冷靜地計算距離、瞄準目標，等野豬來到五碼外，他一把將手中那根愚蠢的尖木棒扔過去。尖木棒擊中野豬的大鼻子，還刺在上面好一會兒。野豬的叫聲變了，變得又尖又急，猛地朝旁邊鑽進濃密的樹叢裡。野豬小徑上再度擠滿尖叫的孩子，傑克跑了回來，撥弄著灌木叢。

「我們從這裡鑽過去──」

「牠會宰了我們！」

「照我的話做！」

公野豬掙扎著狂奔而去。孩子們發現有另一條路與野豬小徑平行，傑克連忙沿著那條路追過去。拉爾夫又是害怕，又是擔心，又是自豪。

「我射中了！長矛刺進去了……」

接著他們不期然地追到海邊一塊開闊的空地。傑克在光禿禿的岩石上搜尋著，一臉焦急。

「野豬跑了。」

「我射中了！」拉爾夫又說，「長矛刺進去了！」

他希望有人注意到。

「你有看到嗎？」

莫里斯點點頭。

「我看到了。咻——的刺在豬鼻子上。」

拉爾夫興奮地繼續講：

「我真的射中了！長矛刺進去了！我刺傷牠了！」

孩子們更崇拜他了，拉爾夫心裡相當得意；想來打獵還是不錯的。

「我狠狠地刺了牠一下！我想那就是怪獸！」

傑克折了回來。

「那不是怪獸，只是頭野豬。」

「我刺中牠了。」

「你為什麼不抓住牠？我試著——」

拉爾夫提高了音量。

「那是一頭公野豬！」

傑克驀地漲紅了臉。

「你既然怕牠會宰了我們，那你為什麼還要扔？為什麼你不等一等？」

傑克伸出手臂。

「你看。」

他露出左前臂給大家看。手臂外側有一道傷口，雖然不大，但是血淋淋的。

「這是被野豬的獠牙刺的，我來不及把長矛扎進去。」

大夥兒都看著傑克。

「你受傷了，」西蒙說道，「你應該把傷口的髒血吸出來。」

傑克吮吸著傷口。

「我射中牠了，」拉爾夫怒氣沖沖地說。「我用長矛射中了，我把野豬刺傷了。」

他力圖引起大家的注意。

「野豬沿著小徑衝過來，我就像這樣一扔——」

羅伯特學野豬對他哼叫，拉爾夫也跟著起鬨，大夥兒都笑了，不一會兒他們全都用長矛去戳羅伯特，而羅伯特則模仿豬的樣子到處亂竄。

傑克喊道：

「圍成一圈！」

孩子們很快圍成一圈。羅伯特模仿野豬嚇得咿咿亂叫的樣子，不久卻真的痛得叫了起來。

「別打了！你們打痛我了！」

羅伯特在他們當中慌不擇路地亂竄，一支長矛柄砸在他背上。

「抓住他！」

他們抓住他的手臂和腿。拉爾夫欣喜若狂，忘我地一把搶過艾瑞克的長矛，猛戳羅伯特。

「宰了他！宰了他！」

羅伯特一聽，發瘋似的大聲尖叫，拚命掙扎。傑克揪住他的頭髮，抽出刀子。羅傑從傑克背後搶上前來。孩子們齊聲叫喊的聲音響徹雲霄，彷彿在舉行什麼儀式，而一切已接近最後的高潮。

「殺野豬喲！割喉嚨喲！殺野豬喲！狠狠揍喲！」

拉爾夫也搶著湊上前去，去抓那無力抵抗的褐色身軀。殺戮的欲望主宰一切。

傑克拿刀的手往下一揮；上下起伏的孩子們歡呼著，爭相模仿野豬瀕死的慘叫。隨後他們安靜下來，躺在地上，喘著粗氣，傾聽羅伯特驚恐的啜泣。他用骯髒的手臂擦著臉，竭力爬起來。

「啊，我的屁股！」

羅伯特懊悔地揉著臀部，傑克滾了過來。

「這樣玩真過癮。」

「只是玩玩而已，」拉爾夫不安地說道。「我有一次練橄欖球也被修理得很慘。」

「我們該做一個鼓，」莫里斯說，「這樣玩起來就更逼真了。」

拉爾夫看著他。

「怎麼個逼真法？」

「我不曉得。或許要有火堆，還要有個鼓，可以跟著節奏打鼓。」

「還要有一頭野豬，」羅傑說，「這樣才像打獵。」

「不然誰來模仿一下，」傑克說。「可以找個人打扮成野豬，假裝把我撞倒之類的。」

「要用真的野豬，」羅伯特說，一面還在揉著屁股，「因為你一定會真的殺。」

「那抓個小鬼頭試試。」傑克說，大家哄地笑了。

拉爾夫坐起來。

「嘿，這樣下去就來不及找怪獸了。」

他們一個接一個站起來，急忙套上破衣爛衫。

拉爾夫看著傑克。

「該上山了。」

「我們要不要在天黑以前趕回小豬那裡？」莫里斯問道。

雙胞胎不約而同地點頭。

「對啊，說得對。我們早上再來吧。」

拉爾夫眺望大海。

「我們得把火堆升起來。」

「沒有小豬的眼鏡，」傑克說，「沒辦法升火。」

「我們至少可以弄清楚山上有沒有東西。」

莫里斯猶豫地開口，不想讓人以為他是膽小鬼。

「那要是怪獸在山上呢？」

傑克揮舞著長矛。

「我們就把牠宰了。」

溫度似乎下降了一點。傑克拿著長矛比畫著。

「那還等什麼？」

「我想，」拉爾夫說，「只要沿著海岸直走，就會到山腳下，然後我們再爬上去。」

傑克再一次領著眾人沿著一進一退的耀眼浪花往前進。

拉爾夫又做起白日夢來，以為憑他受過訓練的雙腿，一定能應付路上的凹凸不平。然而在這裡，他的訓練似乎還不夠。因為地形的緣故，他們不得不下到海水擊打的岸邊，走在光裸的岩石上，旁邊還有濃密陰暗的森林阻擋，只能側身前進。有時岩石間的落差較大，必須攀爬而上，有時卻得鑽過岩石間的縫隙，甚至還有大塊岩壁，必須手腳並用才能通過。他們時不時得爬過被海浪打溼的岩石，或跳過海潮形成的清澈水窪。忽然孩子們遇上一道裂縫，彷彿護城河般，把狹窄的岩岸隔成兩半，而且還深不見底。他們畏懼地俯視著海水汩汩的漆黑裂縫。隨即海潮襲來，激起裂縫中的海水翻騰，浪花高高掀起，濺了孩子一身，讓他們驚叫起來。男孩們嘗試穿越森林，但藤蔓密密層層，交織纏繞得就像鳥巢一樣。最後他們只好趁水位較低時，一個接一個跳過裂縫，即使如此，有些孩子還是被水濺得透溼。在那之後的路越來越難行走，所以他們暫時坐下來休息，看著一波波海浪慢慢沖過小島，並順道把一身破衣服晾乾。一群歡快的小鳥像昆蟲似的盤旋飛行，在小鳥出入的地方，他們又找到了野果。拉爾夫說他們走得太慢了，並爬上一棵大樹，撥開枝葉茂盛的樹冠，看到四方形的山頭似乎還很遠。於是他們便急匆匆地趕起路來，不料羅伯特的膝蓋被岩石割傷，而且還傷得不輕，所以大家只好再次放慢腳步，以策安全。接下來，他們就像是在爬一座險峻的山嶺般小心謹慎，直到遇上一道懸崖絕壁。整塊山岩垂直落入大海，絕壁上還覆蓋著樹叢，相當棘手，實在無法攀登。

拉爾夫看向太陽估算著。

「快要黃昏了，至少已經過了下午茶時間。」

「我不記得有這道懸崖，」傑克垂頭喪氣地說道，「這裡應該就是我沒到過的那側海岸。」

拉爾夫點點頭。

「讓我想一下。」

拉爾夫從不覺得當眾思考有什麼難為情的，做這些決定對他而言就像在下棋。唯一的麻煩是，他絕不會成為出色的棋手。拉爾夫忽然想到了小鬼頭們和小豬，他彷彿看見小豬獨自蜷縮在茅屋裡的樣子，四周靜悄悄的，除了孩子們做噩夢的尖叫聲。

「我們不能讓小豬一整晚單獨看著小鬼頭。」

其他孩子一聲不吭，就只是站著，注視著他。

「現在折回去也要好幾個鐘頭。」

傑克清清喉嚨，用一種僵硬、古怪的語氣說道：

「我們不能放著小豬不管，對嗎？」

拉爾夫拿著艾瑞克的長矛，用骯髒的矛尖輕敲著自己的牙齒。

「要是我們……」

他掃了一眼四周的人。

「得要有人穿過森林去告訴小豬，我們天黑以後才會回去。」

比爾難以置信地問道：

「單獨一個人穿過森林？現在？」

「人力有限啊，最多只能一個。」

西蒙從人群中擠出來，走到拉爾夫身旁。

「我可以去。老實說，我無所謂。」

拉爾夫還來不及回答，西蒙就笑了笑，轉身鑽進森林裡。

拉爾夫回頭看著傑克，第一次看到他如此憤怒。

「傑克，那次你去城堡岩……」

傑克怒目以視。

「怎樣？」

「你是沿著這側海岸走了一段，到那座山底下再過去一點，對嗎？」

「對呀。」

「然後呢？」

「我發現一條野豬小徑，有幾英里長。」

拉爾夫點點頭，指著森林。

「那條野豬小徑一定在那附近。」

每個人都點頭表示同意。

「既然這樣，我們就先進入森林，再想辦法找到那條野豬小徑。」

他走了一步又停下來。

「等等，那條野豬小徑通到哪裡？」

「山腳，」傑克說，「我說過了。」他訕笑地說道，「你不是要上山嗎？」

拉爾夫嘆了口氣，感覺到傑克高漲的敵意，知道他是因為失去了領導權。

「我在想，天黑了，我們很容易跌倒。」

「我們要去找怪獸——」

「可是不夠亮。」

「我不在乎！」傑克激動地說。「我要去找怪獸，你不去嗎？還是你情願回茅屋去通知小豬？」

這下輪到拉爾夫面紅耳赤了。但因為小豬之前跟他說過關於傑克的事，所以只是失望地問道：

「你為什麼恨我？」

孩子們不安地騷動起來，彷彿拉爾夫說了什麼難聽的話。然後是一陣沉默。

拉爾夫既生氣又難過，率先轉過身去。

「跟我來。」

拉爾夫在前面帶路，朝著纏繞的藤蔓亂劈亂砍。而傑克則走在隊伍最後，他因為不能再帶隊，而顯得無精打采、心不在焉。

結果那條野豬小徑是條黑壓壓的隧道。太陽西下，天就要黑了，樹林裡總是陰森森的。這條隧道很寬敞又好走，他們一路快跑向前。不久，就穿過茂密樹葉圍成的隧道。他們停下腳步，氣喘吁吁地看著環繞山頭稀疏閃爍的星星。

「我們到了。」

孩子們猶豫地面面相覷，而拉爾夫做了決定。

「我們回到平臺去，明天再上山。」

大家喃喃地表示同意，可是站在他旁邊的傑克說道：

「要是你害怕了，那就——」

拉爾夫轉身面對他。

「是誰第一個爬上城堡岩的？」

「我也上去了，而且當時是大白天。」

「好，那誰想要現在上山？」

回答他的是一片沉默。

「山姆艾瑞克？你們怎麼樣？」

「我們該去告訴小豬——」

「對，告訴小豬——」

「西蒙已經去了！」

「我們還是該去……以防萬一……」

「羅伯特？比爾？」

他們已經朝平臺奔去，但可不是因為害怕喔，只是累了。

拉爾夫看向傑克。

「你看吧。」

「我要上山。」

彷彿詛咒般，傑克惡狠狠地說道。他瞪著拉爾夫，繃緊了細瘦的身軀，手裡拿著長矛，威脅的意味濃厚。

「我打算上山去找怪獸，現在就去！」

接著是那穿心之箭，看似隨意，卻尖刻的一句話。

「你不去嗎？」

其他孩子一聽，忘記了急著想要離開的念頭，回頭看這兩個人在黑暗中角力。傑克的話正中要害，狠狠打擊對手的氣勢，根本用不著再說一遍。拉爾夫措手不及，因為他滿心想著要回到茅屋；回到平靜而友善的潟湖，而疏於防備。

「我無所謂。」

他很驚訝自己的聲音竟如此冷靜和緩，傑克惡意的嘲笑已失去力量。

「既然你無所謂，那就一起。」

「一起走吧。」

傑克跨出一步。

「那好。」

孩子們沉默地看著這兩個人並肩上山。

拉爾夫停了下來。

「我們真笨，為什麼就兩個人上山？要是發現什麼，兩個人根本不夠——」

話未說完，就聽到孩子們匆匆逃走的腳步聲。然而，令人驚訝的是，有個黑色的人影往反方向移動而來。

「羅傑嗎？」

「是我。」

「那就有三個了。」

他們再次出發，沿著坡道往山頂而去。四周的夜色像海潮般包圍著他們。傑克什麼話都沒說，卻不小心嗆到，咳了起來；一陣風吹過，他們三個全都呸呸呸地吐著唾沫。拉爾夫眼淚直流，看都看不清楚。

「都是灰，我們應該已經到火堆附近了。」

三人的腳步和不時吹來的微風揚起一陣陣討厭的塵灰。他們又停下來，拉爾夫邊咳嗽邊想著他們真有夠蠢，要是沒有怪獸——基本上不太可能有——那當然是皆大歡喜；但要是真有東西在山頂上等著，他們三個又能怎麼樣？不僅黑暗讓他們動彈不得，手邊還只有木棒？

「我們真是蠢。」

黑暗中有人答道：

「害怕了？」

拉爾夫煩躁地搖晃身體。這都是傑克的錯。

「我確實是害怕，但我們還是笨蛋。」

「要是你不想繼續走，」那聲音譏諷地說，「我就一個人上去。」

拉爾夫聽到傑克的挖苦，恨得牙癢癢。塵灰刺痛著他的眼睛，疲累和恐懼讓他勃然大怒。

「那就去吧！我們在這裡等你。」

一片鴉雀無聲。

「怎麼不去？害怕了？」

黑暗中出現一團較深的黑影，那是傑克，丟下他們繼續往前走。

「好，回頭見。」

黑影消失了。接著又出現一個黑影。

拉爾夫覺得他的膝蓋碰到某個堅硬的東西，原來是一根燒黑的樹幹，而且還搖搖晃晃的，表面相當粗糙刺手。他感覺被燒得蜷縮起來的樹皮刺著他的膝蓋後方，知道羅傑坐下了。他用手摸索著，在羅傑身旁蹲下，引得樹幹在灰燼中搖晃。羅傑一聲不吭，也許是天生沉默寡言，他既不發表對怪獸的想法，也不告訴拉爾夫他為何要參加這次瘋狂的探險。他只是坐著，輕輕地搖晃著樹幹。拉爾夫聽到一陣急促而惱人的敲打聲，知道是羅傑用他那根愚蠢的木棒在敲打著什麼。

他們就那樣坐著，羅傑搖晃著，敲打著，不動聲色；拉爾夫則生著悶氣。近在眼前的夜空上，滿是星斗，將他們團團包圍，只有矗立在夜色中的山影，留下了一塊純然的黑。

突然上方傳來一陣連走帶跑的腳步聲。有人不顧危險地大步闖過山岩和火堆餘燼。接著傑克出現在他們身邊，渾身發抖，聲音嘶啞，害他們差點認不出來。

「我在山頂上看到一個東西。」

他們聽到他撞上那根樹幹，樹幹劇烈搖晃起來。他靜躺了一會兒，接著咕噥道：

「小心點，那東西可能會跟來。」

又一陣灰燼飛來，撲簌簌地落在他們四周。傑克坐了起來。

「我看到山上有個東西，身體會發脹。」

「是你的幻覺吧，」拉爾夫顫抖著說，「沒有什麼東西身體會發脹，任何生物都不會。」

羅傑突然開口，把他們嚇了一跳，因為他們都忘了他也在這裡。

「青蛙。」

傑克咯咯笑出聲來，全身顫抖著。

「有種青蛙，會發出類似『噗嚕』的聲音，身體也會膨脹。」

拉爾夫也嚇了自己一跳，不只是因為平靜的語氣，更因為自己大膽的意圖。

「我們上去看看。」

自從認識傑克以來，拉爾夫第一次看到傑克躊躇不前。

「現在？」

拉爾夫的語氣不言而喻。

「當然。」

拉爾夫離開樹幹，帶頭穿過沙沙作響的灰燼，朝上走去，消失在深沉夜色中；其他兩人則跟在後面。

拉爾夫話一說完，內心類似理智之類的聲音便紛紛響了起來。小豬曾說他天真，而心裡的聲音則叫他別做傻瓜。黑暗和危險的行動，讓這個夜晚彷彿像是坐在牙醫診療椅上一樣，有一種非理智的、不真實的恐懼。

他們走上最後一段斜坡時，傑克和羅傑靠得更近了，從兩個黑色的點，變成可以辨識的人影。接著他們不約而同地停下腳步，蹲在一起。在他們背後，靠近海平面的天空似乎變亮了，想來不久後，月亮就會升上來了。森林裡的風又一次呼嘯而過，把他們的破衣爛衫吹得緊貼在身上。

拉爾夫動了起來。

「跟我來。」

他們小心地匍匐向前，羅傑落後一點。傑克和拉爾夫一起翻過山肩，閃閃發亮的潟湖平臥在他們腳下，潟湖再過去就是長條狀的珊瑚礁，白色的，有些模糊。羅傑跟了上來。

傑克低聲說道：

「我們偷偷爬過去，或許那東西睡著了。」

羅傑和拉爾夫向前移動，而傑克，因為他說過許多大話，就留下來殿後。他們來到平坦的山頭，堅硬的石頭磨痛了手和膝蓋。

真的有一個會發脹的傢伙。

拉爾夫把手伸進冰涼鬆軟的火堆灰燼裡，忍住尖叫。由於沒料到真的會看見怪獸，他的手和肩都在抽搐。剎那間一道令人噁心的綠光閃現，忽而又消失在夜色中。羅傑趴在他身後，傑克正在跟他耳語：

「再過去一點的那塊岩石，原本有條裂縫，但現在好像隆起來了，看到了嗎？」

風從熄滅的火堆中捲起一把灰燼，吹到拉爾夫臉上。他看不到裂縫，也看不到其他東西，因為綠色的光又出現了，而且越來越亮。山影也開始朝另一邊移動。

他再一次聽到傑克在遠處咕噥道：

「害怕了？」

與其說是害怕，不如說是嚇得癱在地上，動彈不得，只能蜷縮在這裡，看著山影不斷縮小、移位。傑克又從他身邊退開，而羅傑則撞到什麼東西，倒抽了一口氣，又繼續前進。拉爾夫聽到他們在小聲對話。

「你看見了嗎？」

「在那裡！」

在他們前方，大約三四碼外，有個像是岩石的隆起，但那裡原本應該是沒有岩石的。拉爾夫聽到從某個地方傳來細碎的說話聲——也有可能是他在喃喃自語。他鼓足勇氣，把恐懼和厭惡化為憎恨，站了起來，拖著像鉛一樣重的腿往前跨了兩步。

在他們背後，一彎新月從海平面上高高升起，揭露出他們面前那隻像是猿猴的東西。牠坐在那裡，頭埋在雙膝間，正在打瞌睡。接著森林中的風呼嘯而起，吹亂了深沉的夜色，那東西抬起頭來，露出一張破爛不堪的怪臉。

等拉爾夫回過神來，他已大步踏過灰燼，任由耳邊傳來其他生物尖叫、跳躍的聲音，只管使出全力衝下漆黑的山坡。很快的，他們就將山頭拋在身後，只剩下被丟棄的三根木棒和那弓著身子的怪獸。

8 獻給黑暗的供品

小豬從曙光初露的灰白沙灘上，沮喪地抬頭眺望黑漆漆的山嶺。

「你確定嗎？我是說，真的確定嗎？」

「我告訴過你幾十遍了，」拉爾夫說，「我們是親眼看到的。」

「你覺得我們在下面安全嗎？」

「他媽的我怎麼會知道！」

拉爾夫扔下小豬，沿著海灘走了幾步。傑克跪在地上，用食指在沙上畫著圓圈。小豬刻意壓低的說話聲傳到他們耳中。

「你確定嗎？真的嗎？」

「你自己爬上去看看啊，」傑克輕蔑地說道，「不就可以安心了。」

「沒什麼好害怕的。」

「那野獸長著牙齒，」拉爾夫說，「還有一雙黑色大眼睛。」

小豬渾身上下不停打顫，他取下圓形眼鏡，擦拭著。

「那我們打算怎麼做？」

拉爾夫轉身走向平臺。海螺在樹叢間閃著微光，襯著即將升起的朝陽，形成一個白色光點。他把亂蓬蓬的頭髮往後一撥。

「我不知道。」

一瞬間他想起驚惶失措地奔逃下山的那一幕。

「老實說，我不認為我們打得過那麼大的東西，就像老虎，我們或許會說說大話，但絕不會真的去跟老虎較量。我們應該躲起來，連傑克都會躲起來。」

傑克仍然看著地上的沙子。

「我的獵手們怎麼樣？」

西蒙從茅屋旁的陰影裡悄悄走出來。拉爾夫沒有理會傑克的問題，他指著海上方一抹黃色的曙光。

「只要有光我們就有勇氣。但之後怎麼辦？那東西就蹲坐在火堆旁邊，好像存心不讓我們得救……」

他不知不覺地扭絞著雙手，話音也提高了。

「這下我們不能升火做信號了……我們輸了。」

金黃光束出現在海的上方，瞬息之間整個天空亮了起來。

「我的獵手們怎麼樣？」

「他們只是拿木棒當武器的小孩。」

傑克站起來，漲紅著臉，大步走開了。小豬戴上眼鏡，看著拉爾夫。

「這下糟了，你侮辱了他的獵手。」

的例行公事。拉爾夫和小豬也順從地站起身，一起來到平臺上。

迎接初升的朝陽。茅屋裡騷動起來，獵手們爬到平臺上，而小鬼頭們啜泣著，這已成為他們

一陣海螺聲打斷了他們的對話，聽得出來吹的人並不熟練。傑克不停地吹著，彷彿是在

「喔，閉嘴！」

「說啊，」拉爾夫尖銳地說，「快說，快點開始吧。」

拉爾夫從傑克那裡奪過海螺。

「這次會議——」

傑克打斷拉爾夫的話。

「這次會議是我召開的。」

「不用你多事，我自己也打算要開會，你只是吹海螺罷了。」

「真是這樣嗎？」

「哼，拿著，說下去啊，說啊！」

拉爾夫把海螺塞到傑克手裡，然後一屁股坐到樹幹上。

「我召開這次大會，」傑克說道，「是因為很多事。第一，你們都知道我們親眼看見了怪獸。我們爬上山頂，相隔不到幾碼，看到怪獸坐起來，瞪著我們。我不曉得牠在做什麼，甚至不知道那是什麼東西——」

「那怪獸是從海裡來的——」

「從黑暗裡來的——」

「從樹林裡——」

「安靜！」傑克喊道，「大家聽好，怪獸就坐在那裡，不管牠是什麼——」

「也許牠正等著——」

「獵殺——」

「對呀，獵殺。」

「獵殺，」傑克說。他想起每次到森林裡就會感到惶惶不安。「沒錯，那怪獸是個掠食者。不過——閉嘴！第二件事就是，我們不可能殺死牠。再來是拉爾夫說我的獵手們都沒用。」

「我才沒有說！」

「我拿著海螺。拉爾夫認為你們是孬種，見到野豬和怪獸就逃之夭夭。還不只這樣。」

平臺上傳出一陣嘆息聲，彷彿大家都知道接下來會發生什麼事。傑克繼續說著，話音顫抖卻很決然，奮力抵抗眾人不以為然的沉默。

「拉爾夫就像小豬，連說話都像小豬，他不是個真正的首領。」

傑克將海螺緊靠在胸前。

「他自己才是孬種。」

傑克停頓一下又說：

「在山頂上，羅傑和我往前走，他卻窩在後面。」

「我也上去了！」

「那是後來。」

兩個蓬頭散髮的男孩怒目而視。

「我也上去了！」拉爾夫說，「後來我跑了，你也跑了。」

「所以你是說我膽小？」

傑克轉向獵手們。

「拉爾夫不是個獵手。他從沒給我們肉吃。他不是首領，我們對他也不了解。他只會發號施令，然後指望別人任他擺布。他說了這麼多——」

「說了這麼多！」拉爾夫喊道。「說說說，是誰在說？是誰召集這次大會？」

傑克轉過身去，漲紅的臉沉了下來，眉毛下的眼神充滿憤怒。

「那好，」他語帶威脅地說道，似有什麼弦外之音。「那好。」

傑克一手握著海螺靠在胸前，另一手指向天空。

「誰認為拉爾夫不該當首領？」

他期待地看著周圍的孩子，但大夥兒一動也不動。棕櫚樹下一片死寂。

「舉手表決，」傑克激動地說，「誰不要拉爾夫當首領？」

仍然是一片沉默，眾人大氣都不敢喘，氣氛低沉又尷尬。傑克雙頰上的血色慢慢消退，取而代之的是痛苦的表情。他舔舔嘴脣，把頭偏向一邊，不想與任何人四目相對，免得難看。

「有多少人認為……」

他的聲音越來越小，拿著海螺的手瑟瑟發抖。他清清喉嚨，大聲地說了一句。

「那好吧。」

傑克小心翼翼地將海螺放到腳邊，眼角滾出屈辱的淚水。

「我不玩了。不跟你玩了。」

大多數孩子都低頭看著草地或自己的腳。傑克又清了清喉嚨。

「我不要再跟拉爾夫一國……」

傑克沿著右側的圓木望過去，看著曾經是唱詩班的獵手們。

「我要一個人離開，拉爾夫可以自己去抓野豬，想打獵的人就跟著我。」

傑克跌跌撞撞地衝出三角區塊，直奔白亮的沙灘。

「傑克！」

傑克回頭看了拉爾夫一眼，停下腳步，接著憤怒地高聲尖叫道：

「不！」

他從平臺上往下跳，沿著沙灘跑了，沒注意到自己早已淚流滿面；拉爾夫看著傑克，直到他跑進森林裡。

*

小豬怒氣沖沖。

「拉爾夫，我在跟你講話，但你卻在發呆！」

拉爾夫看著小豬，卻心不在焉，喃喃自語道：

「他會回來的，等太陽下山他就會回來。」他又看向小豬手中的海螺。

「怎麼了？」

「算了！」

小豬懶得再去責備拉爾夫了。他又擦起鏡片，回歸正題。

「沒有傑克，我們一樣可以過下去，島上又不是只有他一個。只是沒想到居然真的有怪獸，我實在很難相信。我們最好都待在平臺附近，所以傑克和他那套打獵技巧也用不著了。這下總算可以來認真思考該怎麼做。」

「無法可想，小豬，我們無路可走了。」

他們沮喪得說不出話來，就這樣坐了一陣子。忽然，西蒙站起來，從小豬手裡拿過海螺，後者吃了一驚，但還是盤腿坐著。拉爾夫抬頭看看西蒙。

「西蒙？你又怎麼了？」

圍成圈的孩子們嗤嗤訕笑起來，西蒙又畏縮了。

「我想，說不定有什麼事情可以做。我們可以……」

公眾的壓力又一次剝奪他發言的勇氣。西蒙轉而尋求幫助和同情，他選中了小豬。他緊握海螺貼在褐色的胸膛上，半轉過身看著小豬。

「我想我們應該爬上山去。」

周圍的孩子驚駭得發起抖來。西蒙不再說話，轉向小豬，而後者卻以一種「不知道你在說什麼」的嘲諷表情看著他。

「山上有野獸，爬上去又能怎麼樣？拉爾夫和另外兩個人一起也毫無辦法，不是嗎？」

西蒙低聲回答道：

「那還有其他辦法嗎？」

西蒙說完了，小豬從他手中拿走海螺。西蒙往後退，盡可能坐得離別人遠一點。

現在小豬說起話來更有自信了。要不是情況這麼不樂觀，孩子們一定會以為他很開心。

「我認為，少了某個人也不會有問題的。現在，我們必須決定當務之急是什麼。我相信拉爾夫接下來會說：島上最重要的事情是煙，而沒有火就沒有煙。」

拉爾夫不安地動了一下。

「不行，小豬，我們沒有火。那東西就坐在上面，我們最好待在這裡。」

小豬舉起海螺，彷彿要為他接下來的話增添力量。

「山上的火堆是沒了，但我們可以在下面這裡升火啊！不論是在岩石上或是沙灘上都能升火，都一樣會有煙。」

「說得對！」

「升煙！」

「就堆在洗澡潭旁邊吧！」

孩子們七嘴八舌地談論起來。小豬真是有勇有謀，能想到把火堆從山上移到這裡。

「那我們就在下面這裡架個火堆，」拉爾夫邊說邊查看四周。「我們可以把火堆架在洗澡潭和平臺之間，只是……」

他中斷了發言，皺起眉頭思考著，不知不覺又啃起了指甲。

「只是煙不會那麼大了，也沒辦法讓遠處的人看見。但至少我們不用靠近、靠近……」

其他人點著頭，心領神會。至少不用再靠近。

「我們現在就來架火堆吧。」

最偉大的想法往往是最簡單的。現在有事情可以做了，他們興致勃勃地架起火堆。由於傑克不在，小豬十分活躍，他對自己能為團隊盡一份心力而感到自豪，他也幫著撿木柴。小豬的木柴是就近撿來的，是一根倒在平臺上的樹幹，平常集會時用不到，然而對其他人來說，平臺是神聖的，即使是無用的東西也該受到保護。雙胞胎一想到夜裡會有個火堆在身邊，就覺得很安心，而幾個小鬼頭也高興得手舞足蹈。

這裡的木柴不像他們在山上燒的木柴那麼乾燥，大多數都是又溼又爛，爬滿了小蟲。他們還得輕手輕腳地把樹身從泥土中弄起來，否則就會碎成一塊塊。不僅如此，為了避免走進森林深處，男孩們就在平臺附近撿拾那些倒在地上的斷枝殘幹，也不管上面還纏繞著新生的藤蔓。大夥兒沐浴在陽光下，眼前是熟悉的森林邊緣和那道飛機撞擊的痕跡，身邊還有海螺和茅屋相伴，一切都是那麼的和善可親。沒有人願意去想，黑夜降臨之後會怎麼樣。他們做得非常起勁，而且興高采烈，但隨著時間的流逝，他們充滿熱情的心中滲進了惶恐不安，亢奮的情緒也變得有點歇斯底里。終於，他們在平臺旁邊、毫無遮蔽的沙灘上架起了一個金字塔型的木柴堆，裡面全是樹葉、大小枝條和斷樹殘軀。來到島上後這還是第一次，小豬自己拿下眼鏡，跪下來透過鏡片將光聚集到枯枝上。不一會兒，火堆上就冒出一陣煙，還有一簇金黃色的火焰。

自從第一次在山頭燃起熊熊大火後，小鬼頭們就很少看到火了，他們欣喜若狂，又是跳舞，又是唱歌，就像開同樂會一樣。

拉爾夫終於放下最後一批木柴，站了起來，用骯髒的前臂擦去臉上的汗水。

「我們得架個小一點的火堆。這個太大了，很難一直燒。」

小豬小心地坐到沙灘上，擦起眼鏡。

「我們可以試驗看看，先升一個小火堆，然後把帶葉的樹枝放上去，看哪種葉子起的煙比較大。」

火堆漸漸熄滅，孩子激動的情緒也隨之下降。小鬼頭們不再唱歌跳舞，有的走向大海，有的去採野果，有的則回茅屋去了。

拉爾夫猛地坐倒在沙灘上。

「我們得重新排個看管火堆的名單。」

「要是你能找得到人的話。」

拉爾夫四下張望，這才發現留下來的大孩子很少，難怪做起事來這麼辛苦。

「莫里斯到哪裡去了？」

小豬又擦起眼鏡來。

「我想……不，他不會獨自到森林裡去的，對吧？」

拉爾夫一躍而起，快速繞過火堆，站到小豬身邊，並把自己的頭髮往上一撩。

「不論如何一定要排個名單！有你、我、山姆艾瑞克和……」

他看都不看小豬，自顧自地問道：

「比爾和羅傑在哪裡？」

小豬傾身把一塊碎木片放到火堆上。

「我猜他們走了吧，不太可能是跑去玩。」

拉爾夫坐下來，用手指在沙地上戳著，卻驚訝地發現沙地上有血。他仔細看了看自己的指甲，才發現已經啃到肉裡去了，還有一小塊血凝結在傷口上。

小豬繼續說道：

「他們在我們撿木柴的時候溜掉了。是往那邊去的，也就是那個人跑掉的方向。」

拉爾夫不再看自己的手指，轉而抬起頭望向天空。天空似乎也有感於孩子們之間的關係驟變，一反常態，整個籠罩在迷霧之中，有些地方甚至還顯得白茫茫一片。圓圓的太陽射出黯淡的銀光，好似靠近了一點，也沒那麼熾人，然而空氣卻悶得叫人發慌。

「反正他們也只會幫倒忙，不是嗎？」

話音從他肩後傳來，略顯不安。

「沒有他們我們也能做事，甚至會比以前更快樂，對嗎？」

拉爾夫坐著。雙胞胎拖著一根頗大的樹幹走過來，臉上帶著勝利的微笑。他們把樹幹往餘火上砰地一放，火星四濺。

「我們自己也能過得不錯吧，對嗎？」

過了好長一段時間，樹幹才被烤乾，接著火焰竄起，迅速便燒得通紅。拉爾夫默默坐在沙灘上，完全沒注意到小豬走到雙胞胎面前，低聲跟他們說了什麼，隨後三個人還一起走進了森林。

「給你。」

拉爾夫猛地回過神來，小豬和雙胞胎就站在他身旁，懷裡滿是野果。

「我想，」小豬說，「我們應該大吃一頓。」

三個孩子坐下來。他們採了非常多野果，而且都熟得恰到好處。

拉爾夫接過野果吃了起來，他們便咧嘴笑了。

「謝謝，」拉爾夫說。隨後又驚喜地說了一遍，「謝謝！」

「我們也可以過得很好的，」小豬說。「是他們連一點常識都沒有，到處惹麻煩。我們可以升一個小火堆，把火燒很旺——」

拉爾夫終於想起困擾他的事。

「西蒙在哪裡？」

「我不曉得。」

「他會不會爬到山上去了？」

小豬突然噗嗤笑出聲，又拿起更多的野果。

「說不定會喔。」他吞下嘴裡的野果又說。「那傢伙瘋了。」

＊

西蒙順利走過野果樹叢。今天小鬼頭們忙著在海灘上架火堆，所以沒有追上來纏著他採果子。他在藤蔓間繼續往前走，最後到達空地旁那塊藤蔓交織而成的「毯子」前，並爬了進去。樹葉簾幕外面滿是金光，蝴蝶在空中不停翩翩起舞。他跪了下來，陽光照在他身上。過去隨著暑熱搖曳的空氣，現在卻凝滯不動。沒多久，汗水便沿著他長而粗硬的頭髮流淌下來。他煩躁地挪動身子，但就是沒辦法避開陽光。很快他就渴了，越來越想喝水。

但他繼續坐著。

*

在遠處的海灘上，傑克正站在一小群孩子前面，看起來眉飛色舞。

「打獵。」他說。傑克打量著面前的小孩，他們個個戴著殘破的黑帽子。許久以前，他們曾拘謹地排成兩列，唱出天使之聲。

「我們要打獵，而我就是首領。」

他們點點頭，緊張的氣氛一掃而空。

「還有，關於怪獸的事。」

他們動了一下，望向森林。

「我覺得我們就別再擔心怪獸了。」

傑克朝他們點點頭。

「我們把怪獸忘掉吧。」

「對呀！」

「對！」

「把怪獸忘掉！」

傑克很驚訝他們如此激動，但並沒有表現出來。

「還有，我們到這裡就不會做那麼多噩夢了。這裡已經靠近島的盡頭。」

孩子們都為此深受折磨，所以都熱切地表示同意。

「大家聽我說，再過一段時間我們就到城堡岩去。但現在我要先從海螺那裡拉來更多年紀大的孩子。我們要殺一頭豬，大吃一頓。」他停頓一下，又慢慢地說道。「說到怪獸，我們殺了野豬之後，應該留一部分給牠。這樣也許牠就不會來找我們的麻煩了。」

傑克驀地站了起來。

「我們現在就到森林裡打獵。」

傑克轉身快步跑開，片刻之後，他們都順從地跟在他後面。

男孩們在森林中緊張地四散開來。傑克很快就發現地上有被挖掘過的痕跡和散落一地的根，這代表有野豬來過。沒多久他就找到更新的蹤跡。傑克向其他獵手打了個暗號，叫他們安靜，並獨自往前走。傑克開心極了，他在潮溼而陰暗的森林裡簡直如魚得水，他躡手躡腳地走下一道斜坡，來到布滿岩石和斷樹的海邊。

野豬群躺在那裡，挺著圓鼓鼓的大肚子，舒服地享受著樹蔭下的涼意。現在沒有風，野豬沒有警覺到有人靠近；而累積的經驗讓傑克可以像影子般悄無聲息地移動。他又偷偷折回去指揮其他躲在暗處的獵手。不一會兒，他們全都在寂靜和暑熱中滿頭大汗地往前移動。樹叢下，一隻耳朵正懶洋洋地搧動著。在與豬群稍隔一段距離的地方，躺著其中最大的一頭老母豬。這會兒牠正沉浸在天倫之樂中。黑裡夾雜著粉紅的母豬，氣球般的肚皮上擠了一排幼豬；有的在睡覺，有的拚命往裡頭鑽，有的則咿咿亂叫。

傑克在離野豬群十五碼的地方停了下來。他瞄準那頭老母豬，向後拉直手臂，並以探詢的目光朝四下看了看，確定大家都領會他的意圖。其他孩子則朝他點點頭，一整排右臂向後拉開。

「動手！」

豬群驚跳起來。尖端用火燒硬的木頭長矛，朝不到十碼外的老母豬飛去。一隻幼豬發狂般尖叫一聲，身後拖著羅傑的長矛衝進海裡。老母豬淒聲尖叫，搖搖晃晃地爬起來，肥胖的身側被扎進了兩根長矛。孩子們叫喊著衝上去，幼豬四散逃跑，老母豬猛地突破一整排向牠逼近的孩子們，嘩啦啦地鑽進森林裡。

「追！」

他們沿著野豬小徑直追，但森林裡太暗，地上滿是糾結的藤蔓，傑克咒罵著要大夥兒停下來，並在樹叢中東尋西覓。接著他沉默了一陣子，只是大口喘著粗氣。孩子們都很敬畏傑克，所以只能面面相覷，又是欽佩又是不安。過了一會兒，傑克用手指著地面。

「你們看！」

其他人還來不及細看血滴，傑克就已迅速轉身，摸著一根折彎的大樹枝，判斷野豬的蹤跡。隨即他跟了上去，彷彿有什麼神祕的力量般，顯得胸有成竹；獵手們則緊跟在他身後。

傑克在一簇樹叢前停了下來。

「在這裡。」

他們包圍了樹叢，並在老母豬身側又扎進一根長矛，但牠還是逃脫了。拖在地上的長矛柄妨礙了老母豬逃命，深長的傷口折磨著牠。慌亂中牠撞到一棵樹，導致一根長矛戳得更深，沿途留下斑斑血痕，這下任何一個獵手都可以輕而易舉地跟上牠了。令人厭惡的午後，帶著潮濕蒸騰的暑氣慢慢流逝；老母豬流著血，發狂似的在孩子前面搖搖擺擺地奪路而逃，獵手們貪婪地緊追不放。長時間的追逐和淋淋鮮血讓他們興奮至極。總算他們看到了老母豬，差一點就要追上了，但老母豬拚命一衝，又跑到前面去了。老母豬搖搖晃晃地逃進一塊林間空地，那裡鮮花盛開，爭妍鬥豔，雙雙蝴蝶翩翩起舞，但空氣卻既悶熱又凝滯；獵手們終於追了上來。

在逼人的暑熱下，老母豬倒了下去，獵手們蜂擁而上。某種莫名的恐懼讓老母豬發狂，它尖聲亂叫，猛烈掙扎，空氣中迴盪著尖叫聲，以及汗水、鮮血和恐懼的味道。羅傑繞著人群跑動，哪裡有豬身露出來就拿長矛往那裡猛刺。傑克騎在豬背上，用刀子往下直捅。羅傑發現豬身上有塊地方空著，便用長矛猛戳，並用力地往裡面推，甚至把全身的重量都壓在長矛上。長矛漸漸深入，野豬恐懼的尖叫變成淒厲的哀鳴。接著傑克找到了豬的喉嚨，一刀劃下去，熱血噴到他的手上。在孩子們的重壓下老母豬垮了，身上疊滿獵手。林間空地上的蝴蝶仍在翩翩飛舞，完全沒有分心。

這場迅速的屠殺行動終於平息下去。孩子們退了開來，傑克站起身，伸出雙手。

「你們看。」

傑克咯咯笑著伸手撲向孩子們，而他們也笑嘻嘻地避開他那沾滿血腥的手掌。隨後傑克一把抓住莫里斯，把血擦到他臉頰上。羅傑拔出自己的長矛，孩子們這才注意到羅傑的長矛。羅伯特提議把野豬架起來，大夥兒紛紛表示贊同。

「把那隻大笨豬架起來！」

「你們聽見沒有？」

「你們聽到他的話了嗎？」

「把那隻大笨豬架起來！」

這次由羅伯特和莫里斯負責模仿的戲碼；莫里斯裝出野豬竭力想躲避長矛逼近的樣子，看起來是那麼滑稽，逗得孩子們大笑大嚷。

終於孩子們玩膩了。傑克把沾滿鮮血的雙手往岩石上擦，然後開始宰割這頭豬。他剖腹開膛，把熱氣騰騰、五顏六色的內臟掏出來，堆在岩石上；其他人則看著他。傑克邊做邊說道：

「我們沿著海灘把豬抬回去，這樣還可以順道去平臺請他們來吃。」

羅傑說話了。

「老大……」

「怎樣？」

「我們怎麼升火？」

傑克往後蹲，皺起眉頭看著野豬。

「我們去偷襲他們，去搶火種。你、亨利，還有比爾和莫里斯，四個人和我一起去。我們把臉塗花，偷偷潛進去。羅傑聽我的命令搶火，你們其他人把豬抬回我們的地方，在那裡架一個火堆，然後——」

他突然停了下來，站起身，注視樹下的陰影。傑克再開口時聲音輕了一點。

「但我們要把一部分的肉留給……」

他又跪了下來，忙碌地揮起刀子。孩子們擠在他四周。他轉頭看向肩後的羅傑道：

「弄一根木棒來，把兩頭削尖。」

不一會兒傑克站了起來，雙手拎著血淋淋的豬頭。

「木棒呢？」

「在這裡。」

「把一頭插進土裡，啊……這裡是岩石地，那就插到岩縫裡。那邊！」

傑克舉起豬頭，從牠柔軟的喉嚨開始插進木棒尖端，木棒刺穿死豬的咽喉直到牠的嘴裡。傑克往後退開，豬頭就插在那裡，沿著木棒淌下血水。

孩子們本能地往後退。此刻森林裡一片靜謐，只聽見蒼蠅嗡嗡作響，牠們正圍著掏出的內臟打轉。

傑克低聲說道：

「把豬抬起來。」

莫里斯和羅伯特把尖木棒往死豬身上一戳，抬了起來，等候傑克發話。在寂靜之中，他們站在乾涸的血跡上，有如鬼魅。

傑克大聲說道：

「這個豬頭是獻給怪獸的，是供品。」

寂靜接受了這個供品，孩子們害怕得不敢吭聲。豬頭沒有消失，張著混濁無光的眼睛，微微咧著嘴，牙縫中滿是汙黑的血。孩子們拔腿就跑，使勁全力快速穿過森林，逃向開闊的海灘。

＊

西蒙就在那裡；藏在葉叢後面的褐色人影。即使閉上眼睛，豬頭的模樣仍揮之不去。老母豬半開半闔、黯淡無光的雙眼，似在譏笑成人的世界。透過這雙眼睛，西蒙了解到情況有多糟。

「我知道。」西蒙大聲說道。

他匆匆睜開眼睛，看到豬頭在一反常態的天空下開心地露齒而笑，完全無視成群的蒼蠅、四散的內臟，以及被釘在木棒上的恥辱。

西蒙把臉轉開，舔著乾裂的雙唇。

這是獻給怪獸的供品，而怪獸卻可能無意來取。西蒙覺得豬頭也同意他的想法。豬頭無聲地說道：「快走，回到其他人那裡去。他們不過是開個玩笑，你操什麼心呢？你錯了，就這麼簡單。你可能是有點頭痛，不然就是吃壞肚子。回去吧，孩子。」

西蒙仰起頭來，注視著天空，汗溼的頭髮沉甸甸的。天空中很難得地布滿雲朵，巨大而鼓脹的塔樓狀雲塊在島上方快速聚集，灰色、奶油色、黃銅色的。雲層霸占著整座島，擠壓蹂躪，不時散發出令人窒息的暑熱；甚至連蝴蝶也放棄了這塊空地，空留那面目可憎的東西，在那兒齜牙咧嘴，淌著鮮血。西蒙垂下頭，輕輕閉上雙眼，並用手遮住眼睛。樹底下沒有陰影，沒有聲音，到處都是一片珍珠白，彷彿真實與虛幻之間的界限也不復存在。一大群蒼蠅圍著豬內臟打轉，形成黑壓壓一團，發出鋸木頭般的聲音。不久，這些蒼蠅發現了西蒙，貪婪地啜飲著他身上一道道的汗水。牠們搔弄著西蒙的鼻子，還在他的大腿上到處亂咬。不計其數的黑色蒼蠅，閃閃發綠；而插在木棒上的蒼蠅王則對著他露齒而笑。西蒙終於屈服了，睜開眼睛看著牠；看著那白色的獠牙、混濁的眼睛，還有殷紅的血。西蒙意識到那古老而強大的欲望，無法移開視線，右側太陽穴的血管怦怦搏動著。

*

拉爾夫和小豬躺在沙灘上，盯著火堆，懶洋洋地朝無煙的火焰丟著石頭。

「那根樹枝燒完了。」

「山姆艾瑞克去哪裡了？」

「我們應該再去撿點木柴來，青樹枝已經燒完了。」

拉爾夫嘆口氣，站了起來。平臺的棕櫚樹下沒有陰影，只有一片奇異的散光。在厚實的高空雲層中，雷聲像炮轟般隆隆作響。

「就要下大雨了。」

「火堆怎麼辦？」

拉爾夫快步走進森林，帶回一大捆青樹枝，一下子全傾倒在火堆上。樹枝劈啪作響，樹葉蜷曲，濃煙冉冉。

小豬用手指在沙灘上胡亂畫著。

「真傷腦筋，我們沒有足夠的人手看管火堆。山姆艾瑞克只能輪一個班次，他們做什麼事都要一起——」

「當然。」

「嘿，那不公平！你不覺得嗎？他們應該輪兩個班次。」

拉爾夫仔細思考之後醒悟過來。他很懊惱自己不能像大人那樣思慮周密，又嘆了口氣。島上的情況越來越糟了。

小豬注視著火堆。

「很快又要加青樹枝了。」

拉爾夫翻了個身。

「小豬，我們該怎麼辦？」

「沒有他們也得撐下去啊。」

「但是……火堆……」

他皺眉看著黑白混雜的餘燼，其中還有沒燒完的殘枝。拉爾夫試著表達自己的想法。

「我害怕。」

拉爾夫看到小豬昂起頭來，急急忙忙說下去。

「我不是指怪獸，當然我也怕那個，但我想說的是，他們全都不了解火堆有多重要。要是你快淹死了，有人扔一條繩子給你，你一定會抓住不放；要是醫生說，不把藥吃下去你就會死，你一定會趕緊吃，對不對？」

「那當然。」

「難道他們不懂嗎？沒有煙作信號我們就會死在這裡！你看！」

餘燼上升起熱氣裊裊，卻一點煙也沒有。

「我們連個火堆都弄不好，而他們又不在乎。何況……」拉爾夫緊張地看著小豬滿是汗水的臉。

「何況有時候，連我也不在乎。要是我也變得像其他人那樣滿不在乎，我們會有什麼下場？」

小豬取下眼鏡，心煩意亂。

「我不曉得，拉爾夫。但我們不得不撐下去，大人也會這麼做的。」

拉爾夫開始推卸責任，他繼續說道：

「小豬，到底哪裡出了問題？」

小豬驚訝地看著他。

「你是指……？」

「我不是指怪獸……而是……是什麼把我們搞得四分五裂？」

小豬慢條斯理地擦著眼鏡，思考著。他知道拉爾夫在某個層面上已經把他當成知心朋友，不由得驕傲地臉上泛起紅暈。

「我不確定，拉爾夫，我猜是他吧。」

「傑克？」

「傑克。」這個字眼彷彿是一種禁忌。

拉爾夫嚴肅地點點頭。

「對，」他說，「我想一定是的。」

突然，附近的森林裡爆出一陣喧譁。畫著大花臉的惡魔嚎叫著衝了出來，小鬼頭們尖聲叫喊，四下逃竄。拉爾夫透過眼角餘光看到小豬也逃走了。兩個人影衝向火堆，拉爾夫正打算起身對抗，但他們搶了半燃的樹枝就沿著海灘一溜煙逃走了；其餘三個則站在那裡，注視著拉爾夫。拉爾夫看出其中最高的那個就是傑克，他除了臉上的顏料和皮帶之外，全身赤裸。

拉爾夫穩住呼吸，問道：

「怎麼？」

傑克不理會拉爾夫，舉起長矛喊道：

「你們全都聽著。我和我的獵手們就住在海灘另一頭的岩石旁邊。我們打獵、吃肉、玩樂。如果想要加入我這一國，就來瞧瞧吧。我也許會讓你們加入，也許不會。」

他停下來環顧四周。在那張五顏六色的假面具後面，傑克擺脫了羞恥心和自我。他一一掃視著眾人。拉爾夫半跪在火堆餘燼旁，像個短跑選手在起跑線上預備，他的臉有一半被頭髮和髒汙掩蓋。山姆艾瑞克躲在森林邊緣的一棵棕櫚樹旁偷看；洗澡潭旁一個小鬼頭皺著緋紅的臉孔大哭；小豬則站在平臺上，雙手緊握白色的海螺。

「今晚我們要大吃一頓。我們宰了一頭豬，有好多肉。你要是願意，就一起來吃吧。」

雲層的縫隙間又響起隆隆雷聲，傑克跟他那兩個認不出是誰的野蠻同夥，搖晃著身體，仰望天空，接著又恢復原樣。小鬼頭哭個不停。傑克彷彿在等待什麼，低聲向其他兩人催促道：

「說啊，快說！」

兩個野蠻人囁嚅著。傑克厲聲說道：

「說！」

兩個野蠻人看看彼此，一起舉起長矛，異口同聲道：

「這是首領的命令。」

隨即他們三個轉身，快步離去。

片刻之後，拉爾夫站起來，盯著野蠻人離去的方向。山姆艾瑞克走了回來，帶著畏懼的口氣低聲說：

「我以為那是——」

「我非常——」

「害怕。」

小豬站在高高的平臺上，仍然拿著海螺。

「那是傑克、莫里斯和羅伯特，」拉爾夫說道。「他們是在惡作劇吧？」

「我差點氣喘發作。」

「去你的雞喘。」

「我一看到傑克，就直覺他要來搶海螺。」

男孩們用崇敬的眼神注視著白色海螺。小豬把海螺放到拉爾夫手中，小鬼頭們看到熟悉的標誌，紛紛走回來。

「不要在這裡。」

拉爾夫轉身朝平臺走去，他覺得需要有個儀式。拉爾夫走在前面，他把白色海螺捧在手裡，隨後是表情莊重的小豬，再來是雙胞胎，最後則是小鬼頭們和其他大孩子。

「你們全都坐下。他們偷襲我們是為了火。他們是在惡作劇，但是……」

拉爾夫突然腦袋一片空白，彷彿有什麼東西阻礙了他的思緒。他想說的是什麼呢，接著阻礙消失了。

「但是……」

大家尊敬地看著他，毫無質疑。拉爾夫把惱人的頭髮從眼前撥開，看看小豬。

「但是……喔，火堆！對，火堆！」

他笑了起來，接著又止住笑，流暢地說了起來。

「最重要的是火堆！沒有火堆我們就無法得救。我也想畫上大花臉，做個野蠻人，但我們不能讓火熄滅！火堆是島上最重要的事，因為、因為……」

他又停了下來，孩子們疑惑不解地沉默著。

小豬著急地低聲說道：

「得救。」

「哦，對對，沒有火堆我們就無法得救，所以我們必須看著火堆，並把煙升起來。」

拉爾夫講完後，大家都不說話。拉爾夫曾在這裡做過好多次精采的演說，而現在他說的話，即使對小鬼頭來說，也毫無說服力。

最後比爾伸出手來拿海螺。

「現在我們不能上山，就不能在山上升火，也沒有足夠的人力看管火堆。何不乾脆跟他們一起吃豬肉，告訴他們，靠我們這幾個人很難讓火堆一直燒。還有打獵之類的，扮成野蠻人，那一定很好玩。」

山姆艾瑞克拿過海螺。

「比爾說得對，一定很好玩！況且他也邀請我們去——」

「去大吃一頓——」

「吃豬肉——」

「又香又脆——」

「我好想吃豬肉——」

拉爾夫舉起手。

「為什麼我們不能自己去打獵呢？」

雙胞胎面面相覷。比爾答道：

「我們不想到森林裡去。」

拉爾夫皺起眉頭。

「但是他……就會去。」

「他是個獵手，他們全是獵手，跟我們不一樣。」

一時之間誰也沒開口，然後小豬對著沙灘咕噥道：

「肉……」

小鬼頭們坐著，滿腦子都是豬肉，垂涎欲滴。在他們上方，又響起轟隆隆的雷聲，一陣突如其來的熱風把乾巴巴的棕櫚樹葉吹得沙沙直響。

*

「你是個傻瓜，」蒼蠅王說道，「一個無知的傻瓜。」

西蒙動了動腫脹的舌頭，但什麼也沒說。

「難道不是嗎？」蒼蠅王說道。「你不就是個傻瓜嗎？」

西蒙再度沉默以對。

「那好，」蒼蠅王又說，「你最好去跟別人玩。他們認為你瘋了。你不想讓拉爾夫認為你瘋了，是吧？你很喜歡拉爾夫，對嗎？還有小豬、傑克？」

西蒙的頭微微抬起。他無法移開視線，蒼蠅王無時無刻不在他眼前。

「你自己一個人到這裡來做什麼？難道你不怕我？」

西蒙顫抖著。

「沒人會幫你，只有我，而我就是怪獸。」

西蒙費力地動了動嘴巴，勉強可以分辨他的話。

「木棒上的豬頭。」

「居然妄想殺死怪獸！」豬頭說道。一時之間，不只森林裡，其他陰暗的角落，也響起嘲諷的笑聲。「你心裡有數，對嗎？我是你的一部分。過來，過來，再過來一點！我就是癥結所在；事情走到這步田地的罪魁禍首！」

那笑聲又響了起來。

「去吧，」蒼蠅王說。「回到其他人那裡去，把整件事情都忘掉。」

西蒙的頭搖晃起來。他半閉著眼睛，彷彿在模仿木棒上那個汙穢的東西。他的癲癇又發作了；蒼蠅王像氣球般膨脹起來。

「真可笑。你很清楚即使到了另一個世界也只會碰到我，別逃避了！」

西蒙的身體弓了起來，全身僵硬。蒼蠅王用訓誡的口吻說道：

「別太過分了！我誤入歧途的可憐孩子，你自認比我高明嗎？」

短暫的停頓之後，「我警告你，我可要發火了。你還不懂嗎？沒人需要你！我們將在島上大鬧一番，懂嗎？我們要在島上尋歡作樂！別再白費功夫了，我誤入歧途的可憐孩子，不然——」

西蒙看著那張巨大的嘴，裡面是漆黑一片，而且還不斷擴大。

「不然，」蒼蠅王說道，「我們就會要你的小命，明白嗎？傑克、羅傑、莫里斯、羅伯特、比爾、小豬，還有拉爾夫，會要你的命，懂嗎？」

西蒙被困在張大的嘴裡，不斷地往下墜落，最後失去了知覺。

9 窺見死屍

島上空的烏雲還在集結。悶熱的氣流一整天不斷從山上升起，直衝到一萬呎的高空；無數旋轉的氣團中凝聚起靜電，空中彷彿隨時都會發生爆炸。將近傍晚時分，太陽漸漸下山，黃銅色的餘暉取代了明亮的日光。但從海上吹來的微風依然熱騰騰的，絲毫沒有使人心曠神怡的涼意。海水、樹木，就連岩石的粉紅表面都被灰褐色的烏雲所覆蓋，彷彿褪了顏色。唯一還顯得神采奕奕的只有蒼蠅，牠們將蒼蠅王點綴得更加黑暗，讓掏出的內臟看起來就像一堆閃閃發亮的煤塊；即使西蒙鼻子裡的血管破裂，鮮血直流，牠們也寧可選擇豬的腐臭味，而將西蒙丟在一邊。

痙攣過去，西蒙流著鼻血，感覺昏昏欲睡。他躺在毯子般的藤蔓中，任由傍晚漸漸流逝，炮轟似的雷聲隆隆響個不停。西蒙終於醒過來，模模糊糊地看著臉頰邊的黑色泥土。他一動不動，只是側躺在那裡，臉貼著地面，雙眼呆滯地看著前方。接著他翻過身來，彎起膝蓋，拉著藤蔓站了起來。藤蔓搖晃，成群的蒼蠅從內臟上嗡地飛開，發出邪惡的噪聲，又一窩蜂地落回原處。西蒙終於站了起來。光線詭譎，插在木棒上的蒼蠅王像個黑色的球。

西蒙對著空地大聲說道：

「不然該怎麼辦？」

沒有人回答。西蒙轉身離開空地，慢慢爬過藤蔓，進入薄暮中的森林。他意氣消沉地在樹林間走著，臉上毫無表情，嘴角和下巴血跡斑斑。只有偶爾撥開藤蔓，擇路前進時，才嘟囔幾句模糊不清的話。

漸漸的樹上交織垂掛的藤蔓越來越少，珍珠色的光線從樹冠間隙篩下。這裡是島的背脊，下方平臥著微微隆起的地形，樹林也不再茂密。寬闊的空地上散布著矮灌木叢和高大的樹木，西蒙順著地勢向上，樹林更開闊了。他繼續往前走，疲憊的身軀讓他跌跌撞撞，但並未停止前進。往常明亮的眼神不再，西蒙像個老人似的，以一種陰鬱的決心不停地走著。

一陣風吹得他踉踉蹌蹌，西蒙終於來到空曠的岩石山頂，站在黃銅色的天空下。他兩腿無力，舌頭疼痛不已。風吹過山頂時，他看到有某個東西在動；在烏雲的襯托下，有個藍色的東西在搖晃。西蒙努力向前走著，風又來了，而且風勢更強，猛吹過森林，壓彎了成片的樹梢，發出陣陣怒號。西蒙看到山頂上有一個圓鼓鼓的東西突然端坐起來，俯視著他。西蒙遮著臉，繼續吃力地往前走。

蒼蠅也找來了這裡。每當這東西彷彿活過來般坐起，牠們便嚇得飛散開了，圍著那東西的頭部打轉，就像一朵黑雲。隨後藍色的降落傘坍塌，臃腫的身形又向前傾，發出嘆息般的聲音，蒼蠅則再度蜂擁而上。

西蒙猛地跪倒在山岩上。他慢慢往前爬，很快便恍然大悟。繞成一團的繩索互相牽扯，拙劣地模仿著人體的動作。他細看那白花花的鼻梁骨、牙齒、腐爛不堪的容貌，還有一層層的橡膠和帆布無情地把本該腐爛的可憐身軀綑綁在一起。接著又吹過一陣風，那身軀再度被提起，鞠躬，朝他散發出一股惡臭。西蒙四肢伏地，把肚子裡的東西全嘔了出來。隨後他伸手抓住降落傘的傘繩，解開纏繞在山岩上的部分，讓那身軀終於擺脫狂風的肆虐。

最後他轉過身去俯瞰沙灘。平臺旁的火熄了，至少沒有在冒煙。沿著海灘再過去，在小河的另一邊，靠近一塊大岩石的地方，一縷細煙冉冉升起。西蒙不再為蒼蠅所困，他用雙手遮擋光線凝視著煙。即使相隔這麼遠，依然可以看出大多數孩子，甚至可以說是全部的孩子都在那裡。大概是為了避開怪獸，才轉移陣地吧。想到這裡，西蒙轉身面向坐在他身旁那個腐敗、發出惡臭的可憐東西。怪獸雖然恐怖，但無害，必須盡快把這個消息告訴大家。他開始往山下走去。但兩條腿有點不聽使喚，即使盡了全力，也只能蹣跚而行。

*

「洗澡，」拉爾夫說，「我們只能洗澡。」

小豬透過鏡片觀察著漸漸暗下來的天空。

「我不喜歡那些烏雲，還記得我們剛到這裡時的那陣大雨嗎？」

「又要下雨了。」

拉爾夫一頭潛入水潭裡。幾個小鬼頭正在潭邊玩耍，試圖從比血還溫暖的溼潤中得到安慰。小豬取下眼鏡，謹慎地邁入水中，然後再戴上眼鏡。拉爾夫浮上水面，朝小豬噴了一口水。

「小心我的眼鏡，」小豬說。「要是弄溼了，我又得爬上去擦乾。」

拉爾夫又噴了一口水，但沒射中。他取笑小豬，以為他會像平常那樣逆來順受，默不作聲。不料小豬也用手潑起水來。

「我說住手！」小豬叫喊道，「聽不懂嗎？」

他憤怒地朝拉爾夫臉上潑水。

「好啦，好啦，」拉爾夫說道。「別生氣嘛。」

小豬停止潑水。

「我頭好痛，要是涼快一點就好了。」

「但願快點下雨。」

「我希望可以回家。」

小豬往後躺在水潭傾斜的沙岸上。他的肚子凸出水面，其上的水慢慢乾涸。拉爾夫朝天噴水，同時觀察著雲中光影的變化，猜測太陽移動的方向。然後他在水中跪起，四下張望。

「大家到哪裡去了？」

小豬坐起身。

「也許在茅屋裡吧。」

「山姆艾瑞克呢？」

「還有比爾？」

小豬指著比平臺更遠的地方。

「他們去了那裡，傑克那裡。」

「隨他們去，」拉爾夫不自在地說道，「我才不在乎。」

「就為了幾塊肉……」

「還有打獵，」拉爾夫敏銳地說道，「他們喜歡像野蠻部落一樣，畫張大花臉。」

小豬低頭撥動著水裡的沙子，不看拉爾夫。

「也許我們也應該去。」

拉爾夫倏地看向小豬，小豬漲紅了臉。

「只是去看看，確定沒有發生什麼事。」

拉爾夫又噴起了水。

＊

拉爾夫和小豬還沒到達傑克的地盤，就聽到那夥人的吵鬧聲。在森林和海水之間的棕櫚樹下，有一條帶狀的草地。不過一步之差，就是海風捲動的白色沙地，這裡高出漲潮線，既溫暖又乾燥，布滿孩子們踩踏的痕跡。在沙地外還有一塊岩石朝潟湖的方向延伸，更遠的地方是一小段沙灘，再往外就是海水。岩石上燃燒著火堆，烤豬肉的脂油滴滴答答地掉進從這裡看不見的火焰中。除了小豬、拉爾夫、西蒙，還有兩個負責烤豬肉的人以外，島上其他孩子都聚集在草地上。他們又笑又唱的，有的躺在草地上，有的蹲著，有的站著，手裡都拿著肉。從他們油膩的臉孔看來，豬肉應該已經吃得差不多了；還有些孩子手持椰子殼在喝水。在聚會開始前，他們便把一根大圓木拖到草地中央，傑克畫著花臉，戴著花冠，像個天神似的坐在那裡，身旁的綠色樹葉上堆放著豬肉，還有野果和盛滿水的椰子殼。

小豬和拉爾夫來到草地邊緣，孩子們看到他們來了，一個個都沉默下來，只有傑克旁邊的那個人還在講。隨後，他也不說話了。傑克轉身回到坐位上，他盯著兩人好一陣子，四周只聽見火堆燃燒的劈里啪啦聲，甚至壓過海浪擊打礁石的沉悶低音。拉爾夫移開目光；山姆還以為拉爾夫轉過身來是要指責他，於是放下啃到一半的肉骨頭，緊張地咯咯笑著。拉爾夫遲疑地往前踏了一步，指著一棵棕櫚樹，低聲向小豬說了什麼，然後兩人也像山姆一樣咯咯笑了。拉爾夫抬起腳慢慢走過去；小豬還故作輕鬆地吹口哨。

這時，負責烤肉的孩子抬著好大一塊肉朝草地飛奔過來。他們撞到小豬，燙得他又叫又跳。拉爾夫立刻和其他孩子連成一氣，哄笑起來，尷尬的氣氛一掃而光。小豬再次成為眾矢之的，大夥兒高興之餘，也自在多了。

傑克站起身，揮舞著長矛。

「給他們一點肉。」

拿著木叉的孩子們給了拉爾夫和小豬各一大塊肥肉。他們垂涎欲滴地接過肉，立刻吃了起來。黃銅色的天空上，雷聲隆隆，預告著暴風雨即將來臨。

傑克又揮了揮長矛。

「大家都吃夠了嗎？」

肉還有剩，有的在木叉上滋滋作響，有的堆放在綠色的葉子上。小豬肚子不爭氣，他把已經啃乾淨的骨頭丟到沙灘上，彎腰想再拿一點。

傑克又不耐煩地問道：

「大家都吃夠了嗎？」

語氣中帶著警告的意味，透露出所有者的驕傲；孩子們抓緊時間趕快吃。傑克預計男孩們不會馬上停下來，便從他的寶座，也就是那根圓木上站起來，踱步到草地邊緣。在那張大花臉的掩蓋下，他俯視拉爾夫和小豬，於是他們兩人移到遠處的沙地上。拉爾夫邊吃邊看著火堆，他無法理解為何火焰在黯淡的光線下居然清晰可見。傍晚降臨，不是帶著寧靜的甜美，而是帶著暴力的威脅。

傑克開口道：

「給我拿點喝的來。」

亨利遞給他一個椰子殼，傑克邊喝邊透過鋸齒狀的殼緣觀察小豬和拉爾夫。力量在他強壯的褐色手臂上；權威在他的肩上，像野猿般吱吱不休。

「全體坐下。」

孩子們在傑克面前的草地上排排坐好，但拉爾夫和小豬仍然站在矮一截的鬆軟沙地上。傑克暫且不理會他們，而用那張戴著面具般的臉，俯視坐在地上的孩子們，並用長矛指著他們。

「誰要加到我這一國來？」

拉爾夫猛地跳起來，卻絆了一跤。一些孩子轉頭看他。

「我給你們吃的，」傑克說道，「我的獵手們還會保護你們免受怪獸的傷害。誰願意加到我這一國來？」

「我是首領，」拉爾夫說，「是你們選我的。我們應該要把重點放在火堆上，但你們卻哪裡有吃的就往哪裡跑——」

「你自己不也來了，」傑克喊道。「看看你手裡的骨頭！」

拉爾夫面紅耳赤。

「你們是獵手，這本來就是你們的工作。」

傑克再度忽視他。

「誰想加入我這一國，好好玩樂？」

「我是首領，」拉爾夫顫抖地說道。「那火堆怎麼辦？而且我有海螺——」

「你又沒帶著它，」傑克嘲諷地說。「你把它丟在那裡沒帶過來，還自以為聰明！況且海螺在島的這一頭不算數——」

突然響起一記雷鳴。不是沉悶的隆隆聲，而是猛烈的爆裂聲。

「海螺在這裡也算數，」拉爾夫說，「在整座島上都管用。」

「那你打算拿海螺來做什麼？」

拉爾夫仔細看著一排排男孩子。從他們那裡是得不到幫助的，他轉過頭去，心亂如麻，汗冒個不停。小豬低聲說道：

「火堆、得救。」

「誰要加到我這一國來？」

「我願意。」

「我。」

「還有我。」

「我要吹海螺，」拉爾夫喘著氣說道，「我要召開大會。」

「我們不要聽。」

小豬碰碰拉爾夫的手腕。

「走吧，會惹出麻煩的，反正也吃到肉了。」

森林那頭劈下一道明亮的閃電，爆炸般的雷聲再度響起，一個小鬼頭哭了起來。大滴的雨點落到他們之間，每一滴打下來都發出一記聲響。

「要下大雨了！」拉爾夫說，「就像我們剛到島上時那樣。這下看看是誰比較聰明？你們的茅屋在哪裡？你們打算怎麼辦？」

獵手們不安地看著天空，躲避雨點的襲擊。焦慮使孩子們左搖右晃，沒有目的地亂跑。忽隱忽現的閃電更亮了，轟炸般的雷聲讓人無法忍受。小鬼頭們尖叫著四散奔逃。

傑克跳到沙地上。

「跳我們的舞！來吧！跳舞！」

他跌跌撞撞地穿過厚厚的沙地，跑到離火堆有一段距離的空闊岩地上。在耀眼閃電出現的空檔，天空是黑沉沉的一片，令人害怕；孩子們吵鬧地跟著傑克。羅傑假扮成野豬，哼叫著衝向傑克，傑克則往旁邊一閃。獵手們拿起長矛，負責烤肉的人拿起木叉，其他人則拿著木柴。孩子們圍成一個圓圈跑動，圓圈不斷擴大，孩子們唱歌的聲音也越來越響。羅傑模仿著野豬受到驚嚇的樣子，小鬼頭們則在圓圈的外圍跑著、跳著。小豬和拉爾夫受到蒼穹的威脅，迫切地想要加入這個瘋狂卻又讓人安心的團體中。他們高興地觸碰著像籬笆似的褐色背脊，這道籬笆把恐怖包圍起來，支配它。

「殺野獸喲！割喉嚨喲！放牠血喲！」

孩子們的動作隨著唱和越來越有節奏，不似剛開始刻意裝出的興奮，變得如脈搏般規律地跳動。羅傑不再模仿野豬，又扮回了獵手，因而圈子中央變得空無一物。部分小鬼頭們也圍成一個小圓圈；大小兩個圓圈不停轉動，彷彿如此便能安全無虞一樣。眾人彷彿同一個身體般跳動和跺腳。

黑壓壓的天空裂開一道藍白色的傷口。剎那間，在孩子們的上方響起劈啪一聲巨響，就像一條巨鞭抽打在他們身上。唱和的調子升高了，情緒也跟著爆發出來。

「殺野獸喲！割喉嚨喲！放牠血喲！」

隨著恐怖又出現另一種渴望，強烈、急迫且盲目的渴望。

「殺野獸喲！割喉嚨喲！放牠血喲！」

在他們上方，藍白色鋸齒狀的傷口再度迸裂，爆裂聲再度響起，彷彿可以聞到硫磺味。突然，小鬼頭們從森林邊緣飛奔過來，他們尖聲怪叫，慌亂不已，其中一個衝進大孩子們圍的圓圈，驚恐地叫道：

「怪獸！怪獸！」

圓圈變成了馬蹄形。有個東西正從森林裡爬出來，看不出是什麼，只是黑黑的一團。在「怪獸」面前，孩子們驚恐地淒聲尖叫。「怪獸」跌跌撞撞地爬進馬蹄形的陣式中。

「殺野獸喲！割喉嚨喲！放牠血喲！」

天上藍白色的傷口不斷閃現，雷聲令人難以忍受。西蒙大聲叫喊著：山上有個死人。

「殺野獸喲！割喉嚨喲！放牠血喲！宰了牠喲！」

一根根木棒揮舞，重新圍成圓圈的孩子們，有的齜牙咧嘴，有的大聲吼叫。「怪獸」跪在圈子當中，用手臂護著面孔。襯著雷鳴的巨響，「牠」大聲叫嚷著山上有個死屍。「怪獸」掙扎向前，衝破包圍圈，從陡峭的臺地邊緣摔落在沙灘上。眾人立刻蜂擁而上。他們跳下岩石，撲到「怪獸」身上，叫著、打著、咬著、撕著，沒有話語，除了牙齒和爪子不斷撕扯，再無其他。

接著如瀑布般的暴雨，從烏雲中傾盆而下，沖過山頂，打落青枝綠葉，如同一盆冷水澆到沙灘上正在打鬧的孩子身上。孩子們四散開來；一個個人影蹣跚退去。只剩下「怪獸」靜靜躺在離海水不遠的地方。即使在大雨滂沱中，依然能看出那「怪獸」小得可憐，牠的鮮血染紅了沙灘。

一陣強風把雨吹斜，樹上的雨水也嘩啦啦落下。山頂上的降落傘被風吹動，拉起傘下的人。他站起來，旋轉著，搖搖晃晃地向下穿過一大片濛濛細雨，以笨拙的腳步掠過高高的樹梢。他不斷往下落，直朝海灘而去。孩子們尖叫著衝到陰暗處躲起來。降落傘帶著死屍繼續向前，滑過潟湖表面，擦撞過礁石，飄向大海。

*

夜半時分雨收雲散，夜空再度布滿令人讚嘆的明亮星晨。隨後風也停了，只聽見細水潺潺，流經岩石縫隙與一片片樹葉，最後滲入島上灰褐色的泥土裡。空氣沁涼而溼潤。不久，連水聲也停了。「怪獸」在灰白沙灘上蜷縮成一團，血跡逐漸擴散開來。

隨著潮水湧動，潟湖邊緣的磷光帶慢慢向前延伸。清澈的海水映照出乾淨的夜空和形狀分明的閃亮星座。磷光帶聚集在沙粒和卵石旁，緊緊將它們包覆，隨後無聲無息地捲起它們向前移動。

在靠近淺灘的海岸邊，不斷推進的清澈海水中，充滿了長著火紅雙眼的奇異生物。銀白色的身體為潮水無法帶走的較大石塊披上一層珍珠外衣。海水湧進被雨水擊打出一個個坑洞的沙灘，將一切都染成銀色。終於磷光觸碰到從破裂身體裡滲出的鮮血，銀白生物沿著西蒙的身體聚集，形成一片移動的光影。潮水繼續上漲，為西蒙粗硬的頭髮蒙上一層光亮；為他的臉頰鑲上一道銀邊；讓他彎曲的肩膀彷彿是大理石雕出來的。那些依附著他、雙眼火紅的奇異小生物，吐著氣泡，在西蒙的頭旁邊忙碌著。西蒙的身體從沙灘上微微浮起，嘴裡冒出氣泡，發出噗的一聲，便慢慢隨著海水漂流而去。

遠在地球陰暗的輪廓之外，太陽與月亮的引力不斷拉扯。每當地球轉動，附著於地表上的水便受到牽制，而聚集在某側，形成漲潮。浪濤沿著島嶼向前推移，在永恆不變的群星照耀下，充滿好奇心的小生物為西蒙的屍體鑲上一條閃亮銀邊，帶著他一起漂向遼闊的大海。

10 海螺和眼鏡

小豬仔細看著朝他走來的人影。有時候他覺得，如果把完好的那片鏡片取下，戴到另一隻眼睛上，還看得比較清楚。但在發生了這一切之後，即使用視力比較好的眼睛來看，拉爾夫依然是拉爾夫。此刻拉爾夫正從棕櫚樹林間一拐一拐地走出來，渾身髒兮兮的，亂糟糟的金髮上掛著枯葉。在他浮腫的臉頰上，一隻眼睛腫得只剩一條細縫；在他右膝上還有一大塊疤痕。他暫時停下腳步，瞇起眼睛看著平臺上的人影。

「小豬？只剩下你一個嗎？」

「還有幾個小鬼。」

「他們不算。沒有年紀大的嗎？」

「噢，還有山姆艾瑞克。他們去撿木柴了。」

「沒有別人嗎？」

「沒有。」

拉爾夫小心地爬上平臺。之前集會時孩子們坐的地方，被磨損的野草尚未長出來；在磨得光滑的首領座位旁，易碎的白色海螺仍在閃閃發亮。拉爾夫坐在野草中，面對著首領的座位和海螺。小豬跪在他左邊，兩個人好久都沒說話。

終於拉爾夫清清嗓子，喃喃說了什麼。

小豬低聲問道：

「你說什麼？」

拉爾夫提高音量說：

「西蒙。」

小豬一言不發，只是嚴肅地點點頭。他們繼續坐著，用視力完好的那隻眼睛凝視著首領的座位和閃閃發亮的潟湖。綠水的反光和太陽的光影在他們髒汙的身上晃動不停。

最後拉爾夫站起來走向海螺。他用雙手小心翼翼地捧起海螺，倚著樹幹跪了下去。

「小豬。」

「嗯？」

「我們該怎麼辦？」

小豬朝海螺點點頭。

「你可以——」

「召開大會？」

拉爾夫說著尖聲大笑起來，小豬皺起眉頭。

「你還是首領。」

拉爾夫又哈哈大笑。

「你是我們的首領。」

「而我還有海螺。」

「拉爾夫！別再笑了！不要這樣！其他人會怎麼想？」

拉爾夫終於停下來，渾身打顫。

「小豬。」

「嗯？」

「那是西蒙。」

「你說過了。」

「小豬。」

「嗯？」

「那是謀殺。」

「別說了！」小豬尖聲叫道。「說了又有什麼用？」

他跳起來，站在那裡低頭看著拉爾夫。

「當時天那麼黑，還有那……那該死的舞蹈。再加上又是打雷閃電，又是暴雨。我們全嚇壞了！」

「我並不害怕，」拉爾夫慢吞吞地說，「我只是……我也不知道自己是怎麼了。」

「我們全嚇壞了！」小豬激動地說道。「事情有可能更糟！總之，絕不是……絕不是你說的那樣。」

他比著手勢，思索著適當的說法。

「哦，小豬！」

拉爾夫低沉、挫敗的語氣，讓小豬停下手勢，彎腰傾聽。拉爾夫抱著海螺，身體前後搖晃。

「小豬，你不明白嗎？我們做的事——」

「他可能還是會——」

「不！」

「也許他只是假裝……」

看到拉爾夫的表情，小豬再也說不下去。

「你一直在圓圈外圍，沒有進到圈子裡。難道你沒看到我們……他們幹的好事嗎？」

拉爾夫語帶厭惡地說道；同時又帶有某種狂熱。

「難道你沒看到嗎？」

「沒看清楚，拉爾夫，你也知道我現在只有一隻眼睛。」

拉爾夫還在前後搖晃。

「那是意外，」小豬突然說道，「就這麼簡單，不小心發生的意外。」他尖聲說道。「他幹嘛從烏漆抹黑的地方跑出來，真是瘋了！他是自食其果。」小豬誇張地比畫著。

「所以我說是意外。」

「你沒看見他們幹的好事……」

「聽著，拉爾夫，忘掉這件事吧。再想下去也沒有意義，懂嗎？」

「我好害怕，怕我們這些人。我想要回家。天哪，我好想回家！」

「那是意外，」小豬執拗地說，「就是意外。」

他摸摸拉爾夫赤裸的肩膀，身體的接觸卻讓拉爾夫嚇了一跳。

「拉爾夫，」小豬匆匆看了看四周，然後靠近拉爾夫說道，「不要告訴別人我們昨晚也跳了舞，就連山姆艾瑞克也別說。」

「但我們跳了！我們全都跳了！」

小豬搖搖頭。

「我們兩個是最後才加入的，他們在一片漆黑中根本沒注意到。不管怎麼樣，你就說我一直待在圈子外面——」

「那我也是，」拉爾夫囁嚅道，「我也在外面。」

小豬急切地點點頭。

「對呀，我們都在外面，我們什麼也沒做，什麼都沒看見。」

小豬停頓一下，繼續說道：

「我們自己過自己的，就我們四個。」

「就我們四個沒辦法讓火堆一直燒。」

「不試怎麼知道？我來點火。」

山姆艾瑞克拖著一根大樹幹從森林裡出來。他們把樹幹往火堆邊一放，轉身便走向水潭。拉爾夫跳起來喊道：

「嘿！你們兩個！」

雙胞胎愣了一下，又折回來。

「他們打算去洗澡，拉爾夫。」

「最好現在就說清楚。」

雙胞胎沒想到會看到拉爾夫。他們漲紅著臉，迴避他的視線。

「嗨，真高興見到你，拉爾夫。」

「我們剛才在森林裡——」

「找木柴升火——」

「我們昨天晚上迷了路。」

拉爾夫低頭看著自己的腳趾。

「你們兩個迷路之前做了什麼？」

小豬擦擦鏡片。

「就吃豬肉啊，」山姆含糊地說道。艾瑞克也點頭，「對啊，吃豬肉。」

「我們也提早走了，」小豬急忙說，「因為太累了。」

「我們也是——」

「很早就離開了——」

「我們累得要命。」

山姆摸摸額頭上的傷痕，又匆忙把手移開。艾瑞克則摸著他裂開的嘴脣。

「是呀，我們太累了，」山姆重複道，「就提早離開了。不知道他們後來……」

氣氛相當凝重，原因大家心知肚明。山姆動了動，脫口說出那令人厭惡的話。「……跳得怎樣？」

想起那場沒有參加的舞蹈，四個孩子都不寒而慄。

「我們早就離開了。」

＊

羅傑走到連結城堡岩和本島的石橋前端，一如預期地被擋下來問話。經過那恐怖的一晚後，傑克領著部分男孩堅守在最安全的地方，試圖對抗島上的可怕東西。

從層層岩石堆疊而成的高聳峭壁上傳來尖銳的問話聲。

「站住！報上名來！」

「羅傑。」

「往前一步，我的朋友。」

羅傑往前走一步。

「你知道我是誰。」

「首領說了，每個人都要盤問。」

羅傑抬頭往上看。

「我真要上去你也沒辦法阻止。」

「沒辦法？你上來看看就知道了。」

羅傑沿著岩壁上的凸起往上爬。

「你看。」

在最上層的岩石下塞著一根樹幹，下面還有一根木頭當支點。羅伯特稍微傾身壓在樹幹上，岩石便發出嘎嘎的響聲。只要他用力一壓，就能把這塊岩石轟隆隆地送下懸崖。羅傑欽佩不已。

「他是個厲害的首領，對嗎？」

羅伯特點頭。

「他等下要帶我們去打獵。」

羅伯特把頭朝遠處的茅屋努了努；一縷白煙正從那裡冉冉升起。羅傑坐在懸崖邊，陰沉地看著本島，手指還撥弄著那顆鬆動的牙齒。他的目光停留在遠處的山頂上；羅伯特則換了個話題。

「他要揍威爾弗雷德。」

「為什麼？」

羅伯特疑惑地搖搖頭。

「我不曉得，他沒說。他大發脾氣，叫我們把威爾弗雷德綁起來。」羅伯特興奮地咯咯笑，「他已經被綁好幾個鐘頭了，就等——」

「首領沒說為什麼嗎？」

「沒說。」

羅傑坐在懸崖邊，頭上頂著酷熱的陽光，內心有所警惕。他不再撥弄自己的牙齒，只是坐在那裡，思考著這種不用負責的權力可能會導致什麼下場。接著他一言不發地從後方爬下懸崖，向岩穴和其他同伴走去。

首領就坐在那裡，赤裸著上身，臉上塗著紅白兩色。其他人在他面前圍坐成半圓形，而他們後面，被鬆綁的威爾弗雷德正大聲抽噎著，他剛被打過。羅傑加入其他人蹲坐下來。

「明天，」首領繼續說道，「我們要再去打獵。」

他用長矛指著面前一個個野蠻人。

「一部分人留在這裡把岩穴整理好，並派人守住入口。幾個獵手跟我去弄肉回來。守門的人要小心別讓另一邊的人偷溜進來。」

一個野蠻人舉起手，首領把那張冷酷的花臉轉向他。

「首領，為什麼他們要偷溜進來？」

首領回答得很含糊，但態度很認真。

「一定會的。他們會來搞破壞，所以守門的人要小心，還有……」

他停頓下來，伸出粉紅色的舌尖舔了舔嘴脣，又縮回去。

「還有，怪獸也想進來。你們都記得牠是怎麼爬的吧。」

圍成半圓形的孩子們害怕地低聲表示同意。

「牠會假扮成別的東西入侵。即使我們殺了豬，把豬頭獻給牠，牠還是會來。所以務必要小心看守。」

史丹利在岩石上舉起手，並豎起一根手指發問。

「怎麼了？」

「但我們不是、不是……」

他低下頭，不安地扭動身體。

「不可能！」

一陣沉默。大夥兒想起那天晚上的情景，不由得畏縮起來。

「不可能！我們怎麼可能殺得死怪獸？」

一想到還會遇到種種恐怖的事，他們一方面獲得解脫，一方面又感到恐懼；這些野蠻人又議論起來。

「總之，不要到山上去，」首領嚴肅地說道，「而且每次獵到野豬，就把豬頭獻給牠。」

史丹利動了動手指又說：

「所以怪獸已經偽裝起來了。」

「也許吧。」首領說道。他突然想起教會的教誨。「不管怎麼樣，我們最好獻上供品敬拜牠，不然天知道牠會做出什麼事。」

這番話猶如強風席捲，撼動每個人的心。首領意識到自己造成的影響，猛地起身。

「明天我們就去打獵，然後大吃一頓！」

比爾舉起手。

「首領。」

「嗯？」

「我們要用什麼升火？」

首領漲紅了臉，但在紅白黏土的掩蓋下，大夥兒看不到他的臉色。他不知道該怎麼回答才好，沉默了片刻，底下的人又低聲議論起來。隨後首領舉起手。

「我們去另一邊的人那裡盜火。明天我們去打獵，弄點肉。今天晚上我跟兩個獵手一起去盜火。誰要跟我去？」

莫里斯和羅傑舉起手。

「莫里斯。」

「是，老大？」

「他們的火堆在什麼地方？」

「老地方，靠近平臺那邊。」

首領點點頭。

「其他人太陽下山就去睡覺。而我們三個，莫里斯、羅傑和我，我們還有工作要做。我們在黃昏前出發——」

莫里斯舉起手。

「但要是我們碰到——」

首領揮手制止他。

「我們沿著沙灘走，要是牠來了，我們再跳、再跳那個舞。」

「就靠我們三個？」

一陣交頭接耳，隨後大夥兒又安靜下來。

＊

小豬把眼鏡遞給拉爾夫，視線模糊地等待火點燃之後再拿回來。木柴很潮溼，他們已經點第三次了。拉爾夫往後退一步，喃喃自語道：

「希望今天晚上火能升起來。」

他內疚地看了看站在旁邊的三個男孩。他不得不承認火堆有雙重功用。其一自然是為了升煙當作信號；其二，火堆能提供光亮和溫暖，讓他們安心入睡。艾瑞克往木柴上吹氣，柴堆上閃現火光，接著竄出一小簇火苗；一股黃白相間的濃煙冉冉升起。小豬拿回自己的眼鏡，高興地看著煙柱。

「要是我們能做個無線電就好了。」

「或是飛機——」

「或是船。」

拉爾夫努力抓緊漸漸淡忘的文明世界。

「我們說不定會被這場戰爭的敵人抓起來。」

艾瑞克把頭髮往後撥。

「總比被那些人抓住好。」

他沒有指名道姓，但山姆朝海灘的另一邊點點頭，接續他沒說出口的話。

拉爾夫想起降落傘下那個醜陋的軀體。

「他說了死人什麼的……」拉爾夫痛苦地漲紅了臉。這下他等於不打自招，承認跳舞時他也在場。他突然對火堆做出催促的動作。「別停，繼續加木柴！」

「煙越來越淡了。」

「我們需要更多木柴，即使是溼的也好。」

「我有氣喘……」

他得到的是冷淡的回答。

「去你的雞喘。」

「要是我跑去搬木頭，氣喘病又會發作。我也不想，拉爾夫，但我沒辦法。」

三個孩子走進森林，帶回一把把枯枝爛木。黃色的濃煙又升了起來。

「我們去找點吃的吧。」

他們帶著長矛一起走進野果樹林，也不說話，只顧著狼吞虎嚥。待他們走出樹林時，太陽已經下山，除了火堆發出的餘光，一點煙都沒有了。

「我沒辦法再去撿木柴，」艾瑞克說。「我累了。」

拉爾夫清清嗓子。

「之前在山上的火堆我們都能持續不斷地燒啊。」

「山上的火堆小，這個比較大。」

拉爾夫拾起一片木柴丟到火堆裡，看著煙霧飄向暮色。

「我們不能讓煙消失。」

艾瑞克往地上一趴。

「我累了，況且又沒用。」

「艾瑞克！」拉爾夫驚訝地喊道。「別亂說話！」

山姆跪在艾瑞克身邊。

「對啊，又沒用。」

拉爾夫火冒三丈，他竭力回想升火的目的；非常重要的目的。

「拉爾夫跟你們講過多少次了，」小豬不高興地說道。「這樣我們才能得救！」

「是啊！要是沒有煙……」

在漸濃的暮色中，拉爾夫蹲坐在他們面前。

「你們不懂嗎？光想著無線電和船有什麼用？」

他伸出一隻手，緊握成拳。

「要想逃出生天，就得這麼做。打獵、弄肉很簡單……」

拉爾夫看著身邊的面孔，激動萬分，充滿自信，但腦中突然一片空白，不記得自己要講什麼。他跪在那裡，握緊拳頭，嚴肅地看著其他人。隨後他想起來了。

「噢，對。我們必須升火，燒出更多的煙、更多的煙——」

「但我們沒辦法讓火堆一直燒！你自己看！」

火堆就在他們眼前漸漸熄滅。

「派兩個人輪流看著火堆，」拉爾夫有點像是自言自語，「每人輪十二個小時。」

「拉爾夫，我們沒有足夠的木柴——」

「在黑暗裡沒辦法撿木柴——」

「晚上沒辦法撿——」

「我們可以等早上再升火，」小豬說。「反正在黑暗裡沒人看得到煙。」

山姆用力點頭。

「這又不是在——」

「山上。」

拉爾夫站起來。隨著暮色漸深，他有種奇怪的感覺，彷彿只能任人宰割。

「今天晚上就別管火堆了。」

他帶頭走向第一間茅屋，雖然已經歪斜，但至少還沒倒。裡面充當床鋪的枯葉很乾爽，一摸就窸窣作響。隔壁茅屋裡有個小鬼頭在說夢話。四個大男孩走進茅屋，鑽到樹葉底下。雙胞胎躺在一起，拉爾夫和小豬躺在另一頭。他們翻來覆去想找個舒服的姿勢，弄得枯葉窸窣窣地響。

「小豬。」

「嗯？」

「還好嗎？」

「還好。」

終於，茅屋裡靜了下來，偶有幾聲窸窣。看著門外繁星閃爍的夜空，耳邊傳來一陣陣浪拍礁石的沉悶響聲，拉爾夫一如往常地玩起「如果」的遊戲……

如果他們被飛機救走，那麼天還沒亮就能降落在威爾特郡的大機場。然後再坐汽車，不，搭火車比較好，直下德文，抵達那棟鄉間小屋。野生小馬一定又在花園盡頭的圍牆邊探頭探腦……

拉爾夫在枯葉堆中焦躁不安地翻來覆去。鄉間小屋和野生小馬依舊，但對拉爾夫來說，原野的魅力已消失殆盡。

他幻想來到一個野蠻人無法涉足的文明小鎮。還有什麼比燈火通明、車輛川流不息的客運總站更安全的地方呢？

拉爾夫忽然繞著電線桿跳起舞來。這時，從車站裡慢慢駛出一輛奇怪的公車……

「拉爾夫！拉爾夫！」

「怎麼了？」

「別叫那麼大聲。」

「對不起。」

從茅屋另一端的黑暗中傳來恐怖的嗚咽聲，他們兩個嚇得發抖，連枯葉都跟著沙沙直響。原來是山姆和艾瑞克扭打成一團。

「山姆！山姆！」

「嘿，艾瑞克！」

很快四周又恢復寂靜。

小豬輕聲對拉爾夫說：

「我們一定得離開這裡。」

「什麼？」

「我們一定要得救。」

儘管夜色深沉，拉爾夫卻嗤嗤笑了起來。這是他今天第一次笑。

「我是說真的，」小豬低聲說道。「再不趕快回家我們都會發瘋。」

「神經錯亂。」

「瘋瘋癲癲。」

「抓狂。」

拉爾夫把汗溼的鬈髮從眼前撥開。

「乾脆寫封信給你姨媽。」

小豬一本正經地考慮著。

「但我不知道她現在在哪裡，又沒有信封和郵票。再說，這裡哪來的郵筒和郵差啊？」

小豬的回應逗得拉爾夫哈哈大笑。他笑得無法抑制，前俯後仰。

小豬嚴肅地制止他。

「有什麼好笑的！」

拉爾夫還是嗤嗤笑個不停，笑得連胸口都痛了。他翻來扭去直到筋疲力竭，才氣喘吁吁地躺下，皺起眉頭，不久又笑了起來。就這樣笑了又停，停了又笑，他不知不覺進入了夢鄉。

「拉爾夫！你又在大叫了。安靜點，因為……」

拉爾夫在枯葉堆中喘著粗氣。他很高興小豬打斷他的夢，因為公車越來越近，幾乎要撞了上來。

「因為什麼？」

「安靜，注意聽。」

拉爾夫輕輕躺下去，在枯葉堆中嘆了口氣。艾瑞克在睡夢中支吾著什麼，接著又閉上了嘴。門外的夜色如此深沉，只有微弱的星光點綴，彷彿蒙上一層毯子。

「我沒聽到什麼聲音。」

「外面有東西在動。」

拉爾夫的頭一陣刺痛，耳邊只聽見自己血液奔流的聲音。不久他平靜下來。

「我還是什麼都沒聽見。」

「注意聽，有點耐心。」

從茅屋後方大約一、兩碼處，非常清楚地傳來樹枝折斷的聲音。拉爾夫的耳朵又熱了起來，腦中一團混亂。茅屋裡彷彿有什麼東西蠢蠢欲動。小豬的頭靠在拉爾夫肩上，顫抖的手緊緊抓著他。

「拉爾夫，拉爾夫。」

「閉嘴，注意聽。」

拉爾夫在絕望中祈求怪獸去抓小鬼頭。

茅屋外響起駭人的低語聲。

「小豬，小豬。」

「牠來了！」小豬倒抽一口氣。「真的有怪獸！」

他緊緊抓住拉爾夫，大口喘著氣。

「小豬，出來！快出來！」

拉爾夫貼近小豬的耳朵說道：

「別出聲。」

「小豬，小豬，你在哪裡？」

有什麼東西撞到茅屋後側。小豬又強忍了一陣子，但氣喘還是發作了。他弓起背脊，雙腿砰地跪到枯葉堆裡。拉爾夫趕緊離他遠一點。

接著，茅屋外傳來一陣凶狠的叫聲，幾個人影倏地闖了進來。某個人被拉爾夫絆倒，兩人就地扭打起來；吼叫聲、碰撞聲、毆打聲，場面相當混亂。拉爾夫揮拳出去，然後彷彿跟十幾個對手扭打一般，又打，又咬，又抓。來者扯著拉爾夫一陣猛打，拉爾夫用力咬對方的手指以為反擊。那隻拳頭縮了回去，又猛力擊打過來，讓拉爾夫眼冒金星。拉爾夫掙扎翻身，騎到另一個扭動的身體上，感覺有股熱氣噴上他的臉頰。他掄起緊握的拳頭，像鐵錘似的直往身下的臉砸去。他猛力揮拳，越打越瘋狂，近乎歇斯底里；拳頭下的面孔變得溼滑。忽然對方的膝蓋往拉爾夫兩腿間用力一踢，拉爾夫滾到一側，痛得說不出話，對方趁機壓到他身上一陣亂打。終於，茅屋承受不住這場混亂，坍倒下來；不知名的偷襲者掙扎著奪路而出。黑色的人影從倒塌的茅屋中鑽了出去，飛快逃離。四周又只剩下小鬼頭們的尖叫聲和小豬的喘氣聲。

拉爾夫用顫抖的聲音喊道：

「小鬼們都回去睡！架打完了，都回去睡！」

山姆艾瑞克靠過來，盯著拉爾夫。

「你們沒事吧？」

「應該沒事——」

「我被揍了。」

「我也是，小豬呢？」

他們把小豬從廢墟中拖出來，讓他靠在一棵樹上。夜風沁涼，驅走方才的恐懼，小豬的呼吸稍稍恢復平穩。

「小豬，你受傷了嗎？」

「還好。」

「那是傑克和他的獵手們，」拉爾夫痛苦地說。「為什麼他們老要找我們麻煩？」

「不過我們也有給他們好看，」山姆很老實地說。「至少你有揍回去，我只敢縮在角落。」

「我揍了一個傢伙，」拉爾夫說，「狠狠地揍了他。他不敢再來惹我們了。」

「我也是。」艾瑞克說。「我醒來的時候覺得有人在揍我的臉。我的臉應該被揍得很慘吧，但我也給了他好看。」

「你怎麼做？」

「我用膝蓋踢他胯下。」艾瑞克揚揚得意地說道，「他痛得大叫！他不敢再來了。我們也挺不賴呀！」

拉爾夫在黑暗中抽動了一下，接著他聽到艾瑞克在弄自己的嘴。

「怎麼啦？」

「有顆牙齒鬆了。」

小豬把腿彎起來。

「小豬，你沒事吧？」

「我還以為他們要的是海螺。」

拉爾夫快步跑下灰白色的海灘，跳到平臺上。海螺仍在首領的座位上閃爍著微光。他盯著海螺好一會兒，然後又回到小豬旁邊。

「他們沒拿走海螺。」

「我曉得，他們不是來搶海螺的，而是為了別的東西。拉爾夫，我該怎麼辦？」

＊

遠處弓形的海灘上，三個人影快步走向城堡岩。他們避開樹林，沿著沙灘；沿著搖曳狹長的磷光帶往前走。他們時而輕哼著歌，時而翻跟頭。首領走在最前面，一路小跑前進。傑克為今晚的收穫而歡欣鼓舞；現在他是個真正的首領了。他手持長矛揮舞，在他左手上搖晃著的，是小豬破碎的眼鏡。

11 城堡岩

在黎明的寒冷中，四個孩子圍在火堆的餘燼旁邊。拉爾夫跪在地上吹著，輕飄飄的灰燼四處飛揚，但沒有冒出火花。雙胞胎焦急地看著，小豬則木然地坐著，近視讓他眼前一片朦朧。拉爾夫繼續用力吹，吹到耳朵都痛了，然而，黎明的微風一把搶走他的工作，揚起一陣塵灰，模糊了他的雙眼。他往後蹲，邊罵邊擦去眼裡流出的淚水。

「沒用的。」

艾瑞克臉上的血跡乾了，就像個面具；他透過面具俯看拉爾夫。小豬茫然地看著拉爾夫的方向。

「當然沒用，拉爾夫。這下我們沒辦法升火了。」

拉爾夫把臉湊近小豬。

「你看得見我嗎？」

「一點點。」

拉爾夫閉上腫起的那隻眼睛。

「他們奪走了我們的火。」

他的聲音因為憤怒而尖銳。

「他們偷走了！」

「他們害我變得跟瞎子一樣。」小豬說。「傑克・墨里杜就是這種人。拉爾夫，你召開大會，我們得要決定接下來該怎麼辦。」

「就我們這幾個人開會？」

「沒有別的辦法了。山姆，借我扶一下。」

他們朝平臺走去。

「吹海螺，」小豬說。「吹得越大聲越好。」

森林裡迴響起螺聲；成群的鳥兒從樹梢上驚飛而起，嘰喳鳴叫著，就像許久以前的那個早晨。但海灘兩頭都毫無動靜，只有幾個小鬼頭從茅屋裡走出來。拉爾夫坐在光滑的樹幹上，其餘三個站在他面前。他點點頭，山姆艾瑞克就坐到他右邊。拉爾夫把海螺塞到小豬手中。小豬小心地捧著發亮的海螺，朝拉爾夫眨眨眼睛。

「說吧。」

「我拿著海螺。我想說，我什麼也看不見，我得把眼鏡拿回來。這座島上有人做了壞事。我選你當首領，而只有首領可以做決定。所以，拉爾夫，由你來指揮吧，告訴我們該怎麼辦……」

小豬再說不下去，哽咽起來。拉爾夫拿回海螺，小豬坐了下來。

「我們要相信自己可以辦得到，只要有火堆，有煙當信號，我們就能得救。我們不是野蠻人，但現在我們沒辦法升起信號煙了，也許有船會經過也說不定。你們還記得嗎？他跑去打獵，讓火堆熄滅，結果剛好有船經過。而他們卻覺得他最適合當首領。還有、還有……那件事也全是他的錯，是他一手造成的。現在又害小豬看不見。他們趁半夜跑來——」拉爾夫提高嗓門。「偷走我們的火！他們偷走了火！要是他們好好說，我們就會給啊，但他們卻選擇用偷的。現在信號沒了，我們也無法得救了。你們懂嗎？我們可以給他們火，但他們卻寧願用偷的。我……」

拉爾夫的話講到一半，腦中忽然一片空白。小豬伸出手來拿海螺。

「拉爾夫，你到底打算怎麼辦？不要光說不練。我要拿回我的眼鏡！」

「我正在思考！假設我們打扮得整整齊齊過去，就像我們在老家那樣，畢竟我們不是野蠻人，而得救也不是說好玩的。」

他睜開腫起的眼皮看著雙胞胎。

「我們稍微梳洗一下就走——」

「我們應該帶著長矛，」山姆說。「連小豬也要帶。」

「我們或許會用得著。」

「你沒拿海螺！」

小豬舉起海螺。

「你們要帶長矛就帶吧，我可不帶。有什麼用呢？反正我得像條狗一樣讓人牽著。是呀，很好笑，儘管笑吧。那群人對什麼事都一笑置之，結果呢？大人們會怎麼想？西蒙被謀殺了，還有一個臉上長著胎記的小孩。後來有誰見過他？」

「小豬！等一等！」

「我拿著海螺。我要去找傑克‧墨里杜說清楚，現在就去！」

「你會被揍的。」

「還能比現在更慘嗎？我要跟他攤牌。讓我拿海螺，拉爾夫。我要讓他知道他缺少了什麼。」

小豬停頓片刻，看著身邊模糊的人影。彷彿還像過去集會時那樣，眾人踩在野草叢中聽他講話。

「我要帶著海螺去找他。我要舉起海螺，然後說，你比我強壯，又沒有氣喘，而且兩隻眼睛都看得清清楚楚。但我不是來拜託你、求你還我眼鏡的；我也不奢望你講道理。但對就是對，錯就是錯，不要以為你強壯就可以為所欲為。把眼鏡還我，立刻還來！」

小豬說完，臉漲得通紅，身體顫抖。他匆匆把海螺塞到拉爾夫手裡，彷彿它是燙手山芋，一邊擦著奪眶而出的淚水。柔和的綠光籠罩著他們，脆弱的白色海螺就在拉爾夫腳邊，小豬來不及擦去的淚水像星星一樣，在色澤柔和的螺身上閃閃發亮。

最後拉爾夫坐直身體，把頭髮往後一撥。

「好，那你就試試看吧。我們跟你一起去。」

「他那張大花臉，」山姆膽怯地說。「你也知道他那張——」

「他才不會把我們放在眼裡——」

「要是他發火，我們就……」

拉爾夫皺眉看著山姆。他隱約想起西蒙曾在岩石邊跟他說過什麼。

「別傻了。」他說。隨後又很快補了一句，「我們走吧。」

他把海螺遞給小豬，後者臉又紅了，但這次洋溢著自豪的神情。

「你拿著吧。」

「等準備好了我再拿。」

小豬想找些話來表達他不論如何都想拿著海螺的決心。

「我很樂意拿，拉爾夫，只是得要有人牽著我。」

拉爾夫把海螺放回光滑的圓木上。

「我們最好先吃點東西再出發。」

他們走向被摘得亂七八糟的野果樹林。小豬一邊靠別人幫忙，一邊自己東摸西摸地找野果吃。拉爾夫則邊吃邊思考著下午的事。

「我們應該像以前一樣打扮整齊。先洗個澡——」

山姆嚥下滿口野果，表示異議。

「我們每天都有洗澡啊！」

拉爾夫看著面前兩個骯髒的人，嘆了口氣。

「我們該梳一下頭髮，頭髮太長了。」

「我把兩隻襪子留在茅屋裡，」艾瑞克說，「我們可以把襪子套在頭上，當作帽子。」

「我們還可以找些東西把頭髮紮起來。」小豬說。

「像女生一樣！」

「不要，絕對不要。」

「那我們就這樣去吧，」拉爾夫說，「反正他們也好不到哪裡去。」

艾瑞克比了個手勢，要大家等一等。

「但他們都畫著大花臉！你們知道那代表什麼……」

其他人連連點頭。他們再清楚不過了，隱藏起真實面貌的花臉，會引發人心底的獸性。

「哼，我們可不畫，」拉爾夫說，「又不是野蠻人。」

山姆和艾瑞克面面相覷。

「畫不畫都一樣——」

拉爾夫喊道：

「不准畫！」

他努力回想著。

「煙，」他說，「我們需要煙。」

他氣憤地轉向雙胞胎。

「煙！我們要把煙升起來！」

除了大群蜜蜂嗡嗡叫之外，四周一片寂靜。最後小豬和顏悅色地說道。

「當然我們需要煙。煙是信號，要是沒煙我們就無法得救了。」

「這還需要你說！」拉爾夫叫喊著，並把手臂從小豬身上挪開。「你是什麼意思——」

「我只是重複你經常說的話，」小豬趕緊說。「我偶爾也需要想一下——」

「我不需要，」拉爾夫大聲吼道。「我從來沒有忘記過。」

小豬討好地直點頭。

「拉爾夫，你是首領，你什麼都記得。」

「我沒忘。」

「當然沒忘。」

雙胞胎好奇地打量拉爾夫，他們從沒見過這樣的他。

*

他們列隊排好，就沿著海灘出發了。拉爾夫走在最前面，腳有點跛，肩上扛著長矛。不僅是閃亮沙灘上搖曳的暑氣，披散的長髮和眼睛上的傷口都影響了他的視線。走在拉爾夫後面的是雙胞胎，雖然有一點擔憂，但活力充沛。他們往前走著，很少說話，手中的長矛拖在地上。小豬發現只要看著地面，避免陽光照射他疲憊的雙眼，就可以看見沿著沙灘移動的長矛柄。他在長矛柄留下的痕跡之間走著，雙手小心地抱著海螺。孩子們組成的小型隊伍行進在沙灘上，四個盤子狀的陰影在他們腳下跳舞、交疊。暴風雨沒有留下絲毫痕跡，海灘被沖刷得乾乾淨淨，就像被磨得閃亮的刀鋒。天空和山頭離得好遠，在暑熱中閃著微光；海市蜃樓讓礁石看起來彷彿漂浮在半空中的銀色水潭裡。

他們經過那晚跳舞的地方。被大雨撲滅的焦黑樹枝依然躺在岩石上，只有靠近海水的沙灘恢復平滑如昔。他們默默地走過這裡，非常篤定會在城堡岩找到那夥人。他們一看到城堡岩就不約而同地停下腳步。他們的左側是島上最茂密的叢林，黑綠交雜，到處都是樹木盤根錯節，幾乎無法穿越；前方則搖曳著高高的野草叢。拉爾夫獨自往前走。

他們第一次來城堡岩偵察時，在這裡躲藏過，所以野草叢被壓得亂七八糟的。在那之後是石橋的起點，還有峭壁上岩石凸出形成的道路，通往最上方的紅色岩石群。

山姆碰碰拉爾夫的手臂說：

「有煙。」

在岩石另一側有股小小的煙裊裊上升。

「升火了嗎？我想應該不是。」

拉爾夫轉過身來。

「我們幹嘛要躲？」

他穿過簾幕般的野草，來到石橋前的空地上。

「你們兩個殿後，我先走，小豬跟在我後面。拿好你們的長矛。」

小豬提心吊膽地看著眼前彷彿隔了一層薄紗的朦朧世界。

「安全嗎？有沒有懸崖？我聽見海浪的聲音。」

「你跟緊一點。」

拉爾夫走上石橋。他踢到一塊石頭，石頭滾了幾圈掉進海裡。現在正值退潮，在拉爾夫左下方四十呎處，露出了一塊長滿海藻的紅色方形岩。

「我不會掉下去吧？」小豬顫抖地說。「我好害怕……」

在他們上方，從高聳的尖頂岩石上，突然傳來一聲叫喊，隨後是模仿戰士的吶喊聲，岩石後方還有十幾個人跟著呼應。

「站在那裡別動！把海螺給我！」

「報上名來！」

拉爾夫抬頭看見岩石頂上羅傑黑色的面孔。

「你知道我是誰！」他喊道。「別裝傻了。」

他把海螺湊到嘴邊，嗚嗚吹響。野蠻人一個個冒了出來，臉上塗得五顏六色，完全認不出誰是誰，全擠在石橋的另一端。他們高舉長矛，擺好陣勢，要守住入口。拉爾夫繼續吹，把小豬嚇得魂飛魄散。

羅傑大聲叫道：

「你最好小心點。」

拉爾夫終於挪開海螺，停下來喘口氣。他氣喘吁吁地開口，但依然聽得清楚。

「——召開大會！」

看守入口的野蠻人一陣交頭接耳，但誰也沒動。拉爾夫又向前走了幾步。他身後一個聲音急切地說道：

「別丟下我，拉爾夫。」

「你跪在這裡，」拉爾夫側身說道，「等我回來。」

拉爾夫站在石橋中央，全身緊繃地盯著野蠻人。他們塗著花臉，神態自若，頭髮朝後紮起，看起來比他清爽多了。拉爾夫決定以後也要把頭髮紮起來。他很想叫他們等一等，讓他紮好頭髮，但那是不可能的。野蠻人嗤嗤笑了，還有一個用長矛作勢要瞄準拉爾夫。在峭壁頂上，羅傑放開槓桿，向外探出身子看看情況。石橋上的男孩子站在自己的陰影裡，只看得到幾顆髒亂的頭。小豬蜷縮成一團，看起來就像是個麻袋。

「我要召開大會。」

一片沉默。

羅傑拿起一塊小石頭，往雙胞胎扔過去，但沒扔中。他們嚇了一跳，山姆趕緊站穩腳步。羅傑的體內湧起一股衝動。

拉爾夫又大聲喊道：

「我要召開大會。」

他掃視著野蠻人。

「傑克在哪裡？」

野蠻人騷動起來，他們商量了一下。一張色彩鮮豔的臉開口了，聽起來像是羅伯特。

「他去打獵了。他說不能讓你進來。」

「我來找你們談火堆的事，」拉爾夫說，「還有小豬的眼鏡。」

面前的人群晃動起來，還爆出輕快而興奮的笑聲，在岩石間迴盪著。

拉爾夫背後響起一個聲音。

「你要幹嘛？」

雙胞胎一個箭步衝到拉爾夫後面。拉爾夫快速轉身。一個人正從森林裡走出來，從他的神態和紅髮可以認出是傑克。他的兩側各站著一個獵手，三人的臉都塗上了黑色和綠色。在他們身後的野草叢中，放著一隻被開膛剖腹並砍去頭部的野豬。

小豬哭喊著：

「拉爾夫！別丟下我！」

他緊緊抱著岩石，下方是退潮中的大海。他害怕的樣子十分可笑，野蠻人的咯咯輕笑漸漸變成大聲的嘲笑。

傑克叫得比嘲笑聲還響亮。

「快滾，拉爾夫。乖乖待在你們那邊。這裡是我的地盤，你別來惹我。」

嘲笑聲停了下來。

「你搶走小豬的眼鏡，」拉爾夫呼吸急促地說道。「你得還給他。」

「我得還給他？誰說的？」

拉爾夫氣炸了。

「我說的！你也選我當首領。你沒聽見海螺聲嗎？耍什麼骯髒手段，你要火，隨時來開口，我們就會給你。」

熱血湧上他的面頰，腫脹的眼皮抽動著。

「但你不開口，偏要像個小偷一樣用偷的，還搶走小豬的眼鏡！」

「你再說一遍！」

「小偷！小偷！」

小豬尖聲叫道：

「拉爾夫！幫我！」

傑克往前衝去，用長矛直刺拉爾夫胸膛。拉爾夫看穿傑克手臂的動作和長矛的位置，用自己的矛柄把刺過來的矛尖擋開。拉爾夫接著掉轉長矛朝傑克一刺，矛尖擦過對方的耳朵。兩人現在胸對胸，大口喘著粗氣，扭打著，怒目相視。

「誰是小偷？」

「就是你！」

傑克掙脫開來，朝拉爾夫揮舞長矛。兩人都把長矛當成軍刀砍來砍去，不再使用會致命的矛尖。傑克的長矛打到拉爾夫的長矛上，往下一滑，痛擊他的手指。隨即他們再度分開，兩人互換了位置，傑克背對城堡岩，拉爾夫則背對本島。

兩個孩子都上氣不接下氣。

「再來呀！」

「來呀！」

雙方都擺出凶狠的進攻架勢，卻又保持著距離，彼此都攻擊不到對方。

「來呀，我要給你好看！」

「你來呀！」

小豬牢牢抓緊地面，並想辦法引起拉爾夫的注意。拉爾夫壓低身子，不斷移動，雙眼警覺地盯著傑克。

「拉爾夫，記住我們到這裡來的目的。火堆，還有我的眼鏡。」

拉爾夫點點頭。他放鬆下來，隨意站著，用長矛柄撐著地面。傑克透過花臉莫名其妙地看著他。拉爾夫抬頭看了眼峭壁頂端和前面的野蠻人。

「聽著，我們來這裡是要你把眼鏡還給小豬。他沒眼鏡就看不見，你這樣做太不——」

塗著大花臉的野蠻人們咯咯笑了，拉爾夫不禁畏縮起來。他把頭髮往後撥，直視面前塗著綠色和黑色的臉，努力回想傑克原來的模樣。

小豬低聲說道：

「還有火堆。」

「噢，對，還有火堆。自從我們落到島上以來，我就不斷重伸，」他舉起長矛指著野蠻人。「我們唯一的希望就是火堆；只要天還亮就要升起煙當作信號。或許會有船注意到而駛過來救我們，帶我們回家。要是沒有煙，我們就得等到有船碰巧來這裡，那說不定要等好幾年，等到人都老了——」

野蠻人又哄笑起來，笑到發抖；響亮的笑聲在岩石間迴盪開來，聽起來好不真實。拉爾夫怒不可遏，他嘶啞地說道：

「你們這群花臉笨蛋！你們難道不懂嗎？光靠山姆、艾瑞克、小豬和我是不夠的。我們想讓火堆一直燒，但卻辦不到。而你們呢？只會打獵玩樂！」

他指著他們身後，一縷輕煙在澄澈的天空中飄散開來。

「看看那個！那個火堆能當信號嗎？不過是個烤肉的火堆罷了。等你們開始烤肉吃，就沒有煙了。你們不懂嗎？也許有船會經過。」

那群臉塗得認不出誰是誰的守衛站在入口處，一言不發，讓拉爾夫心灰意冷，再也說不下去。傑克張開粉紅色的嘴，對夾在自己和同夥之間的山姆艾瑞克喊道：

「你們兩個給我退後。」

雙胞胎疑惑地看著彼此，並沒有回答他。小豬以為暫時不會有危險，便小心翼翼地站起來。傑克回頭看看拉爾夫，又看看雙胞胎。

「抓住他們。」

沒人動作。傑克怒氣沖沖地喊道：

「我說，抓住他們！」

塗著花臉的野蠻人手忙腳亂地包圍山姆艾瑞克，然後又嗤嗤笑了起來。

山姆艾瑞克依然保持一絲理智地說道：

「喂，別亂來！」

「我是說真的！」

雙胞胎的長矛被奪走了。

「把他們綁起來！」

拉爾夫對著黑綠交雜的臉絕望地喊道：

「傑克！」

「繼續！把他們綁起來！」

這一刻，塗著花臉的野蠻人終於領悟到山姆艾瑞克非我族類，也體會到擁有力量的滋味。他們笨手笨腳地把雙胞胎壓倒在地上，興奮異常。傑克靈光一閃，他知道拉爾夫會來營救雙胞胎，於是轉身從後方用長矛攻擊，拉爾夫萬分驚險地躲開。在他們前面，野蠻人和雙胞胎彼此叫囂著扭打成一團；小豬又趴到地上了。最後，雙胞胎驚魂未定地趴在地上，被野蠻人團團圍住。傑克轉向拉爾夫，齜牙咧嘴地說道：

「看到了嗎？他們都聽我的。」

又是一陣沉默。雙胞胎被捆得亂七八糟地壓在地上。那夥人盯著拉爾夫，看他打算怎麼辦。拉爾夫透過長長的瀏海計算他們有多少人，同時瞥見那道無法當作信號的煙。

拉爾夫爆發了。他朝傑克尖聲叫嚷：

「你是野獸，是豬，是該死的小偷！」

他衝了上去。

傑克知道這次是勝負的關鍵，也向前衝去。他們猛烈相撞，又彈了開來。傑克朝拉爾夫揮出拳頭，正中他的耳朵。拉爾夫一拳擊中傑克的肚子，讓他不禁痛呼。接著他們再度面對面，氣喘吁吁，怒不可遏，然而雙方都被彼此的凶狠嚇到，不敢繼續攻擊。這下他們才注意到身後的喧譁，原來在他們互毆的同時，傑克那幫人不斷在高呼助陣。

在一片吵雜聲中，小豬的聲音傳到拉爾夫耳裡。

「我要說話！」

小豬站在因打鬥而揚起的塵土中；那幫人看到小豬意圖說話，尖銳的歡呼聲頓時變成滿場的噓聲。

小豬拿起海螺，噓聲稍稍小了一點，但隨即又大聲起來。

「我拿著海螺！」

小豬喊道：

「我說，我拿著海螺！」

沒想到這次反而安靜了下來，那幫人都很好奇他究竟有什麼好玩的事要說。

沒有人說話，也沒有人動作；在這片寂靜中，拉爾夫的耳邊響起一種奇怪的聲音。他再注意聽，那聲音又響了起來，「嗖」的一聲，是有人在扔石頭；是羅傑在扔，另一隻手還放在槓桿上。在他下方的拉爾夫看起來只是一束頭髮，而小豬則是一團肥肉。

「我要說的是，你們的行為就像一群小鬼。」

噓聲再度響起。小豬舉起彷彿有魔力的白色海螺，噓聲又平息下去。

「哪個比較好？是像你們一樣把臉塗花，做個野蠻人好？還是像拉爾夫那樣做個明白事理的人好？」

野蠻人大聲叫囂。小豬又喊道：

「哪個比較好？是秩序與和平好？還是打獵和殺戮好？」

叫囂聲又響起，還有那「嗖」的聲音。

拉爾夫也大聲吼叫起來：

「哪個比較好？是法律和得救好？還是打獵和破壞好？」

傑克也叫嚷起來，拉爾夫的話被淹沒在這陣喧囂聲中。傑克背對著他那幫人，長矛林立，連成一氣，充滿了威脅之意。他們正醞釀著發動下一波攻擊，要把石橋上掃蕩一空。拉爾夫面對著他們，微微側身，緊握長矛。小豬站在他身邊，仍高舉著那個護身符：易碎、閃亮而美麗的海螺。謾罵聲如雨點般朝他們襲來，帶著惡意的詛咒。在他們上方，極度亢奮的羅傑把全身重量都壓到槓桿上。

腳底下的大地在震動，懸崖高處傳來石頭破碎的聲響。拉爾夫還未看到巨石就聽到了它滾動的聲音。一塊紅色巨石直直朝石橋翻滾而來，野蠻人尖聲叫喊，拉爾夫忙撲倒在地上。

巨石擦過小豬的胸腹；海螺破成無數白色的碎片，不復存在。而小豬連咕噥一聲都來不及，就從石橋側面翻落下去。巨石又彈跳了兩次，最後消失在森林裡。小豬往下墜落四十呎，仰面摔倒在海中那塊紅色方形石上。腦殼迸裂，腦漿溢出，鮮血直流。小豬的手腳微微抽搐，像剛被宰殺的豬。隨著潮水如呼吸般一起一落，白色的海浪沖上礁石，染上一層粉紅；而後海潮退去，便將小豬的屍體一起帶走。

四周鴉雀無聲。拉爾夫嘴唇張闔著，卻發不出聲音。

傑克突然從他那幫人中跳了出來，發狂般尖叫道：

「你看，這就是你們的下場！你的那一國滅亡了！海螺沒了！」

他俯身衝刺向前。

「我才是首領！」

傑克殺氣騰騰地把長矛對準拉爾夫投擲過去。矛尖擦過拉爾夫肋骨上的皮肉，掉進海裡。拉爾夫踉蹌了一下，並不覺得疼痛，只是驚恐。傑克那幫人全像他們的首領那樣大叫著衝上前來。羅傑從高處擲出一根長矛，彎曲的矛柄影響了準頭，只從拉爾夫面前掠過。雙胞胎被捆綁著躺在那幫人身後。一張張不知名的惡魔臉孔一窩蜂擁上石橋，拉爾夫轉身就逃，彷彿成群海鷗同時驚叫的吆喝聲緊追在後。拉爾夫順從陌生的本能，在開闊的岩地上曲折前進，閃躲著投來的長矛。接著是野草叢中那隻被砍頭的野豬，他及時一躍而過，隨後沙沙地穿過枝葉，隱沒到森林之中。

傑克在死豬旁停下腳步，轉過身去，舉起手來。

「回去！回到城堡岩去！」

很快，一夥人便吵吵嚷嚷地回到石橋上，羅傑在那裡與他們會合。

首領氣沖沖地對他說：

「你怎麼不在上面看守？」

羅傑面色陰沉地看著他。

「我才剛下來……」

羅傑彷彿劊子手般令人畏懼。傑克沒再說什麼，轉而俯視山姆艾瑞克。

「你們必須加入我們。」

「放我走——」

「還有我。」

首領從剩餘的長矛中抽出一根，戳著山姆的肋骨。

「你們是什麼意思，嗯？」首領狂怒地說。「你們帶著長矛來想做什麼？不加入我們你們打算幹什麼？」

矛尖有節奏地戳刺著，山姆痛得大叫。

「別這樣。」

羅傑擠過傑克身邊，差點就碰到他的肩膀。山姆停止大叫，兩人躺在地上仰頭看著羅傑，驚駭得大氣都不敢喘。羅傑朝他們走去，彷彿他才是那幕後大權在握的人。

12 獵手的狂叫

拉爾夫躺在樹叢裡，確認自己的傷勢。右肋上有個幾吋大的瘀青，還有被長矛劃破的血紅疤痕也浮腫著。他的頭髮骯髒不堪，一束束的就像藤蔓。由於在森林飛快地穿梭逃跑，他被刮得遍體鱗傷。他漸漸喘過氣來，決定等一段時間再清洗傷口。因為沖洗的水聲會掩蓋赤足的腳步聲，況且得在小溪邊或開闊的海灘上沖洗，太冒險了。

拉爾夫側耳傾聽。其實他離城堡岩不遠，起初因為驚慌失措，他以為聽到後面有人在追。但獵手們只有跑到樹叢邊緣，或許是為了撿回長矛，然後就退回陽光普照的城堡岩上了，他們似乎也害怕森林裡的陰暗。拉爾夫有瞥見其中一個，臉上塗著褐、黑、紅三色條紋，他猜那是比爾，但又不是比爾，拉爾夫想。這個野蠻人，跟過去那個穿著襯衫和短褲的比爾很難聯想在一起。

下午就要過去了；太陽光影慢慢滑過蕨葉和鬚根，但城堡岩那裡並沒有傳來任何聲響。最後拉爾夫鑽出蕨草叢，偷偷溜到石橋前那片濃密的灌木叢邊緣。他透過枝葉十分小心地窺視著，看到羅伯特在懸崖頂上站崗。他左手持著長矛，右手則拋接著一塊小石頭。在羅伯特身後，一股濃煙冉冉升起，拉爾夫深吸一口氣，垂涎欲滴。他用手背擦擦鼻子和嘴巴，經過一整個早上，直到現在他才感到飢腸轆轆。想必那夥人正圍著開胸剖膛的野豬席地而坐，緊盯著融化的油脂滴在火堆上滋滋作響吧。

另一個認不出是誰的人來到羅伯特身旁，給了他某樣東西，隨後轉身走開，隱沒在岩石後。羅伯特把長矛倚在身邊的岩石上，用兩隻手將剛剛拿到的東西放進嘴裡咬。宴會開始了，看守者也有份。

想來暫時不會有危險，拉爾夫一瘸一拐地走向野果樹林，一想到自己只能隨便弄點東西果腹，而那夥人卻有肉可以吃，就不由得一陣心酸。他們天天都有大餐可以吃……

他不確定他們是會來找他，還是會乾脆放逐他，任他自生自滅。他突然想起命運無常；海螺砸得粉碎，小豬和西蒙的慘死有若陰霾，籠罩著整座島。但這些畫著花臉的野蠻人只會越來越無法無天，再加上他和傑克之間難以釐清的關係，想來傑克是不會放過他的，絕對不會。

拉爾夫停下腳步，斑斕的光影灑在他身上，他托起一根樹枝，打算從下面鑽過去。一陣突來的恐懼使他渾身顫抖，失聲喊道：

「不，他們不會那麼壞的。那只是巧合。」

他從樹枝下鑽過去，一拐一拐地跑著，然後又停下來傾聽。

終於他來到被摘得七零八落的野果樹林，貪婪地吃了起來。兩個小鬼頭看到他，尖叫著逃走，他感到納悶，卻沒想到自己看起來有多嚇人。

吃完以後，拉爾夫朝海灘走去。此刻陽光斜照在坍塌茅屋旁的棕櫚樹林上，再過去就是平臺和洗澡水潭。現在最好別去想人心的陰暗面，相信他們也是有理性、有良知的。既然他們吃飽了，就再去試試看吧。無論如何，他總不能整夜待在這裡，待在空蕩蕩的茅屋裡，面對無人的平臺。在夕陽餘暉中，他感到寒毛直豎，渾身打顫。沒有火，沒有煙，也沒有人會來救他們。他轉過身去，一瘸一拐地穿過森林，朝傑克所在的那一邊走去。

斜射的陽光消失在濃密的樹林裡，拉爾夫來到一塊林間空地。那裡的地面都是岩石，植物無法生長，在這種時候只有鬼影幢幢。他瞥見空地中央有什麼東西站著，差點躲到一棵樹後面，但很快他看出來，那張白色的臉原來是個骨頭；一個插在木棒上的豬頭，正對他露齒而笑。他慢慢走到空地中央，盯著那個豬頭。豬頭像海螺一樣閃爍著微光，似在譏笑他、挖苦他。一隻好奇的螞蟻在眼窩裡忙碌，除此以外豬頭毫無生氣。

但真的是這樣嗎？

拉爾夫覺得如有芒刺在背。他站在那裡，雙手撩起自己的頭髮，豬頭的高度大約到他的頭。牠齜牙咧嘴地笑著，兩個空洞的眼窩吸引住拉爾夫全部的目光。

這是什麼？

豬頭看著拉爾夫，彷彿牠知道一切的答案卻不肯說。恐懼和憤怒讓拉爾夫作嘔，他狠狠揮拳擊打面前這個醜陋的東西。豬頭像個不倒翁似的，倒下去又彈回來，仍然齜牙咧嘴地笑著。拉爾夫邊打邊大聲咒罵。不久後，他舔舔自己青腫的指關節，看著光禿禿的木棒；豬頭躺在六呎外，摔成兩半，依然嗤嗤笑著。拉爾夫用力扭轉著仍在抖動的木棒，把它從岩石縫裡拔出來，握在手上，就像一根長矛，擋在自己和白色頭骨之間。接著他往後退，視線始終沒有離開躺在地上朝天嗤笑的豬頭。

蒼白的光從天際消失，夜幕完全降臨，拉爾夫又回到城堡岩前面的灌木叢裡。他從樹叢中向外窺視，看見峭壁上仍有人在看守，無論那個人是誰，他的手裡都拿著長矛。

拉爾夫跪在陰影中，品嘗著形單影隻的苦楚。他們確實是野蠻人，但總還是人吧，潛藏在黑暗中的恐懼漸漸襲來。

拉爾夫暗暗嘆口氣。他雖然很累，但由於害怕那些野蠻人，也無法安下心來好好睡覺。他總不能大膽地走進他們的堡壘，對他們說：「我不跟你們吵了！」然後微笑著和他們一起睡覺吧？他們已不是過去那些戴著帽子，說「是的，老師」的學生了。如果是大白天，他還願意嘗試，但夜晚和死亡的陰影卻讓他裹足不前。拉爾夫躺在一片漆黑之中，感到無處可去。

「至少我還有點理智。」

他用前臂擦著臉頰，聞到一股刺鼻的氣味；又是鹽味，又是汗味，還有汙垢的酸臭味。從左側傳來大海的浪濤聲，不斷上漲又退落，在礁石上翻騰著。

城堡岩後方傳來聲響。拉爾夫把思緒從海潮聲中拉回，他仔細地聽著，認出那熟悉的節奏。

「殺野獸喲！割喉嚨喲！放牠血喲！」

那夥人在跳舞。在這堵岩石城牆的另一側，他們想必正圍成一個黑色的圓圈，旁邊還有光亮的營火和烤肉。他們可能正津津有味地吃著，享受安適的氣氛。

從離他不遠的地方傳來聲響，拉爾夫抖了一下。有野蠻人正往峭壁頂端爬去，拉爾夫聽見他們的聲音。他悄悄往前爬了一段距離，看到峭壁頂端的人影增加了。島上只有兩個孩子會那樣移動，那樣說話。

拉爾夫把頭伏在前臂上，傷心地接受了這個事實：山姆艾瑞克也加入他們那一夥了。他們正守著城堡岩，背叛了他。他再也不能把他們救出來，在島的另一側組成新的隊伍過日子。山姆艾瑞克像那幫人一樣變成了野蠻人；小豬死了，海螺也碎了。

之前的看守者終於爬了下去。沒有離開的兩個身影與黑色岩石融為一體，彷彿岩石變大了一般。他們身後出現一顆星星，隨即又被人影遮住不見。

拉爾夫慢慢向前移動，像瞎子般摸索著高低不平的地面前進。右側綿延數哩的海岸線依稀可辨；左側下方則是躁動不安的大海，從上往下看，就像是垂直的洞穴般，讓人望而生畏。海水圍繞著小豬死亡的那塊礁岩起伏，不時激起一片白色的浪花。拉爾夫慢慢爬著，終於他的手摸到了石橋的起點。崗哨就在他上方，他能看見從岩石邊緣露出的矛尖。

他輕聲喚道：

「山姆艾瑞克。」

沒人回答。他得說大聲一點，雙胞胎才有可能聽見，但這也會驚動那些正在火堆旁大吃大喝、塗著花臉的敵人。他咬緊牙關往上爬，摸索那些可以攀附的岩石一步步向上。那根從豬頭下拔來的木棒妨礙了他，但他不願意丟掉這唯一的武器。拉爾夫一直爬到接近雙胞胎的高度，才又開口喊道：

「山姆艾瑞克。」

峭壁頂端傳來一陣慌亂驚叫的聲響。雙胞胎緊緊抓住彼此，嚇得語無倫次。

「是我，拉爾夫。」

他怕他們會跑去通報，便奮力撐起自己，把頭和肩膀露出岩石外；而下方就是圍著礁石四濺的白色浪花。

「是我呀，是我，拉爾夫。」

終於，雙胞胎傾身向前，注意看他的臉。

「我們還以為是——」

「我們不曉得是什麼——」

「我們以為——」

他們想起自己新的效忠對象並感到羞愧。艾瑞克不吭聲，山姆卻打算盡他的職責。

「你得離開，拉爾夫，馬上離開！」

他晃動著長矛，做出凶狠的樣子。

「快點走開！」

艾瑞克點頭表示同意，並揮出長矛。但拉爾夫依然撐著，沒有離開。

「我來看看你們。」

他的聲音沙啞，雖然喉嚨沒有受傷，卻疼痛不已。

「我是來看你們的……」

言語無法表達他沉痛的心情，拉爾夫沉默下來。明亮的星辰卻不停閃爍。

山姆不自在地動了動。

「說真的，拉爾夫，你最好還是走吧。」

拉爾夫又仰起頭。

「你們沒有畫花臉，怎麼會……要是在白天……」

要是在白天的話，他們會因為自己的所作所為羞憤而死。但現在夜色深沉。艾瑞克接著說話，隨後山姆也加入，跟著一搭一唱：

「你一定得走，這樣不安全——」

「他們強迫我們；他們打我們——」

「誰？傑克？」

「糟了。」

他們俯身靠近拉爾夫並降低音量。

「快走吧，拉爾夫——」

「他們人多勢眾——」

「他們強迫我們——」

「我們無可奈何——」

拉爾夫再度開口，聲音很低，似乎還有些喘。

「我做了什麼？我喜歡他，也希望大家得救……」

天上的星星依然閃爍。艾瑞克搖搖頭，誠懇地說：

「聽著，拉爾夫。別再嘗試講道理了，行不通的——」

「首領什麼的就別再想了——」

「為你自己好，你趕快走。」

「首領和羅傑——」

「對，羅傑——」

「他們恨你，拉爾夫。他們打算幹掉你。」

「他們明天要追捕你。」

「可是，為什麼？」

「我不曉得。還有拉爾夫，傑克，也就是首領，說你很危險——」

「要我們小心行事，要像獵殺野豬那樣用長矛刺你。」

「我們會散開成一排搜查整座島——」

「從這一頭出發——」

「非找到你不可。」

「還得發出像這樣的信號。」

艾瑞克抬起頭拍著自己張大的嘴，小聲地發出嗚嗚聲。接著他又緊張地回頭瞥了一眼。

「就像這樣——」

「當然，聲音會更大。」

「但我什麼也沒做！」拉爾夫著急地悄聲說道，「我只是想要升火罷了！」

拉爾夫停頓片刻，痛苦地想著明天，突然一件非常重要的事浮現在他腦海。

「你們打算……」

一開始他還有些說不出口，但隨後恐懼和孤獨感逼得他不得不說。

「他們抓到我以後打算怎麼做？」

雙胞胎一聲不吭。在拉爾夫下方，那塊死亡礁石又飛濺起浪花。

「他們打算……哦，天哪！我餓了！」

身下高聳的岩石彷彿搖晃起來。

「到底怎麼樣？」

雙胞胎還是沒有正面回答他的問題。

「你得馬上離開，拉爾夫。」

「為你自己好。」

「躲遠一點，盡量躲遠一點。」

「你們要不要跟我走？我們三個……還能拚一拚。」

在片刻的沉默之後，山姆彷彿透不過氣來似的說道：

「你不了解羅傑，他非常恐怖。」

「還有首領……他們兩個都——」

「叫人害怕——」

「不過羅傑——」

兩個孩子突然僵住了。有人正從岩石後方爬上來。

「他來查哨了。快走，拉爾夫！」

在爬下峭壁之前，拉爾夫把握最後機會，希望這次會面多少能對他有點幫助。

「我就躲在附近；就在下面那個灌木叢裡。」他低聲說道。「別讓他們到那裡去，他們絕對想不到我會躲在那麼近的地方。」

腳步聲還有一段距離。

「山姆，我不會有事的，對嗎？」

雙胞胎又默不作聲。

「這給你！」山姆突然說。「拿著！」

拉爾夫感到一大塊肉塞到他懷裡，連忙一把抓住。

「抓住我以後你們打算怎麼辦？」

上面沒有人吭聲。他覺得自己好蠢，一邊爬下峭壁。

「你們打算怎麼辦……」

從高聳的峭壁頂端傳來令人不解的答覆。

「羅傑把一根木棒的兩頭都削尖了。」

羅傑把一根木棒的兩頭都削尖了。拉爾夫竭力思索這句話的含意，但就是想不出來。他氣憤地把所有知道的髒話都罵了一遍，並漸漸打起哈欠。一個人能熬多久不睡覺？他渴望有張鋪著白色被單的床，然而這裡唯一的白色，是四十呎下彷彿牛奶般的浪花，緩緩圍繞在那塊礁石四周，閃著微光；那是小豬摔下去的地方。小豬無所不在，揮之不去，因為黑暗和死亡而變得恐怖萬分。要是此刻小豬從海裡走出來，帶著他那掏空的腦袋……拉爾夫像個小鬼頭一樣嗚嗚哭了起來，邊打哈欠。突然眼前一陣天旋地轉，拉爾夫趕緊把手中的木棒當作拐杖支撐著。

不久，拉爾夫又緊張起來。城堡岩上傳來說話的聲音；山姆艾瑞克在跟什麼人吵架。但蕨葉和草叢就在眼前，他應該鑽進去躲起來，到了明天再躲進濃密的灌木叢裡。他伸手碰觸草叢，這裡是過夜的好地方，離那夥人不遠，要是有什麼恐怖的怪物出現，至少他還能混在其他人當中，即使這意味著……

這意味著什麼呢？一根兩頭削尖的木棒，到底代表什麼？上次他們投出那麼多長矛，只射中一根，或許他們下次也會投偏吧。

拉爾夫蹲坐在高高的草叢裡，想起山姆給他的那塊肉，便貪婪地撕咬起來。他吃著吃著，突然聽到尖叫聲，是山姆艾瑞克發出的痛苦叫聲，還夾雜著驚慌和憤怒。發生了什麼事？除了他以外，雙胞胎中至少有一個遇到了麻煩。不久，說話聲消失在城堡岩後方，他也不再去想了。拉爾夫用手摸索著，碰到了冰冷、細嫩的蕨葉，再過去就是灌木叢。晚上就睡在這裡吧，等天一亮他就爬進灌木叢中，隱蔽在糾結的枝葉深處，只有像他一樣匍匐在地上才能找到他；然而要是有人爬過來，他就刺死他。明天他就坐在那裡，等待搜索隊跟他擦身而過，繼續去島上其他地方搜尋，那他就自由了。

拉爾夫鑽進蕨葉中。他把木棒放在身旁，在黑暗中縮作一團。為了騙過這群野蠻人，他天一亮就得醒來。不知不覺間他睡著了，滑入沉沉的夢鄉。

拉爾夫醒了，但他閉著眼睛，傾聽附近的聲音。之後他睜開一隻眼睛，看到自己的手指摳進臉頰旁的鬆軟泥土裡。陽光從蕨葉縫隙篩進來，他又聽到了聲響，這才意識到那些盡是墜落和死亡的漫長夢魘已經過去，早晨來臨了。海岸邊傳來嗚嗚的叫聲，接著有一個野蠻人呼應，又一個野蠻人呼應。嗚嗚聲像飛鳥驚鳴，越過他，越過島狹窄的一端，從大海掃向潟湖。拉爾夫想都沒想，立刻抓起他削尖的木棒，扭動著身體鑽出蕨草叢。幾秒鐘後，他已衝向灌木叢，但還來不及爬進去，就瞥見兩條腿；一個野蠻人正朝他走來。蕨葉被重重踩踏、拍打著，長長野草中也傳來腳步聲。某個不知名的野蠻人嗚嗚叫了兩次，左右兩邊都響起相應的嗚嗚叫聲，隨後就消失了。拉爾夫蹲伏在蕨葉和灌木叢之間，好一陣子都沒再聽見聲響。

最後，他仔細查看四周，沒有敵人在附近，而且他的運氣還不壞，砸死小豬的那塊巨石彈進了這個灌木叢裡，在正中央砸出一個幾呎見方的空地。他一鑽到這裡便覺得很安全，頭腦也靈活起來。他小心地坐到被壓扁的枝幹中，等待敵人經過。他透過周圍的枝葉縫隙往上看，瞥見一樣紅色的東西。那一定是城堡岩的頂端，離得很遠，已不再具有威脅性。他鎮靜下來，懷著勝利的喜悅，等待搜索隊的聲音慢慢遠去。

但卻沒有聽到任何聲響；在綠叢中，隨著時間一分一秒過去，勝利的喜悅也漸漸消失。

終於，他聽到一個聲音，是傑克，但說得很小聲。

「你確定？」

另一個野蠻人沒作聲，也許他比了個手勢。

羅傑開口了。

「要是你敢耍我們……」

話音剛落，便響起一陣喘氣聲和痛苦的嚎叫。拉爾夫本能地趴到地上。在灌木叢外面，雙胞胎中的一個跟傑克和羅傑在一起。

「你確定他打算躲在這裡？」

雙胞胎之一虛弱地吭了聲，接著又嚎叫起來。

「他打算藏在這裡嗎？」

「是啦，是啦！哎喲！」

樹林裡響起一陣清脆的笑聲。

這麼說他們全知道了。

拉爾夫拿起長矛，準備開打。但他們會怎麼做？要是想在這個灌木叢裡開出條路，搞不好得花一個星期；而誰要是鑽進來，誰就要倒楣了。拉爾夫用大拇指摸摸矛尖，咧了咧嘴，卻笑不出來。誰敢進來就試試看，他會刺得他像野豬一樣咿咿亂叫。

傑克一夥人走開了，回到高聳的城堡岩。拉爾夫聽見他們離去的腳步聲，還有人嗤嗤笑著。搜索隊中又響起一陣尖銳的嗚嗚叫聲，像鳥鳴一樣，代表還有些人留守在這裡，等他出來。但，有些是多少？

令人窒息的寂靜持續了好長一段時間，等拉爾夫回過神來，嘴裡居然有從長矛上啃下來的樹皮。他站起來，仰頭窺探著城堡岩。

就在這時，他聽見城堡岩頂端傳來傑克的聲音。

「嘿呦！嘿呦！嘿呦！」

峭壁頂端的那塊紅色岩石突然消失不見，像布幕被拉掉般，顯露出後方的人影和藍天。不一會兒大地震動起來，空中傳來巨大的嗖嗖聲，灌木叢頂端像被一隻巨手掃過。大石彈落下來，一路碾壓著滾向海灘，捲起的斷枝殘葉像下雨般嘩啦啦落到拉爾夫身上。在灌木叢的另一邊，那夥人正在歡呼喝采。

又安靜了下來。

拉爾夫啃咬著手指。峭壁頂端上只剩下一塊岩石了，他們或許會再去推吧。那塊岩石有半間茅屋那麼大，大得像汽車、像坦克。他十分清楚巨石會怎麼滾下來，所以也很苦惱。剛開始是慢慢的，從岩壁上的一角彈到另一角，然後就像特大號的壓路機般隆隆滾過石橋。

「嘿呦！嘿呦！嘿呦！」

拉爾夫把長矛放下又拿起。他煩躁地把頭髮往後一撥，在小空地上踱起步子，然後又停下來凝視殘破的枝梗。

寂靜再度降臨。

他偶然瞥見自己的胸腔起伏，沒想到呼吸竟如此急促，彷彿能在左胸前看見心臟的鼓動。拉爾夫又把長矛放下。

「嘿呦！嘿呦！嘿呦！」

一陣歡聲雷動。

從紅色峭壁頂端傳來轟隆隆的響聲，隨即大地震動起來，隆隆聲也越來越大。拉爾夫被彈到空中，又摔到灌木叢上。在他右手邊，不到幾呎遠的地方，整片灌木叢都被壓扁了，樹根悲鳴著從土中被拔起來。他看見一個紅色的東西像水車那樣慢慢滾動著，經過他身邊，笨重地朝大海方向消失不見。

拉爾夫跪在被翻起的泥土中，等待大地恢復平靜。不一會兒，白色、碎裂的斷枝殘幹和纏繞著灌木叢的藤蔓又回歸原位。拉爾夫覺得四肢沉重，脈搏也跳得飛快。

四周又安靜下來。

但並不完全沉默。野蠻人在外面耳語著；忽然在他右側有兩處樹枝猛烈搖動，矛尖刷地冒了出來。拉爾夫驚恐萬狀，他使盡全力把自己的木棒從縫隙刺出去。

「啊！」

他把長矛稍稍一轉，然後拔了回來。

「哦！」

灌木叢外有人在哀嚎，同時響起嘰哩咕嚕的交談聲。那夥人爭論起來，而那個受傷的野蠻人則不停呻吟。不久，他們安靜下來，只剩一個人在說話，聽起來不像是傑克的聲音。

「看吧，我就說他是個危險的傢伙。」

受傷的野蠻人又在呻吟了。

他們還有什麼手段？接下來打算怎麼做？

拉爾夫披頭散髮，雙手緊捏著被啃咬過的長矛。從城堡岩那頭，不過幾碼遠的地方，有人在說話，但聽不清楚。他只聽見一個野蠻人驚呼道：「不！」接著是隱忍的悶笑聲。他往後坐到自己腳跟上，對著樹枝形成的牆咧了咧嘴。他舉起長矛，低吼著，嚴陣以待。

看不見的野蠻人又嗤嗤笑了起來。拉爾夫先聽到一陣奇怪的窸窣聲，接著是辟辟啪啪的碎裂聲，就像有人展開一大卷玻璃紙。一根枝條啪地折斷了，他忙摀住嘴咳嗽。黃色、白色的濃煙從枝葉的間隙竄了進來，頭頂上的一方藍天也變得灰暗，接著滾滾濃煙包圍了他。

有人興奮地大笑著；另一個聲音高喊：

「煙！」

拉爾夫在灌木叢中扭動著朝森林的方向爬去，他盡量壓低身體，好離濃煙遠一點。很快他就來到灌木叢邊緣，眼前是開闊的空地。一個塗著紅白兩色、手持長矛的矮小野蠻人擋在他和森林之間。野蠻人邊咳嗽，邊用手背揉著眼睛，他想看清楚這片濃霧裡有什麼，卻反而把眼睛上弄得都是塗料。拉爾夫像隻貓似的竄了出去，一邊咆嘯，一邊用長矛戳刺；野蠻人痛得彎下了腰。從灌木叢另一邊傳來叫喊，拉爾夫恐懼地飛奔進森林，來到野豬小徑。他沿著小徑跑了一百碼左右，然後轉向另一邊逃跑。在他身後，嗚嗚叫聲再一次響遍全島，有其中一個野蠻人獨自叫了三次，他猜那是前進的信號，於是更加快腳步。狂奔讓他的胸部灼熱，彷彿有火在燒，隨後他躲到一個矮灌木叢下，稍事休息，喘口氣。他用舌頭舔舔自己的牙齒和嘴唇，注意聽著遠處追逐者的嗚嗚叫聲。

他或許還有別的選擇，例如爬上一棵樹，但似乎太冒險了。倘若被發現，他們只要守在樹下就行了。

真希望有時間仔細思考。

這時，有連續兩聲吶喊從同一個方向傳來，拉爾夫多少猜到他們的意圖。任何在森林裡受到阻礙的野蠻人連叫兩聲，搜索隊就會暫停下來，等他擺脫了障礙之後再繼續向前。這樣就可以確保搜索行動滴水不漏。拉爾夫想起那頭野豬非常輕易地就衝破了他們的包圍。要是真被追上的話，他可以趁分散成一排的搜索隊集中包圍之前，衝過去往回跑。但又能跑去哪裡呢？搜索隊會不停來回掃蕩，而他總得睡覺、吃東西吧？到時候難保不會在睡夢中被抓住；搜索行動也就此結束。

到底該怎麼辦？爬到樹上？還是像野豬那樣強行突破？不管哪一種都沒有好下場。

又一聲叫喊嚇得他心驚膽跳，他一躍而起，朝大海和密林衝去。他一直跑一直跑，直到被藤蔓擋住去路。他停下來稍事休息，小腿直發抖。要是能夠休戰，休很長一段時間，把事情想清楚，那就好了！

那響遍全島的尖銳嗚嗚叫聲再度逼近。拉爾夫一聽，立刻像匹受驚的馬般跳起來，再度飛奔，直到喘不過氣。他撲倒在蕨草旁。上樹，還是突圍？他屏住呼吸，抹抹嘴，強迫自己鎮靜下來。山姆艾瑞克也在搜索隊中，他們痛恨這種行為……對嗎？假如不是碰到他們，而是碰上了要置自己於死地的傑克或羅傑呢？

拉爾夫把亂糟糟的頭髮往後一撥，抹去沒受傷的眼睛上的汗水，大聲說道：

「用用腦子。」

怎樣做才好呢？

小豬再也不會給他建議了，也不可能召開莊嚴的大會來討論，海螺的威信已不復存在。

「仔細想想。」

他好害怕腦中又會一片空白，讓他變成一個傻瓜，失去警覺。

還有一種方法就是他小心躲藏，不要讓往前推進的搜索隊發現。

他從地上猛地抬起頭，側耳傾聽。有另一種聲音引起他的注意；一種深沉的隆隆聲，彷彿森林也在怒吼。在這陰沉的聲響中，野蠻人的呼嚎聽起來就像在黑板上刮寫一樣刺耳。他知道自己曾在什麼地方聽過這種聲音，但沒時間細想。

突圍？

上樹？

還是小心躲藏，讓他們過去？

近處傳來一聲叫喊，拉爾夫跳了起來，拔腿就跑，在多刺的荊棘叢中飛奔。他突然一頭撞進一塊空地裡，就是之前那塊空地。死豬頭的嘴咧得很大，在那裡笑著，但這次不是嘲笑湛藍的天空，而是譏諷漫天的濃煙。拉爾夫在樹下奔跑，他明白樹林裡的隆隆聲是怎麼回事了。他們想用煙把他燻出來，所以放火燒山。

看來躲起來比爬上樹好，至少被發現了還有機會突圍。

那就躲起來吧。

拉爾夫邊胡亂想著，不知道野豬會不會同意他的看法，邊做了個鬼臉。他或許可以找個島上最深的洞穴躲起來，洞穴前還有島上最茂密的灌木叢。他邊跑邊窺探四周。太陽的光影從他身上掠過，骯髒的身上汗水流淌，一道道閃閃發亮。漸漸的，叫喊聲越離越遠，變得模糊不清。

最後情急之下，他選擇了一處看似合適的地方躲藏。在這裡，矮灌木叢和藤蔓緊密糾纏成一塊「毯子」，把陽光完全遮蔽。在這塊「毯子」下有個大約一呎高的空間，其中橫七豎八地長滿細枝。要是鑽到裡面，距離灌木叢約有五碼遠，相當隱密，野蠻人得趴下來才能看得到；就算對方真的趴下來，黑暗也能掩護他。要是不幸被敵人看到了，他依然有機會衝出去，突破包圍，讓他們重新再找一次。

拉爾夫小心地把木棒拖在身後，鑽進橫七豎八的枝條中。等來到最深處，便躺下來傾聽。烈火熊熊，他一度以為遠遠甩開的隆隆聲又漸漸逼近。大火會比千里馬跑得還快嗎？從他躺的地方望出去，可以看到約五十碼外的空地上布滿斑駁的光影。他注視著那塊空地，一塊塊光影不斷閃爍。就像他腦中一片空白時的情景，一時間他甚至覺得那光影就在他的腦海裡一明一暗。接著光影越閃越快，漸漸變得黯淡，最後消失不見。島上升起滾滾濃煙遮蔽了太陽。

要是真有人會從矮灌木叢下窺探，他只希望是山姆艾瑞克，因為只有他們即使看到他也會裝作沒看見，一聲不吭。拉爾夫把臉頰貼到赭色的泥地上，舔著乾裂的嘴唇，閉上雙眼。在灌木叢中，大地微微顫動著；在大火熊熊燃燒的隆隆巨響和野蠻人的尖銳嗚叫聲之外，似乎還有一種幾不可聞的聲音。

有人在叫喊。拉爾夫急忙把臉抬起來，朝黯淡的光線下看去。想必是他們逼近了，拉爾夫的心怦怦直跳。躲藏、突圍、上樹，到底哪種方法才是最好的？麻煩的是，他只有一次機會可以證明。

大火燒得更近了；那些炮擊般的聲響是大樹枝，甚至是樹幹爆裂的聲音。真是笨蛋！一群笨蛋！大火一定燒到野果樹林了，那明天他們要吃什麼？

拉爾夫在那狹窄的藏身處不安地騷動著。他豁出去了！他們又能怎麼樣？揍他？那又如何？殺了他嗎？一根兩頭削尖的木棒。

叫喊聲突然變得很近，拉爾夫猛地跳起來。從茂密的綠葉叢中急匆匆鑽出一個畫著彩色條紋的野蠻人，手持長矛朝他藏身的「毯子」走來。拉爾夫緊緊扒住泥土地，要是有什麼萬一，他必須做好準備。

他摸索著拿起長矛，並把矛尖對著前方，這才發現這根木棒也是兩頭削尖的。

那個野蠻人停在十五碼外，叫喊起來。

也許在大火的嘈雜聲中他依然能聽到我的心跳吧。別出聲。做好準備。

野蠻人繼續往前走，拉爾夫只看得見他腰部以下。那是他的矛柄。漸漸的，只能看見膝蓋以下了。千萬別出聲。

一群咿咿亂叫的野豬從野蠻人後方的綠樹叢中竄出，一下子衝進森林裡。鳥兒喳喳驚飛，野鼠吱吱逃散，還有一隻小東西跳進「毯子」底下，嚇得渾身發抖。

野蠻人停在五碼外，就站在灌木叢邊，再次大叫起來。拉爾夫屈起膝蓋，蹲伏著，手裡拿著兩頭削尖的木棒劇烈地顫抖，一下子伸出又收回，放下又拿起，拿起又放下。

嗚嗚叫聲傳遍整個海岸。那野蠻人在灌木叢邊跪下，光線在他身後的森林裡閃爍。他一隻膝蓋碰到鬆軟的泥土，接著是另一隻，然後是兩隻手、一根長矛。

最後是一張臉。

野蠻人往灌木叢下的陰暗處窺視。他看兩側都是亮的，唯獨拉爾夫藏身的地方沒有光線，漆黑一片。野蠻人皺起眉頭，想看清楚黑暗裡有什麼東西。

時間一分一秒過去，拉爾夫也直視著野蠻人的雙眼。

別出聲。

快回去。

他看見你了，只是還不確定。手裡拿著削尖的長矛。

拉爾夫大叫一聲，其中夾雜著恐懼、憤怒與絕望。他伸直雙腿，長聲怒吼。他往前一衝，衝出了灌木叢，在林間空地上狂吼。他揮舞木棒，將野蠻人打倒在地。其他野蠻人也大叫大嚷地朝他衝來。一枝長矛射向拉爾夫，他忙側身閃過，也不再喊叫，只想盡速逃去。然而就在這一瞬間，原本在他眼前閃爍的光影融合成一片，森林的怒吼變成有如雷鳴般的隆隆巨響，擋在他正前方的高大灌木叢倏地燃燒起來，熊熊烈焰就像一把巨大的扇子。他向右一轉，拚命飛奔，熱浪從他左面襲來，烈焰像滾滾潮水迅速蔓延。他的身後又響起嗚嗚叫聲，並傳遞出去，短促而尖銳的叫聲此起彼落，告訴所有人發現獵物了。一個褐色的人影在他右邊出現又消失。他們邊奔跑，邊像發瘋似的喊叫。拉爾夫聽見他們在低矮樹叢間穿行的聲音；而左側則是隆隆作響的熊熊烈火，熱氣騰騰。拉爾夫忘記疼痛和飢渴，心驚膽顫地飛快奔逃，絕望和恐懼充滿了他。他衝過森林，直奔開闊的海灘。光花在他眼前跳動，迅速便化成火焰，蜷曲著向前大口吞噬，直到目光所及盡是火海。拉爾夫的雙腿彷彿不是自己的，越來越沉重，令人絕望的嗚嗚聲就像一把充滿威脅的利刃直劈而來，幾乎就要砍到頭頂了。

拉爾夫被樹根絆倒在地，追逐者的喊叫聲更近了。在他右手邊的茅屋陷入火海，火舌向他逼來，而閃亮的海水就在眼前。他滾下溫暖的沙灘，並縮起身子，用雙手保護頭部，祈求上蒼憐憫。

他搖搖晃晃地站起來，全身僵硬地準備承受更恐怖的攻擊，沒想到一抬頭卻看見一頂軍帽。白色的帽頂，綠色的帽簷，上面還鑲著皇冠、船錨和金色的葉片。再往下是白色斜紋布的軍服，上面有一整排鍍金鈕扣，還有肩章和左輪手槍。

站在沙灘上的是一個海軍軍官，他驚訝地俯視拉爾夫。在軍官後方的海灘上有一艘小汽艇，艇首被兩個海軍士兵拖上了海灘，艇尾則有個士兵手持衝鋒槍。

嗚嗚的叫聲顫抖著漸漸消失了。

軍官疑惑地上下打量拉爾夫，隨後把手從槍托上移開。

「你好。」

拉爾夫知道自己渾身髒兮兮的，因此忸怩不安地回答道：

「你好。」

軍官點點頭，彷彿問題已經獲得解答。

「有沒有成人……大人跟你們在一起？」

拉爾夫呆愣地搖搖頭。他半轉過身，看到一群小孩默不作聲地圍成半圓形站在海灘上，他們身上用彩色黏土塗得五顏六色，手中都拿著削尖的木棒。

「在玩遊戲啊。」軍官說道。

烈火已經燒到海邊的棕櫚樹林，畢畢剝剝地吞噬著它們。一簇火焰像空中飛人般一晃，獨自竄到平臺上的棕櫚樹梢。天空黑壓壓的一片。

軍官開心地笑著對拉爾夫說：

「我們看到你們的煙。你們在做什麼？打仗嗎？」

拉爾夫點點頭。

軍官仔細看了看面前這個蓬頭垢面的小孩。這個小孩該好好洗個澡，剪個頭髮，擦擦鼻子，還有治療傷口。

「我想應該沒有人被殺吧，有嗎？」

「只有兩個，屍體已經不見了。」

軍官傾身看著拉爾夫。

「兩個？被殺掉的嗎？」

拉爾夫又點點頭。在他身後，整座島嶼在大火中震顫不已。軍官知道拉爾夫說的是實話，輕輕吹了聲口哨。

這時，其餘的孩子們也跑了出來，其中有些是小鬼頭，他們挺著圓鼓鼓的肚子，像褐色的小野蠻人。有個小小孩走到軍官身旁，仰起頭說：

「我是、我是……」

然而他再也說不下去。帕西佛・威密斯・麥迪遜拚命在腦子裡搜尋已被遺忘的咒語。

軍官再度轉向拉爾夫說：

「我們要帶你們走。你們有多少人？」

拉爾夫搖搖頭。軍官看向他身後那群塗得五顏六色的孩子。

「誰是這裡的頭？」

「我是。」拉爾夫響亮地回答。

一個頭上戴著一頂破爛的黑帽子，腰間繫著一副破碎眼鏡的紅髮男孩走向前來，但隨後又改變了主意，停下腳步。

「你們升了煙，卻不知道自己有多少人？」

「是的，先生。」

「我還以為……」軍官腦海中浮現剛才孩子們獵捕拉爾夫的情景，「我還以為英國孩子……你們都是英國人，對吧？我還以為英國孩子可以表現得更好……我是指……」

「一開始是的，」拉爾夫說，「但後來……」

他停頓下來。

「原本我們是一起的……」

軍官鼓勵地點點頭。

「我知道了。你們表現得很好，就像《珊瑚島》那樣。」

拉爾夫木然地看著他。一瞬間，他又看到那幅曾為海灘蒙上神奇魅力的景象。然而現在這座島被燒成焦炭，西蒙死了，而傑克也……拉爾夫忍不住潸然淚下，全身抽搐地嗚咽起來。這是他來到島上後，第一次盡情哭泣；莫大的悲痛使他不斷抽搐著，身體幾乎要扭成一團。天上黑煙翻滾，拉爾夫在被燒毀的島嶼前嚎啕大哭；其他男孩被他的情緒感染，也顫抖著抽泣起來。拉爾夫站在孩子之中，披頭散髮，全身骯髒不堪，連鼻涕也沒擦；他失聲痛哭，為童心的泯滅和人性的黑暗而悲泣，為忠實而有頭腦的朋友小豬墜落慘死而悲泣。

軍官聽著周圍的哭聲，也不禁被感動，而有點不知所措。他轉過身去，等他們慢慢鎮定下來；他看著遠處那艘完美的巡洋艦，等待著。

〈導讀〉
人性即獸性

文／龔志成（本書譯者）

威廉・高汀於一九一一年九月十九日出生於英國西南部康沃爾郡的一個知識分子家庭，他的父親是馬堡中學的教師，政治上比較激進，反對宗教，信仰科學；他的母親是個爭取婦女參政的女權運動者。高汀在康郡的鄉村裡度過了他的童年，生活安適，又有點閉塞。他自小愛好文學，據他自己回憶，七歲時就寫過一首詩。一九三〇年他遵父命進入牛津大學學自然科學，讀了兩年多以後，就像那些難以違抗天性的人一樣，高汀選擇了自己的道路，轉攻他深感興趣的文學。一九三四年他發表了處女作：一本包含二十九首小詩的詩集（麥克米倫當代詩叢之一），這本小小的詩集未受評論界重視，但作為一個年方二十三歲的大學生，能有這樣的開端畢竟是令人神往的。然而，命運之神沒有慷慨無度，高汀在取得決定性的成功之前，還注定得走過漫長的路。

一九三五年他畢業於牛津大學，獲文學學位。此後曾在倫敦一家小劇團裡當過編導和演員，這段經歷給他的印象並不好，高汀自稱這四年白白浪費了。其實，生活的磨煉、生活面的開拓、生活經驗的豐富，對一個作家而言，反倒是不可或缺的前提。

一九三九年高汀成了家，並接受英國南部城市索爾茲伯里一所教會學校的教職，不料安穩日子沒過幾天，第二次世界大戰爆發。一九四〇年他應徵入伍，當了五年海軍，升到中尉。他參加過擊沉德國主力艦「俾斯麥號」的戰役、大西洋護航和一九四四年諾曼第登陸。戰後，他仍回到那所教會學校執教。戰爭結束了，但在成千上萬善良人們的心裡，卻留下無法磨滅的殘酷烙印。高汀說過：「經歷過那些歲月的人如果還不了解，『惡』出於人猶如『蜜』產於蜂，那他不是瞎了眼，就是腦袋有問題。」就是這個觀點，像一根紅線般貫穿他的所有創作。

一九四五年到一九五四年，近十年間，高汀邊教書，邊不斷地思考和寫作，他潛心研究希臘文學和歷史，試圖尋求人生的答案；在此期間他完成了四部小說，雖然都沒有問世，但也為他日後的創作積累了經驗。《蒼蠅王》一開始的命運也很坎坷，曾被二十一家出版社拒絕，好不容易才於一九五四年出版。《蒼蠅王》出版後頗獲好評，英國小說兼批評家福斯特（E. M. Forster）把《蒼蠅王》評為當年最佳小說；英國批評家普里切特（V. S. Pritchett）稱高汀為「近代最有想像力、最有獨創性的作家之一」。尤其到了六〇年代，《蒼蠅王》一躍成為大學校園裡的暢銷書，在英美學生中廣泛流傳，並曾搬上銀幕。現在，《蒼蠅王》已被列為「英國當代文學的典範」，成為英美大中學校文學課的必讀經典。

高汀一舉成名後發表的作品有：小說《繼承人》（1955）、《品契・馬丁》（1956）、《自由的墜落》（1960）、《塔尖》（1964）、《金字塔》（1967）、《蠍神》（中短篇小說集，1971）、《黑暗之眼》（1979）、《Rites of Passage》（1980）——此書獲當年英國最具聲望的布克獎（Booker McConnell Prize）。此外，他還寫過劇本和評論等。高汀一九五五年起成為皇家文學會成員；一九六一年辭去教職，專事寫作，同年獲牛津大學文學碩士學位；一九七〇年獲布萊頓市薩塞克斯大學文學博士學位。他也到過美蘇等國。

一九八三年，高汀被授予諾貝爾文學獎。瑞典文學院聲稱，這是「因為他的小說用明晰的寫實主義的敘述藝術和多樣、具有普世價值的神話，闡明當今世界人類的現況」。綜觀高汀的作品，《蒼蠅王》無疑是其中最重要、也最具影響力的代表作。

人們不禁要問：《蒼蠅王》究竟是一部什麼內容的小說？它又為什麼會在西方引起如此的重視？

小說的情節並不複雜，它描述一個駭人聽聞的故事：在一場戰爭中，一架飛機帶著一群男孩從英國本土飛向南方疏散。飛機被擊落，孩子們乘坐的機艙落到一座世外桃源般、荒無人煙的珊瑚島上。起初這群孩子齊心協力，後來由於害怕所謂的「怪獸」分裂成兩派，以崇尚本能的專制派壓倒了講究理智的民主派告終。

「蒼蠅王」即「蒼蠅之王」，源出希伯來語「Ba'alzevuv」（又有一說此詞出自阿拉伯語），在《聖經》中，「Baal」被當作「萬惡之首」，在英語中，「蒼蠅王」是糞便和汙物之王，因此也是醜惡的同義詞。小說以此命名，似取意獸性戰勝了人性，孩子們害怕莫須有的怪獸，到頭來真正的「怪獸」卻是潛伏在人性中的獸性。野蠻的戰爭把孩子們帶到孤島上，但這群孩子卻重現了使他們落到這種處境的戰爭，追根究柢，不是什麼外來的怪物，而是人把樂園變成了屠場。

高汀本人被西方評論家列為「寓言編撰家」，他的作品被稱為「神話」或「寓言」，英國文學批評家伊文斯（I. Evans）就稱《蒼蠅王》是一部關於惡的本性和文明脆弱性的哲學寓言式小說，這話不無道理。就《蒼蠅王》而言，小說中的人物、情節和環境描寫等各方面都具有某種象徵性。

情節的發展是從拉爾夫和傑克這一對基本矛盾出發的。拉爾夫是個金髮少年，從小過著中產階級的安寧生活，心地善良，不乏主見，象徵著文明和理智（不完全的）；與此對照的是傑克，紅頭髮，瘦高身材，教堂唱詩班的領隊，象徵著野蠻和專制（對基督教有所諷刺）。矛盾在於，以海螺為權威象徵的首領拉爾夫最關心怎樣才能得救，他堅持升起火堆，作為求救信號；他還要大家築茅屋避風雨，要大家講衛生、在固定地方上廁所。這些想法和要求代表著文明和傳統的力量。傑克則著迷於獵野豬，對其他事情置之不理。隨著矛盾的加深，傑克日益得勢，支持拉爾夫主張的卻寥寥無幾，最後連他自己也差點被對方殺掉。在矛盾衝突的過程中，除了讓火堆熄滅的事件之外，對「怪獸」的害怕也占了極重要的分量。從全書看來，所謂海中來的怪獸，空中來的怪獸都是一種渲染，無非是為了突顯真正的「怪獸」來自人本身（也就是「獸性」的發作）。在小說的結尾，拉爾夫熱淚盈眶，他「為童心的泯滅和人性的黑暗而悲泣，為忠實而有頭腦的朋友小豬墜落慘死而悲泣」。而因為拉爾夫和小豬在大雷雨的時候也參與了殺害西蒙的狂舞，所以他倆的童心也不復存在。區別只在於拉爾夫終於認識到「人性的黑暗」，小豬卻始終否認這一點。

所謂「人性的黑暗」，主要是指嗜血和恐懼。嗜血從傑克開始，逐步發展為他那幫獵手的共同特性；恐懼從害怕「怪獸」出發，最終成為支配孩子們的異己力量。在這兩種因素的制約下，傑克等人把臉塗得五顏六色，在假面具的後面，他們「擺脫了羞恥感和自我」，並伴之以「野性大發作」。這代表獵手們已可悲地退化為野蠻人。拉爾夫反對塗臉，實是堅守著文明的最後一道防線。

在這場文明和野蠻的角力中，分別依附於拉爾夫和傑克的小豬和羅傑構成兩個極端。小豬是個思想早熟的善良少年，身胖體弱，常犯氣喘，他出身下層，經常用不合語法的雙重否定句來表示肯定的意思，講的是倫敦方言，戴著一副深度近視眼鏡。他的眼鏡是升火必不可少的工具，因此可以把眼鏡當成科學和文明的象徵。儘管透過鏡片聚光為孩子們帶來了至關重要的火，但小豬始終受到嘲笑和挖苦。在作者看來，小豬的缺點在於他過分相信科學的力量，根本看不到「人性的黑暗」，因此他無法理解所謂「怪獸」或「鬼魂」都出於人的「恐懼」之心。小豬過分相信成人的世界，他沒有意識到，正是大人們進行喪失理性的戰爭把孩子們帶到了荒島上，所以，大人並不比小孩高明。陰險而凶殘的羅傑扮演著劊子手的角色，作者對這個人物著墨不多，讀後卻使人感到幫凶有時比元凶更凶惡。手持海螺的小豬最後就是死於羅傑撬下的大石。小豬之死和海螺的毀滅意味著野蠻終於戰勝了文明，拉爾夫被追逐只不過是尾聲罷了。

與《蒼蠅王》的命名直接有關的是西蒙，一個先知先覺、神祕主義者。他為人靦腆，不善言詞，但有正義感，洞察力很強。在眾人對「怪獸」的有無爭論不休時，西蒙第一個提出：「怪獸應該就是我們自己。」他想說最骯髒的東西就是人本身的邪惡，孩子們卻把他轟了下來，連小豬都罵他「放屁！」正如魯迅所說：「許多人的隨意哄笑，是一支白粉筆，能將粉塗在對手的鼻子上，使他的話好像小丑的打諢。」

為了弄清楚「怪獸」的真相，西蒙無畏地上山去看個究竟，中途他在一塊林間空地休息，看到當中豎著一個滿布蒼蠅的死豬頭（這是傑克等人獻給「怪獸」的供品）。天氣異常悶熱，西蒙的癲癇症再度發作，在神智恍惚之中，他覺得滿是蒼蠅的豬頭彷彿化成一隻會說話的碩大蒼蠅王。作者藉蒼蠅王之口指出「怪獸」是人的一部分（與前文西蒙直覺的判斷相呼應），並且預告了西蒙會被眾人打死的可悲下場，這一段是揭示題意的核心。西蒙甦醒之後，繼續朝山頭前進，結果他看清了所謂的「怪獸」原來只是腐爛發臭的飛行員屍體。他不顧自己剛發過病，爬下山去訴說實情，不料此時天昏地暗、雷雨交加，傑克等人反把西蒙當成「怪獸」活活打死。更諷刺的是，孩子們所殺死的「怪獸」是唯一能向他們揭開「怪獸」的祕密、使他們免於淪為真正野獸的人；孩子們把西蒙叫做「瘋子」，但真正喪失理性的卻是他們自己。不難看出，西蒙的悲劇是許多先覺者的共同悲劇，一種卡珊德拉式的悲劇。第一個直立行走的猴子據說是被其他猴子打死的，第一個說出某種真理的人也常難逃毀滅，屈原如此、布魯諾如此、中外古今皆如此。被統稱為「小鬼頭」的孩子大約六歲，他們漫無紀律、隨地大小便，只知道吃睡玩。西蒙看不起這些孩子用沙蓋的小房子；小豬把這些孩子稱為不懂事的「小鬼頭」；拉爾夫統計自己這方的力量時把小鬼頭除去，認為他們不算數，在危急時也希望「怪獸」挑小鬼頭吃；而傑克則把小鬼頭稱作「愛哭鬼和膽小鬼」，如果被「怪獸」吃掉，那「真是活該」！帕西佛就是其中的典型，他原本還記得自己的姓名、家裡地址、電話號碼，這在文明社會中不失為有效的護身符，但在沒有法律和警察保護的荒島上，這種護身符毫無作用。故事尾聲帕西佛墮落成一個連自己的名字都記不得的野蠻人。

小說中的人物雖然都是少年、兒童，但高汀的目的是透過這些具有象徵意義的人物來揭示他的道德主題——人性本惡。高汀認為，社會的缺陷要歸結為人性的缺陷，身為一個作家，他的使命是醫治「人對自我本性的驚人無知」，他的作品是使人正視「人自身的殘酷和貪欲的可悲事實」。當然，《蒼蠅王》的成功不只是因為高汀的道德主題，普列漢諾夫指出，藝術「表現人們的思想，但並非抽象地表現，而是用生動的形象來表現」（出自《沒有地址的信》）。《蒼蠅王》中的孩子們雖然各具有一定的象徵性，但他們本身是栩栩如生的。作者採取現實主義的創作手法，寓人物於故事情節的發展之中，對人物進行了多面向、多層次的細節刻畫。小說前半部呈暖色調，後半部漸轉為冷色調。作者寓情於景、藉景抒情，在某些地方做到情景交融、動人心弦，例如描寫大火、雷雨、海市蜃樓、西蒙之死等段落。小說的結構有一種簡練明快、直截了當的風格，一開始讀者就隨著主角直接進入場景，戛然而止的結局又給人回味和反省的空間。

如同所有真正的文學作品一樣，《蒼蠅王》也有其源流：源是指作者所處的環境對他創作思想的影響；流是指作品在文學史上的承繼性。

高汀關於人性本惡的觀點是抽象的，但這種觀點的形成是具體的，它濫觴於作者的經歷及其所處的時代。殘酷的戰爭粉碎了青年詩人的浪漫主義思想，導致了作家創作中嚴峻的一面。一九五七年，法國作家卡繆在瑞典接受諾貝爾文學獎時，曾說過：「這是一群在第一次世界大戰初期出生的人們，在他們二十歲的時候，希特勒政權剛建立，同時革命有了最初的進展，而他們完成教育後，面對的是西班牙戰爭、第二次世界大戰和充斥著集中營、受拷打、被囚禁的歐洲。就是這些人，今天不得不來教育人，並在核武威脅下的世界工作。我認為，誰也不能要求他們是溫情主義……」荼毒生靈的帝國主義世界大戰確實使許多善良的人們大開眼界，西方文明和道德走進了死胡同，比較嚴肅的作家想尋求出路，又無法在現實社會中找到出路，於是只好在作品中逃向大海或孤島，在與世隔絕的環境中，人物難以逃脫困境，從而表現出一種充滿禁閉感的冷酷心理（如海明威於一九五二年發表的《老人與海》就是一例）。

出於這種強烈的感受，高汀對貝冷汀（R. M. Ballantyne）的《珊瑚島》很不以為然。《珊瑚島》發表於一八五七年，是英國文學中盡人皆知的兒童小說，描寫拉爾夫、傑克、彼得金三個少年因船隻失事漂流到一座荒島上，他們團結友愛、抗強扶弱、智勝海盜、幫助土人。顯而易見，此書屬於傳統的荒島文學。從《魯賓遜漂流記》開始的荒島文學，一向以描寫文明戰勝野蠻為宗旨，魯賓遜使土人星期五歸化可為例證。在這樣的作品中，文明、理性和基督教信仰總會戰勝野蠻、本能和圖騰崇拜。高汀在《蒼蠅王》中反其道而行，他揭露了真正野蠻的就是自詡為基督文明傳布者的白人本身，這無疑是深刻的，也正是這一點，使《蒼蠅王》別具一格，使人耳目一新。高汀的作品經常由別人的作品衍生而來，如《蒼蠅王》中的幾個主要人物就脫胎自《珊瑚島》，但他的作品又具有針對性地帶上自己的色彩。

高汀認為當代文學對他的影響很小，他說：「我不明白為什麼一定要有，但非要說我有什麼文學源頭的話，我會列出諸如歐里庇得斯、索福克勒斯，也許還有希羅多德這樣大名鼎鼎的人物。」《蒼蠅王》與歐里庇得斯的《酒神》確實有某些相似之處，可資佐證。首先，從主題思想來看，酒神狄俄尼索斯在希臘神話中代表本能的力量，《酒神》一劇即描寫了這種自然原始力量的勝利，《蒼蠅王》描寫的人性本惡，與酒神代表的非理性力量一脈相傳。其次，從作品的重心來看，《酒神》一劇描寫忒拜王彭透斯不相信酒神，有一次他化裝成女人去偷看酒神女信徒的祭祀，而女信徒們（彭透斯之母也在內）在極度的狂熱中把他當「野獸」撕得粉碎，這是酒神對彭透斯的懲罰，西蒙之死也與此相仿。再者，從結構上來看，《酒神》一劇是以酒神突然出現作為結尾，採用了所謂「機械降神」的手法。在《蒼蠅王》快結束時，拉爾夫被傑克等人追得走投無路，卻突然出現了來營救的軍艦和軍官，也有點像「機械降神」。關於這一點，高汀認為成人的戰爭只是更大規模的孩子們的獵捕，軍官可以把孩子們重新帶回「文明」的世界，但又有誰來拯救軍艦和軍官呢？

《蒼蠅王》之所以能在客觀上取得成功，一方面是因為《蒼蠅王》出版之際，正是東西方冷戰激烈的時期，核戰的陰影籠罩著全球，不少人不只想到核武將會給人類帶來怎樣的直接危害，更想到萬一核戰爆發後倖存者將會如何，《蒼蠅王》大膽預言了歷史上可能發生的可怕一頁，因而迎合了人們對核戰的後果感到憂慮和思考這個議題的需要。另一方面，當時大學裡的文學教學受到「新批評派」研究方法的影響，以精讀課文為基礎。《蒼蠅王》具有多層次、多面向的象徵性，正好為人們提供了「見仁見智」的各種可能。相信弗洛伊德的人，從中得出孩子們的行為是對文明社會和父母權威的反抗；道德主義者認為由此可知，一旦脫離社會制約和道德規範，「惡」會膨脹到何等程度；政治家則說《蒼蠅王》說明了民主的破產和專制的勝利；基督教徒歸之於原罪和世紀末；還有人索性把高汀視為存在主義者。由此可見，在這樣的社會現實和這股文學潮流中誕生的《蒼蠅王》，能夠很快引起共鳴、受到評論界的重視，也就不足為奇了。

身為一個具有獨創性的作家，高汀一向否定創作中表面化和簡單化的做法。他強調作家要擺脫一切傳統的政治、宗教和道德信條，透過自己的眼睛獨立觀察世界，但他觀察到的結果卻令人絕望。高汀對黑暗的社會現實深感不滿，但他卻把這些弊端歸結於解決不了的問題：抽象的人性本惡。在此有必要指出，《蒼蠅王》的人性本惡主題並不新鮮，在東方思想史上，荀子早就說過：「人之性惡，其善者偽也。」韓非更是力主性「惡」說的；在西方思想史上，十七世紀的英國哲學家霍布斯認為人是凶惡的動物，在原始狀態下人對人，就像狼一樣。這種說法的缺點在於把人看成孤立的個體，把人性看成抽象的存在。「但是，人的本質並不是單一個體所固有的抽象存在。在其現實性上，它是一切社會關係的總和。」西方的一些評論家強調高汀與貝冷汀的區別，但他們沒有看出他們倆殊途同歸：兩者都從抽象的人性出發，只不過前者描寫的是「惡」的征服史，後者描寫的是「善」的征服史。荒島固然為文學上的烏托邦和反烏托邦提供了充分的想像空間，但荒島文學的弱點也在此，就某種意義上而言，這種文學畢竟是違背現實的。

總而言之，高汀的作品並沒有、也不可能「闡明當今世界人類的現況」，從中反而可以看出嚴峻西方社會現實的曲折反映，看到作家想尋找出路又找不到出路的苦惱。高汀的本意是想透過《蒼蠅王》，複製一部袖珍版的人類發展史，但他忘記了個體發展史並不完全重現種系發展史。當然，這不代表《蒼蠅王》沒有發人深省之處。恩格斯說過：「人起源於動物這個事實，已經決定人永遠不能完全擺脫獸性，所以問題永遠只能在擺脫的多寡；在於獸性或人性程度上的差異。」（出自《反杜林論》）人類的前途無疑是光明的，但通往光明的道路上不見得沒有烏雲蔽日的時候；人類的未來是可以樂觀的，但盲目的樂觀主義者不見得比認真的悲觀主義者更高明。至少在提醒人們警惕和防止一部分人「獸性」大發這點上，讀讀《蒼蠅王》也許會有所啟示。

〈導讀〉

文學史上最悲觀的人性論者：威廉．高汀和他的《蒼蠅王》

文／黃碧端（轉載自二〇〇六年九月二十六日聯合報）

一九八三年的諾貝爾獎得主，英國小說家威廉．高汀（William Golding, 1911-1993）在發表獲獎演說時調侃自己：

二十五年前我不小心被冠上悲觀主義者這個稱號，自此「悲觀主義者」就變成了我的一個揮之不去的標籤；有點像拉赫曼尼諾夫，寫了升C小調序曲後，他的音樂會若沒聽到這首曲子，聽眾絕不善罷干休。如今，文評家也是決不放棄在我書裡找到悲觀絕望的線索……

高汀的第一部小說《蒼蠅王》出版於一九五四年；這個作品使他成為二十世紀最重要的小說家之一，也是他在二十幾年後獲得諾貝爾獎的代表作。一九五〇、六〇年代，《蒼蠅王》風行大學校園的程度，甚至使《時代》雜誌封高汀為「校園王」（Lord of the Campus）。但《蒼蠅王》是一部使我們看到人性無底深淵的小說。在諾貝爾獎演說裡，高汀說自己只是「普世的悲觀主義者」（universal pessimist），但卻是「宇宙的樂觀主義者」（cosmic optimist）。這聽起來像是在玩文字遊戲。高汀自知夾纏不清，努力解釋說，在科學定律管轄的世界裡，他是悲觀的，臣服於以萬物為芻狗的造物主前；但是，當考慮到科學定律所管不到的精神世界時，他其實是個樂觀主義者。

那大約是說，如果我們看基因和本能，那些造物主所賦予人的本然質地，我們只能悲觀。高汀的絕大部分作品，也都從這個角度著墨。《蒼蠅王》裡不是沒有高貴神性的人物，但他們卻成了野心、蠻性的祭品。高汀又是個有說服力的敘事者，那殘酷的結局是我們覺得真會那麼發生的，也因而格外悲涼沉重。

《蒼蠅王》的故事裡，一群在英國念公學校的學童，大的不過十一、二歲，小的只有六、七歲，在搭機疏散到安全地方的時候，飛機失事摔落在太平洋的一個無人小島上。飛機上所有的成人無一倖存，島上因此只有這群孩子。地點在南太平洋，自然是氣候怡人景色美麗、隨處有果實可摘，島上還有淡水可喝。

設計這樣的背景，高汀其實賦予了故事的發展幾個特定條件：

其一，英國公學校的小孩，通常來自中上家庭，是要培養成紳士軍官的材料；他們基本上有一定的身分自覺，也對民主社會的基本運作有一點耳濡目染。這些條件使他們所建構的團體模式，也等於在見證一個無外在干擾的雛形「民主」，會如何發展。

其二，小島具備充分的伊甸園條件，成員又是比亞當夏娃更處於天真時期的孩童，我們立刻要忐忑於這個樂園是否終將失落。這個設計，也是高汀對十九世紀的一本背景類似的故事，貝冷汀（R. M. Byllantyne）的《珊瑚島》（Coral Island, 1858）的顛覆。《珊瑚島》上歷險的英國少年建立了秩序井然的社會，高汀在書裡兩度提到《珊瑚島》，卻讓我們看到同樣場景的另一個可能：他筆下的《珊瑚島》怎樣一步步退化成殺戮戰場。

其三，這些孩子沒有生存的威脅，但有著必須尋求救援的焦慮；更因為他們只是孩子，只有有限的知識憑藉和潛意識當中原始的恐懼。可以說，他們是配備了一點點現代社會運作經驗，卻面對著生存焦慮的原始人。高汀必然也有意讓我們從中思考，所有人類社會發展的過程中，真正的考驗是什麼。

真正的考驗是人性。寫《蒼蠅王》時，二次大戰才結束不久，高汀在戰時服役於海軍，並且曾參與諾曼第登陸。戰爭與殺戮中看到的人性使他對人的惡的本能有深刻的自覺，也因而悲觀。但是要在這麼小的天地和有限的人物中去完成一個普遍人性的切片，高汀必須把它設計成一個隱喻——一如《紅樓夢》是一個隱喻，書中主要角色都代表了特定的性格或行為模式，和整個故事的發展，共同完成一個理念的闡述。

《蒼蠅王》的主要角色，拉爾夫（Ralph）是一個領袖型人物，被選為首領，除了較年長穩重之外，也因為他揀到了一個大海螺，可用以發號施令，其義有如媒體或議場的麥克風。他同時也代表了理性、守法的力量。相對於拉爾夫，另一個主要角色傑克（Jack）則是生性殘暴、藐視法規，會動用自己的狩獵能力攏絡群眾，時時想奪權的野心家。故事裡還有個戴眼鏡的胖子小豬（Piggy），聰明有知識，但常因肥胖被嘲弄。他曾出言幫拉爾夫指責傑克手下沒顧好作為求救信號的營火，竟被傑克狠打，開啟了故事裡以暴力壓制理性的起點。

作為讀者，多數人最喜歡的也許是西蒙（Simon），他是故事裡最具備本然的善和正義感，羞怯深思，能欣賞大自然的安詳美麗，但卻在傑克欺負弱小時會挺身照顧他們；當全體陷入島上有怪獸的想像而恐懼不安時，西蒙勇敢地進山找出真相。他在山裡看見傑克所宰殺的大豬，血淋淋的頭懸在木樁上而周圍圍繞著大批蒼蠅的可怖景象（這個場景交代了書名的來由——「蒼蠅王」出自希伯來文 ba'alzevuv，略等於魔鬼、撒旦之意）。西蒙在彷彿幻覺的狀態下有一個接近靈視的體悟，發現眾人害怕的怪獸原來便在人自己的心裡。

等西蒙發現「怪獸」原來是失事的飛行員和他的降落傘纏在樹梢造成的幻覺時，他飛奔下山要告訴眾人真相，然而正大吃宰來的豬、狂歡舞蹈的孩子們，看到樹林裡有東西跑出來，立刻當是怪獸，全體撲上去，把西蒙活活打死了。西蒙成了有如先知耶穌一樣的祭品，而打殺他的人竟包括了拉爾夫和小豬——失去理性的群眾，即使是孩子，也會成為可怕的魔鬼，而善惡不復有分野。接下來，傑克陣營用大石擊斃了小豬，也粉碎了代表號令秩序的海螺。拉爾夫被追殺狂奔，傑克甚至點燃大火逼他現身，美麗的伊甸園幾乎要成為焦土。這時，看到火光的船隻適好到來，及時救了拉爾夫。抬頭看見一個海軍軍官的拉爾夫，面對天真的失落和摯友的慘死，痛哭失聲。

然而高汀的絕對悲觀在於，他不僅讓一群有機會營造樂園的聰慧少年，把世界變成血腥屠宰場，他還不忘在最後加上按語：巡洋艦把孩童救走了，但接下來它卻要以同樣的方式去追殺敵人，又有誰能解救他們呢？

是的，人性不變，何來樂土？殺伐之心不歇，豈有救贖！

高寶書版集團
gobooks.com.tw

RR 026
蒼蠅王【十週年紀念版】
Lord of the Flies
作　　者　威廉・高汀（William Golding）
譯　　者　龔志成
責任編輯　陳柔含
校　　對　林子鈺
封面設計　莊謹銘
內文排版　賴姵均
企　　劃　鍾惠鈞

發 行 人　朱凱蕾
出　　版　英屬維京群島商高寶國際有限公司台灣分公司
　　　　　Global Group Holdings, Ltd.
地　　址　台北市內湖區洲子街 88 號 3 樓
網　　址　gobooks.com.tw
電　　話　(02) 27992788
電　　郵　readers@gobooks.com.tw（讀者服務部）
傳　　真　出版部 (02) 27990909　行銷部 (02) 27993088
郵政劃撥　19394552
戶　　名　英屬維京群島商高寶國際有限公司台灣分公司
發　　行　英屬維京群島商高寶國際有限公司台灣分公司
初版日期：2011 年 08 月
再版日期：2021 年 08 月

國家圖書館出版品預行編目 (CIP) 資料

蒼蠅王（十週年紀念版）/ 威廉・高汀 (William Golding) 著；龔志成譯. -- 再版. -- 臺北市：英屬維京群島商高寶國際有限公司臺灣分公司, 2021.08
面；　公分. -- (Retime; RR 026)

譯自：Lord of the flies

ISBN 978-986-506-159-3(平裝)

873.57　　110008408

GOBOOKS & SITAK GROUP©